Bote des Lichts

Glaubst du an dein Schicksal?

Sara C. Schaumburg

AF237315

Sara C. Schaumburg

BOTE DES LICHTS

GLAUBST DU AN DEIN SCHICKSAL?

Bibliografische Information der Deutschen Nationalbibliothek:
Die Deutsche Nationalbibliothek verzeichnet diese Publikation in der
Deutschen Nationalbibliografie; detaillierte bibliografische Daten sind
im Internet über http://dnb.dnb.de abrufbar.

Grafikgestaltung: NH Buchdesign, https://nh-buchdesign.com/

Herstellung und Verlag: BoD – Books on Demand, Norderstedt

ISBN: 978-3-75261-187-8

Für Papa ,

auch nach all den Jahren

fehlst du mir an

jedem Tag...

PROLOG

Im Laufe eines Lebens begegnen dir viele unterschiedliche Menschen. Die meisten von ihnen kommen und gehen, doch manche hinterlassen ihre Spuren.

Ich hatte das Glück, einen solchen Menschen zu treffen. Er berührte mein Herz auf eine Art, die ich nur schwer begreifen oder gar beschreiben kann.

Die Erinnerung an ihn wird bleiben, denn die Spuren, die er hinterließ, sind tief...

1. KAPITEL
„DAS HOTEL AM MEER"

„Annastasia?"

Ich spürte eine leichte Berührung an meiner Schulter, doch es dauerte einen Moment, ehe ich vollkommen erwachte.

„Was ist los? Sind wir schon da?", fragte ich müde und streckte mich.

„Wir machen jetzt eine Pause. Du hast lange geschlafen. Wir dachten, du möchtest vielleicht etwas essen."

Meine Mutter blickte mich vielsagend an. Stieg aus unserem Auto aus und ging an den Kofferraum, um unsere Kühltasche mit den Snacks zu holen.

„Hast du Hunger oder nicht?"

Nachdenklich zuckte ich mit den Schultern. Über diese Frage musste ich erst ein paar Sekunden nachdenken. Schlaftrunken kam mein Verstand nur langsam wieder in Gang.

Eben hatte ich einen Traum gehabt. Es war einer jener Träume gewesen, in denen man ganz genau weiß, dass man träumt und dennoch einfach nicht aufwachen kann. Doch jetzt, wo er vorbei war, konnte ich mich an kein einziges Detail erinnern. Zurück blieb nur so ein merkwürdiges, ungutes Gefühl in meinem Bauch.

„Ich weiß nicht", entgegnete ich daher. Darum bemüht, den schweren Nebel aus meinem Hirn zu vertreiben.

"Du kannst es dir ja noch überlegen", meine Mutter blickte mich auffordernd an, "Du solltest wirklich mehr essen, Annastasia!"

"Ja, Mutter..."

Ich unterdrückte den Wunsch, mit den Augen zu rollen, da ich im Augenblick wirklich zu müde war, um einen Streit mit ihr anzuzetteln.

Ich war schlank, aber definitiv nicht zu schlank. Eigentlich aß ich genug. Bloß mochte ich das Essen meiner Mutter nicht so sehr. Umso mehr freute ich mich jetzt auf die kommenden drei Wochen und auf das – hoffentlich – leckere Essen des Hotelrestaurants.

„Wie bitte? Du verschmähst die Sandwiches deiner Mutter?!" Mein Vater lachte und biss herzhaft in ein Leberwurstbrot mit kleinen Gurken- und Paprikastückchen. Ich massierte meine Schläfen und versuchte, die Erinnerung an diesen merkwürdigen Traum vollends abzuschütteln.

„OK, gib mir eins!", seufzte ich ergeben.

Während wir aßen, studierte meine Mutter die Straßenkarte. „Ich glaube, wir brauchen nur noch eine Dreiviertelstunde, oder was meinst du?"

Mein Vater schaute ihr über die Schulter und nickte zustimmend. „Höchstens eine Stunde, falls der Verkehr dichter wird."

Als ich dies hörte, meldete sich das Kribbeln in meinem Magen wieder und ich war froh, dass ich mein Brot bereits aufgegessen hatte.

Dies würde mein allererster Urlaub ohne Eltern werden. Drei Wochen am Meer, ohne Regeln oder Vorschriften und ohne das Gefühl bei allem, was ich tat, gemaßregelt zu werden. Wenn ich zum Beispiel mal wieder meine Zeit *vergeudete*, anstatt für die Schule zu lernen.

Trotzdem war ich aufgeregt, wenn ich daran dachte, dass ich dort niemanden kannte und völlig auf mich allein gestellt sein würde. Natürlich hätte ich das niemals zugegeben, doch ich hatte irgendwie auch ein kleines bisschen Angst davor.

Die Neugier und die Vorfreude allerdings wiegten schwerer und so versuchte ich, meine aufkeimende Nervosität zu verdrängen.

Meine Mutter hatte gerade damit begonnen, alles wieder einzupacken, als sich meine Blase meldete. Ich sah mich um und erschauderte, als ich etwa
20 Meter von uns entfernt, ein kleines Backsteinhäuschen entdeckte.

Ich hasste Raststätten-Klos! Aber blieb mir eine andere Wahl? - Natürlich nicht...

Kurz entschlossen griff ich mir eine Packung Papiertaschentücher und marschierte los.

Nichts Gutes ahnend öffnete ich die Tür, auf der in Großbuchstaben *DAMEN-WC* stand, und hielt erstickt den Atem an. Ein kaum zu ertragender Gestank nach abgestandenem Urin schlug mir entgegen.

"Igitt!"

Fast hätte ich auf dem Absatz kehrtgemacht und wäre zurück zu unserem Auto gelaufen! Doch ich ahnte, dass ich eine weitere Stunde nicht mehr aushalten würde.

Mit zügigen Schritten lief ich daher zu einer der Toilettentüren und nahm mir vor, in den kommenden Minuten möglichst wenig zu atmen - am besten hielt ich mir meine Nase gleich ganz zu!

Kopfschüttelnd wählte ich das WC aus, welches mir am saubersten erschien. Wobei *sauber* hier eindeutig die falsche Definition war!

Es gab keine Klobrille ohne Urinspritzer und auf der Toilette ganz rechts gab es nicht einmal eine Brille... Überall auf dem Boden fanden sich Reste von Toilettenpapier, aber nirgends gab es einen Abroller, der noch befüllt war. Hier hatte ich bereits vorgesorgt und vorausschauend die Taschentücher eingesteckt. Abschließen konnte man natürlich auch nicht mehr - super! Mir blieb nur, die Tür anzulehnen. Umständlich hockte ich mich über das WC und betete, dass jetzt niemand hereinkommen würde.

Ich hatte Glück...

Als ich mir im Anschluss die Hände waschen wollte, gab es nur eiskaltes Wasser, keine Handtücher (2:0 für das Papiertaschentuch!!) und nicht einmal eine winzige Menge an Seife.

Draußen atmete ich mehrere Male tief durch, ehe ich zurück zu unserem Auto ging. Eigentlich müsste man ja richtig Mitleid mit den armen Menschen haben, die für die Reinigung dieser Toiletten zuständig waren. Aber nach diesem Erlebnis stellte sich mir unweigerlich die brennende Frage, ob sie wohl überhaupt jemals geputzt wurden?!

Zurück am Auto spürte ich, wie sich meine Laune augenblicklich besserte. Die Sonne schaute hinter einer dichten

Wolke hervor und ließ den Parkplatz hell erstrahlen. Ich freute mich. Heute regnete es bestimmt nicht mehr.

„Können wir jetzt endlich weiter?", fragte meine Mutter ungeduldig, die inzwischen mit meinem Vater die Fahrerseite getauscht hatte.

„Klar", entgegnete ich und setzte mich wieder nach hinten. Mein erster Urlaub allein - meine gute Laune konnte kaum besser sein.

Eine Stunde und 135 Kilometer weiter erreichten wir endlich unser Ziel.

Mit lautem Gepolter hopste unser armer Audi über das alte, rote Kopfsteinpflaster. Vorbei an verklinkerten kleineren und größeren Häusern, die beinahe ebenso alt schienen wie die zerschlissene Straße selbst. Ungeachtet dessen wirkte der kleine Ort direkt einladend und sehr gemütlich auf mich. Aufgeregt und voller Vorfreude verfolgte ich jeden Meter, den unser Wagen vorwärts stolperte.

„Sind das hier alles Ferienhäuser?", fragte ich überrascht, meinen Blick dabei unentwegt aus dem Fenster gerichtet.

„Und Wohnungen", korrigierte mich meine Mutter und nickte, „So, wie es in dem Prospekt gestanden hat, ist dieser Ort durch den Tourismus groß geworden. Von den Einheimischen wohnt hier inzwischen kaum noch jemand."

„Inzwischen?", neugierig wandte ich meinen Blick vom Fenster ab und schaute nach vorn zu meinen Eltern.

„Früher war das hier ein Fischerdorf", erklärte mein Vater, „Aber das ist sicher schon über 100 Jahre her."

Vor uns teilte sich der Weg. Die eigentliche Straße machte hier einen Bogen nach links, doch meine Mutter folgte einem breiten Kiesweg eine lange Auffahrt hinauf.

Hotel Strandgut - stand in großen, schwarzen Lettern auf dem hölzernen Schild, das wir soeben passierten.

„Sieht aus, als wären wir da", bemerkte mein Vater unnötigerweise. Wir parkten auf einem der gut 30 Parkplätze vor dem Hotel.

„Ja", murmelte ich, während mein Blick voller Erwartung an dem hübschen, – wenn auch in die Jahre gekommenen - großen Haus mit dem hellen roten Klinker hängen blieb. Das braune Dach musste in den letzten Monaten irgendwann einmal neu gedeckt worden sein. Es glänzte leicht im Sonnenlicht.

Ich stieg aus und atmete tief die frische Luft ein, die mir den feinen Geruch nach Salz und Meer um die Nase wehte. Eine einzelne Möwe zog kreischend ihre Bahn über unsere Köpfe hinweg und landete elegant auf dem Dach des Hotels.

Nur wenige Meter hinter diesem Gelände erstreckte sich der grasbewachsene Deich, der sich schier endlos in beide Himmelsrichtungen fortzusetzen schien. Abermals atmete ich tief ein. Die Vorfreude in mir wuchs sekündlich. Am liebsten wäre ich zum Strand gelaufen und hinein in die Wellen.

Jetzt. Sofort!

Ich konnte es gar nicht abwarten, loszuziehen und die Gegend zu erkunden. Aus dem Augenwinkel heraus nahm ich wahr, wie meine Mutter prüfend ihren Blick schweifen ließ.

„Sieht ja hier recht gepflegt aus", bemerkte sie leise.

Ihre Augen sagten jedoch etwas anderes. Mein Vater schwieg und öffnete indes den Kofferraum, um meine Sachen herauszuholen.

„Mutter! Wir sind hier an der Nordsee - es soll *schön* sein und nicht *gepflegt*. Es ist doch kein Luxusurlaub!", ich verdrehte genervt die Augen. Meine Mutter hingegen seufzte.

„Es sollte aber auch kein drittklassiges Hotel sein! Ein bisschen haben wir schon darauf geachtet."

Ich zuckte gleichgültig mit den Schultern. „Solange kein Ungeziefer in meinem Bett herumkrabbelt, ist mir das vollkommen egal."

Meine Mutter keuchte und setzte zu einer Antwort an, doch mein Vater kam ihr zuvor und beendete die Diskussion mit den Worten „Einigen wir uns darauf, dass das Hotel einen guten Eindruck macht, und gehen endlich hinein!"

Der Eingangsbereich war bräunlich-rot gefliest und überall an den weißen Wänden hingen blau-gerahmte Landschaftsgemälde. Wer immer diese Bilder gemalt hatte, verstand sein Handwerk ausgesprochen gut.

Während meine Eltern schnellen Schrittes durch das Foyer eilten, trat ich näher an eines der Gemälde heran. Es zeigte einen alten Kutter auf hoher See, der gerade seine Netze zum Fang auswarf. Auf dem Bug des Schiffes ließ sich in verschnörkelter Schrift der Name *Inga* entziffern. Unglaublich, wie echt dieses Gemälde wirkte! Fast erwartete ich, das Rauschen der Wellen zu hören.

In der rechten unteren Ecke des Rahmens stand ein Name abgedruckt. Henry Mühlenbach.

"Annastasia!", die ungeduldig tadelnde Stimme meiner Mutter hallte mir entgegen und riss mich aus meinen Gedanken. Ich stöhnte und setzte mich widerwillig in Bewegung.

Gemeinsam erreichten wir einen kleinen Tresen, an dem ein Mann, vielleicht Mitte 40, stand und uns freundlich anlächelte.

„Guten Tag! Wie kann ich Ihnen helfen?"

„Wir haben für unsere Tochter ein Zimmer reserviert. Cramer", antwortete mein Vater.

„Einen Moment bitte", entgegnete der Portier höflich und tippte etwas in seinen Computer ein. „Ja, ich habe hier eine Reservierung für eine Frau Annastasia Cramer. 21 Tage ist das korrekt?"

„Hört sich gut an", mein Vater nickte bestätigend und zückte seinen Geldbeutel, „Wir zahlen im Vorfeld, wie abgesprochen."

„All inclusive, also mit Frühstück und Abendessen?", der Portier blickte meinen Papa erneut fragend an, bis dieser abermals nickte und seine goldene Kreditkarte über den Tresen reichte.

Ich versuchte, einen Blick auf den Bildschirm am Empfang zu erhaschen, doch der Rücken meines Vaters versperrte mir die Sicht.

Was hätte ich dafür gegeben zu wissen, wie viel dieser ganze Urlaub hier wohl kosten mochte. Sicher war es nicht billig. Was meine Eltern aussuchten, war nie billig! Das war wohl einer jener Nebeneffekte, die der Beruf meines Vaters so mit sich führte. Er war ein ziemlich hohes Tier in der Metallverarbeitung und Chef seines eigenen mittelständischen Unternehmens. Wir lebten nicht im übertriebenen Luxus, obgleich meine Eltern sich das wohl ohne Probleme hätten leisten können. Aber wir hatten schon einige Annehmlichkeiten mehr, im Gegensatz zu vielen anderen Familien, die ich kannte.

Wenn wir essen gingen, dann stets in einem Restaurant mit mindestens drei Sternen. Fuhren wir in den Urlaub, so suchten meine Eltern immer eines der besseren und teureren Hotels vor Ort aus. Dass dieses - so wie jetzt - am Strand lag, war dabei selbstverständlich. Ein durchschnittlicher Urlaub, vielleicht in einer Ferienwohnung oder auf einem Campingplatz, wäre für sie undenkbar gewesen. Schade eigentlich...

Die Stimme meines Vaters riss mich zurück in die Wirklichkeit. „Sollen wir uns jetzt dein Zimmer ansehen?"

Ich nickte schnell und lächelte. Endlich auspacken!

Ein anderer Mann führte uns einen hellen Korridor entlang. Er war sicher nicht viel älter als ich, vielleicht Anfang 20. Gemeinsam gingen wir eine breite, gewundene Treppe empor, die mit rotem Teppich bezogen war. Hinauf in die dritte Etage.

„Von Ihrem Zimmer aus haben Sie einen traumhaften Blick auf den Strand und das Meer", er strahlte mich an und nickte eifrig, „Außerdem können Sie abends die Sonne untergehen sehen!"

„Cool", erwiderte ich und lächelte höflich zurück. Sonnenuntergänge hatten für mich schon immer einen besonderen

Reiz. Ich freute mich auf die gemütlichen Abende auf diesem Balkon. Nur ich und mein E-Book-Reader...

Der Mann holte eine weiße Karte aus seiner Tasche hervor und zog diese durch den Schlitz eines kleinen Bedienfeldes, welches auf Kopfhöhe an der Tür angebracht war. Ein leiser, pfeifender Signalton erklang und die Zimmertür ließ sich öffnen. Ich ging zuerst hinein und blieb sogleich begeistert stehen.

Das Zimmer war relativ groß - vielleicht an die 35 qm. Ein Boxspringbett stand in der Mitte des Raumes. Es wirkte ziemlich bequem mit den vielen weichen Kissen und dem flauschigen Bezug. Rechts neben dem Bett stand ein großer eichener Kleiderschrank, welcher über und über mit Ornamenten verziert war. Links neben dem Bett stand ein kleines Nachtschränkchen mit einer wirklich hübschen, sehr alt wirkenden Lampe darauf. Gleich daneben erstreckte sich eine große offene Fensterfront, welche vom Boden bis zur Decke reichte und den ohnehin weitläufigen Raum mit Licht durchflutete. Inmitten der Fensterfront entdeckte ich eine Glastür, die auf den dahinterliegenden Balkon führte, welcher allerdings im Vergleich zu dem großzügigen Zimmer doch recht klein ausfiel. Eine Tatsache, die auch meiner Mutter selbstverständlich nicht entging.

„Oh, im Katalog sah der Balkon aber deutlich größer aus!"

Der Mann mit der schicken blau-weißen Uniform zögerte und lächelte unsicher. „Dies ist eines unserer größten Einzelzimmer."

„Ich rede ja gar nicht von dem Zimmer, sondern von dem *Balkon*!", entgegnete meine Mutter schnippisch.

Ich sah, wie der junge Mann schluckte. Sein Blick glitt unsicher zwischen uns hin und her und ich beschloss, ihm zu Hilfe zu eilen.

„Mutter, es ist nur ein Balkon!"

Wieso bloß machte sie bei jedem Urlaub immer so ein Drama aus jeder nicht perfekten Kleinigkeit?!

„Ja, aber bei dieser Aussicht-"

Entschieden schnitt ich meiner Mutter das Wort ab.

„Ich bin hier am Meer und da unten ist der Strand. Ich werde diesen Balkon wahrscheinlich überhaupt nicht betreten!", log ich und schaute meine Mutter durchdringend an, "Warum auch, wenn ich direkt an den Strand gehen kann?!"

Genervt warf ich meinem Vater einen Blick entgegen in der Hoffnung, dass er mir beipflichten würde. Doch ihm schien es momentan sicherer zu sein, unsere Diskussion zu ignorieren. Augenblicklich verschwand er im angrenzenden Badezimmer und unterzog die Sanitäranlagen einer viel zu übertrieben Musterung.

Typisch...

Ich seufzte und wandte mich wieder meiner Mutter zu. Dass sie immer alles so derart genau kontrollieren musste, war mir mehr als peinlich.

Wiedererwarten gab sie sich jedoch endlich geschlagen.

„Hauptsache *dir* gefällt es hier."

Gleichgültig zuckte sie mit den Schultern und rang sich ein Lächeln ab.

Überrascht und dankbar zugleich lächelte ich zurück.

Der Page entspannte sich sichtlich. Ich grinste. Ja, meine Mutter konnte sehr bestimmend sein.

Mein Vater war inzwischen aus den *Tiefen* des 12 qm großen Badezimmers zurückgekehrt.

„Sieht doch alles recht passabel aus", sagte er schlicht und nickte lächelnd.

Ich ging hinüber und warf ebenfalls einen Blick ins Bad.

Hier gab es eine große Dusche nebst Badewanne, Waschbecken und WC. Alles war in Weiß gehalten und schien fast wie frisch renoviert.

Die Handtücher waren allesamt blau-weiß gestreift. Der einzige Farbtupfer in diesem – für meinen Geschmack viel zu sterilen – Badezimmer.

Verblüffende Ähnlichkeit zu unserem Bad daheim… - dachte ich unweigerlich und musste schmunzeln.

„Ich hoffe, es ist alles zu Ihrer Zufriedenheit?", der junge Mann rang sich erneut ein Lächeln ab, inzwischen nicht mehr so selbstsicher wie noch vor wenigen Minuten.

„Ja, natürlich. Sie können jetzt gehen", antwortete mein Vater und steckte ihm einen Geldschein zu.

„Wie viel hast du ihm gegeben?", fragte ich neugierig, als der Page verschwunden war.

„Spielt keine Rolle", mein Vater winkte ab und wechselte prompt das Thema, „Wie gefällt dir denn nun dein kleines Reich?"

„Es ist genial!", rief ich begeistert und drehte mich einmal schnell im Kreis, „Ich könnte für immer hierbleiben!"

Mein Vater lachte und selbst meine Mutter lächelte – nicht jedoch, ohne dabei mit dem Kopf zu schütteln.

„Na, eigentlich wollten wir dich in drei Wochen wieder mitnehmen."

Sie zog ihre Stirn kraus, wie sie es immer tat, wenn sie nachdachte. "Du musst dich zu Hause noch auf die Schule vorbereiten, vergiss das nicht. Die jetzt kommenden Jahre sind essenziell für dein Abitur und dein danach folgendes Studium!", mahnte sie.

Ich seufzte und unterdrückte nur mit Mühe den Drang, mit den Augen zu rollen. Dieses Thema schon wieder! Meine Mutter wusste wirklich, wie sie mir jeden Spaß verderben konnte. Immer wieder ging es um dieses Studium. Dabei freute ich mich sogar auf die Uni in ein paar Jahren. Allerdings nicht unter dem Gesichtspunkt, im Anschluss in der Firma meines Vaters anfangen zu müssen. Eine Arbeit, die ich nicht wollte und sie trotzdem eines Tages antreten würde – meiner Familie zuliebe... Ich schluckte gegen den Kloß in meinem Hals an.

Diesmal war es mein Vater, der mir zu Hilfe kam und das Thema wechselte, um einen möglichen Streit zwischen meiner Mutter und mir abzuwenden.

„Am besten machen wir uns so langsam wieder auf den Weg, damit du endlich Zeit für dich hast", er zwinkerte mir zu und ich lächelte dankbar.

„Aber wollen wir uns nicht noch den Rest des Hotels ansehen, ehe wir fahren?"

Meine Mutter wirkte unschlüssig.

Mist...

Ich warf meinem Vater einen fragenden Blick zu. Diesmal ignorierte er mich nicht. Sogleich winkte er ab.

„Nicht nötig. Unsere Tochter schafft das schon allein!"

Ich strahlte, meine Mutter jedoch wirkte noch immer nicht so recht überzeugt.

„Aber...", setzte sie an und schaute zwischen meinem Vater und mir hin und her, da sie offensichtlich nicht wusste, was sie entgegnen sollte.

Mein Vater indes packte sie leicht, aber bestimmt am Arm und drehte sie in Richtung Zimmertür.

„Komm, wir fahren!"

„Ach Mutter, mir passiert schon nichts!", lachte ich und versuchte, die Stimmung wieder aufzulockern.

Sie lächelte gequält. „Das weiß ich doch. Aber du... Nun ja... Es ist das erste Mal, dass du ohne uns Urlaub machst. Du wirst mir fehlen", gab sie schließlich zu und nahm mich zu meiner Überraschung überschwänglich in ihre Arme.

Ich sog den Duft ihres schweren, blumigen Parfums tief ein. „Ihr werdet mir auch fehlen!", flüsterte ich.

Ja, manchmal konnte meine Mutter auch ganz anders sein. Ich genoss diesen Moment und wünschte mir insgeheim, sie würde sich öfters von ihren Gefühlen anstelle ihrer Vernunft leiten lassen.

Nachdem mein Vater und ich uns ebenfalls kurz umarmt hatten, wandten die beiden sich endlich zum Gehen. Als die Tür ins Schloss fiel, atmete ich einmal tief durch. *Geschafft!*

Sicher würden mir meine Eltern fehlen, aber meine neu gewonnene Freiheit würde ich ebenfalls in vollen Zügen auskosten. Ich grinste voller Vorfreude und ließ den Blick durch mein gemütliches Zimmer schweifen. Er blieb an dem wuchtigen, altmodisch verzierten Schrank hängen und ich zog nachdenklich meine Stirn kraus.

"Hhmm... Ob da all meine Sachen wirklich reinpassen werden?"

Außer meinem E-Book-Reader, den ich vor einem halben Jahr zum Geburtstag von meinen Eltern bekommen hatte, befand sich ja nicht so viel in meinen Koffern - *eigentlich*.

Nur durfte man in diesem Fall besser keinen allzu tiefen Blick in den Trolley mit den Klamotten werfen. Ohne die tatkräftige Unterstützung meines Vaters, welcher sich mit voller Wucht auf meinen Koffer geworfen hatte, hätte ich ihn wohl gar nicht erst schließen können!

Ich kicherte bei dem Gedanken daran und öffnete die schweren Holztüren, die laut knarrend den Blick ins Innere des Schrankes freigaben.

Eine halbe Stunde später waren all meine Klamotten und der restliche Kram in dem alten Holzschrank untergebracht. Tatsächlich hatte alles gerade so hineingepasst.

Natürlich wusste ich, dass ich viel zu viele Kleidungsstücke mitgenommen hatte. Doch wie sollte ich mich im Vorfeld auch entscheiden, wenn ich nicht einmal wusste, wie das Wetter werden würde? Wenn man zu dieser Jahreszeit beispielsweise nach Spanien flog, so konnte man mit ziemlicher Sicherheit davon ausgehen, dass man keine Jacken oder Pullover mitnehmen musste. Aber hier? Woher sollte ich denn wissen, wie beständig das Wetter an der Nordsee sein würde?! Ich musste auf alles vorbereitet sein. Eine Marotte, die ich zweifelsfrei von meiner Mutter geerbt hatte.

Ich grinste bei dem Gedanken an das Gesicht meines Vaters, der sich vor Antritt jedes gemeinsamen Urlaubs über die Menge der Gepäckstücke beschwerte und darüber, dass selbst unser Kombi kaum genügend Raum für alles bot.

Sein Humor und seine ganz spezielle Art waren es, die mich stets zum Lachen und im entscheidenden Moment ins Wanken brachten, wenn es darum ging, dass meine Eltern wieder einmal ihre Ideen durchzusetzen versuchten und ich eigentlich anderer Meinung war. Gegen meine Mutter konnte ich mich zuweilen durchsetzen. Wir peitschten uns gegenseitig so hoch, bis es zum Streit kam und sie schließlich nachgab. Gegen meinen Vater und sein spezielles, dominantes Wesen konnte ich jedoch nur verlieren. Wenngleich er dieses Verhalten mir gegenüber nur selten zeigte, so wurde mir genau in solchen Momenten sehr deutlich bewusst, dass mein Vater es gewohnt war, andere Menschen zu manipulieren und zu lenken.

So auch bei dieser fixen Idee, dass ich in einigen Jahren in seine Firma einsteigen würde. Natürlich konnte ich seinen Wunsch verstehen, da es als Familienbetrieb begann und auch in Zukunft einer bleiben sollte. Aber in die Fußstapfen meines Vaters zu treten, obgleich ich nicht die geringste Lust auf diese Art der Arbeit hatte? Vielleicht sogar eines Tages die Leitung seiner Firma zu übernehmen? Allein bei dem Gedanken daran wurde mir flau. Dazu fehlte mir bei Weitem das nötige Selbstvertrauen.

Ich ging hinüber zur großen Fensterfront und schaute hinunter auf den Strand. Meine Gedanken kehrten allmählich ins Hier und Jetzt zurück. Ich nahm mir vor, nicht länger über meine Zukunft und die Pläne meiner Eltern nachzudenken, – zumindest für die kommenden Stunden. Jetzt wollte ich mich endlich entspannen und meinen Urlaub genießen.

Die Sonne stand schon etwas tiefer und die Strandkörbe warfen lange, breite Schatten über den Sand, der ungleich dunkler wirkte als die Strände am Mittelmeer.

Noch immer waren viele Besucher dort unten. Ganz langsam allerdings lichteten sich die ersten Abschnitte. Es war schon nach 18.00 Uhr und somit für die meisten Urlauber Zeit für das Abendessen. Bei diesem Gedanken spürte ich plötzlich, wie mein Magen energisch protestierte. Kein Wunder, hatte ich doch heute kaum etwas gegessen.

Höchste Zeit, die Restaurantküche einmal genauer unter die Lupe zu nehmen...

Das Restaurant befand sich im Erdgeschoss des Hotels. Die weiße, hohe Decke war mit Stuck verziert und verlieh dem großen Raum einen besonderen Flair. Die Dekoration war schlicht gehalten und passte mit den blau-weißen Farbtönen zum Rest des Hauses. An einer Wand entdeckte ich einen großen, gemauerten Kamin, über dem ein hölzernes Steuerrad hing. Vermutlich von einem alten Schiff.

Ich nahm an einem kleinen Zweiertisch am Ende des Raumes Platz. Von hier aus hatte ich alles gut im Blick und konnte mir in Ruhe den Rest der Dekoration anschauen. Alles wirkte so gemütlich und einladend hier, dass ich mich augenblicklich wohlfühlte. Mein erster Urlaub allein. Es konnte gar nicht perfekter sein!

Nach wenigen Minuten kam eine junge Frau zu mir und reichte mir eine Speisenkarte.

„Moin! Bist du ganz allein hier?", fragte sie freundlich und lächelte.

„Ja", sagte ich und erwiderte ihr Lächeln, „Ich mache drei Wochen Urlaub."

„Das ist ja toll! Wann bist du angekommen?", fragte die Frau interessiert.

„Heute", antwortete ich und fügte hinzu, „Genau genommen gerade eben erst."

„Drei Wochen können lang werden. Hut ab! Ich hätte mich das in deinem Alter bestimmt noch nicht getraut. Ich selbst bin erst vor einem Jahr zu Hause ausgezogen", die Frau grinste, „Bist du das erste Mal ohne deine Eltern hier?"

„Ja", ich lächelte verlegen, „Das erste Mal..."

„Dann solltest du deinen Urlaub so richtig auskosten!", sie zwinkerte mir verschwörerisch zu und zog einen kleinen Notizblock aus ihrer Tasche, „Was darf ich dir denn bringen?"

„Ähm...", kurzfristig hatte sie mich mit dem plötzlichen Themenwechsel überrumpelt.

„Wie wäre es mit einer Cola oder Apfelschorle?", die blonde Frau grinste wieder, „Unser alkoholfreier Sekt schmeckt auch sehr gut."

„Ich glaube, ich nehme eine Cola, bitte", entgegnete ich und unterdrückte das Verlangen, ihr mitzuteilen, dass ich mit meinen 16 Jahren bereits richtigen Sekt trank. Vielleicht schätzte sie mich jünger ein. Ich grübelte noch darüber nach, als sie ihren Notizblock bereits weggesteckt hatte.

„Ich komme dann gleich noch einmal wegen der Bestellung deines Essens", erklärte sie freundlich und ging.

Ich schaute der jungen Kellnerin nach, wie diese zu einem der anderen Tische hinübereilte. Sie war mir auf Anhieb sympathisch. Viel älter als ich konnte sie allerdings auch noch nicht sein.

Ich warf einen Blick in die Speisenkarte und wusste sofort, dass es sehr schwierig werden würde, mich zu entscheiden. Das meiste klang total lecker. Nur gut, dass ich jeden Abend hier essen konnte. So hatte ich genug Zeit, mich in Ruhe durch die gesamte Karte zu futtern...

Schließlich, nach vielleicht zehn Minuten, in denen ich mich wohl mindestens an die fünf Mal umentschieden hatte, wählte ich Rührei mit Krabben, Bratkartoffeln und einem gemischten Salat. Ich hatte noch nie Nordseekrabben gegessen. Bei uns zu Hause gab es eher diese großen Garnelenschwänze oder fertigen Krabbencocktail. Auch Hummer ab und an. Dieser war jedoch noch nie so ganz mein Fall gewesen. Garnelen hingegen mochte ich sehr. Ob die Nordseekrabben wohl ähnlich schmeckten?

Zwanzig Minuten später bekam ich mein Essen und staunte nicht schlecht.

Wie soll ich das denn alles schaffen?!

Ich begann zu essen und stellte schon beim ersten Bissen überrascht fest, dass die Krabben ganz anders schmeckten, als ich erwartet hatte. Sehr viel salziger als die Garnelen, aber echt lecker. Alles schmeckte wirklich gut und erst jetzt fiel mir auf, wie hungrig ich eigentlich war. Dennoch war die Portion für mich entschieden zu groß, sodass ich am Schluss kapitulieren musste. Mit Mühe aß ich die letzten Krabben auf und betrachtete bedauernd den Rest meiner Bratkartoffeln und das kleine Häufchen Rührei.

„War wohl etwas zu viel, was?", fragte die nette Kellnerin, als sie wenig später abräumte.

„Das kann man wohl sagen", gestand ich und rieb mir symbolisch den Bauch, „Aber es hat wirklich richtig gut geschmeckt!", beeilte ich mich hinzuzufügen.

Sie grinste. „Das freut mich. Übrigens -", sie deutete auf meinen Teller, „du kannst von jedem Essen auch immer eine kleinere Portion bestellen, weißt du."

„Ach so", daran hatte ich irgendwie gar nicht gedacht, „Gut zu wissen, danke."

„Kein Problem. Möchtest du noch etwas trinken?"

„Nein, danke. Ich gehe auf mein Zimmer."

„Dann wünsche ich dir noch einen schönen Abend!"

„Danke, gleichfalls."

Pappsatt und zufrieden verließ ich kurz darauf das Restaurant. Ich wollte nur noch duschen und dann direkt ins Bett gehen. Langsam spürte ich die Müdigkeit durch die lange Autofahrt in mir. OK, ich war nicht selbst gefahren und hatte zudem unterwegs ein kurzes Nickerchen gemacht, aber dennoch hatte ich sehr früh aufstehen müssen. Außerdem war ich es nicht gewohnt, stundenlang im Auto herumzusitzen.

In meinem Zimmer angekommen schnappte ich mir meinen Schlafanzug und frische Unterwäsche und ging zielstrebig hinüber ins Bad.

Als das heiße Wasser meinen Rücken hinunterlief, spürte ich, wie sofort sämtliche Müdigkeit von mir abfiel. Gerade so, als könnte ich sie mit dem Wasser abwaschen. Ich schloss meine Augen, atmete tief durch und genoss die Ruhe um mich herum.

Schon seit Wochen hatte ich mich auf diese Reise gefreut. Jetzt war es endlich soweit und es fühlte sich großartig an! Der erste Urlaub, bei dem ich alles selbst entscheiden und endlich einmal so richtig faul sein konnte. Nichts tun zu müssen, was irgendwie *sinnvoller* erschien, wie zum Beispiel ein Museum oder eine besondere Gedenkstätte zu besuchen, sondern einfach einmal nur chillen...

Nach dem Duschen wickelte ich mich in meinen kuscheligen, blauen Bademantel und ging hinüber zu der großen Fensterfront. Der Strand war inzwischen menschenleer. Ich sah ein paar Möwen, die über den Sand wanderten und nach achtlos weggeworfenen Essensresten suchten. Morgen nach dem Frühstück würde ich direkt hinunter zum Strand gehen und mich dort in die Sonne legen. Das hatte ich mir bereits fest vorgenommen.

Gerade als ich mich abwenden wollte, fiel mein Blick auf einen Jungen, der schnellen Schrittes über den Sand eilte. Selbst von hier oben konnte ich erkennen, wie dünn und schlaksig der Typ wirkte. Seine schwarzen, mittellangen Haare bewegten sich leicht im Wind und er blickte scheinbar gedankenverloren hinaus aufs Meer. In der beginnenden Dämmerung wirkte sein Gesicht irgendwie blass.

„Wie kann man bei so viel Sonne nur so wenig Farbe haben? Geht der Typ nur abends raus?", wunderte ich mich und beobachtete weiter, wie der Junge über den Sand lief, seinen Blick dabei unentwegt aufs Meer gerichtet, ohne auch nur eine Sekunde stehen zu bleiben. Er wirkte gehetzt. Ich sah ihm nach, bis er aus meinem Sichtfeld verschwunden war.

Seltsamer Typ. - dachte ich und schaute mir den beginnenden Sonnenuntergang an. Der Himmel leuchtete in wunderschönen Rot-, Orange- und Gelbtönen, die miteinander verschmolzen. Dort, wo sich Horizont und Meer zu berühren schienen, glitzerte das Wasser und malte das Bild des Himmels weiter.

Egal in welchem Land ich bereits gewesen war, in meinen Augen gab es kaum etwas Schöneres als den farbgewaltigen Übergang zwischen Tag und Nacht. Diese Momente, so kurz sie auch sein mochten, versprühten ihre ganz eigene Magie.

Ich unterdrückte das plötzliche Verlangen, mich wieder anzuziehen und einen kleinen Abendspaziergang zu unternehmen. Bis ich den Strand erreicht hätte, wäre dieses Farbenspiel schon längst vorüber und es wurde ohnehin bald dunkel. Lieber wollte ich noch ein wenig lesen und dann schlafen gehen.

Ich schnappte mir meinen E-Book-Reader und ließ mich auf das riesige Bett fallen. Schnell rief ich den Liebesroman auf, den ich mir in der vergangenen Woche heruntergeladen hatte, und begann zu lesen. Immer wieder musste ich gähnen und irgendwie wurde ich das Gefühl nicht los, dass das Bett von Minute zu Minute immer weicher und gemütlicher wurde.

Ich hatte nicht einmal die ersten zehn Seiten geschafft, als mir auch schon die Augen zufielen.

Wahrscheinlich hätte ich die ganze Nacht durchgeschlafen, wäre ich nicht gegen Mitternacht durch lautes Poltern geweckt worden.

Erschrocken fuhr ich hoch und verstand im ersten Moment gar nicht, was hier soeben vor sich ging. Hatte ich das laute Geräusch wirklich gehört oder vielleicht doch nur geträumt? Draußen war es stockdunkel. Ich legte den E-Book-Reader beiseite und stand langsam auf. Als ich an das große Fenster trat, um die Jalousie zu schließen, polterte es erneut!

Erschrocken wich ich einen Schritt zurück. Das Geräusch kam eindeutig von draußen.

Es klang, als hätte jemand irgendetwas umgestoßen.

Sollte ich nachschauen?

Entschlossen löschte ich das Licht, um besser nach draußen sehen zu können. Nachdem ich mir sicher sein konnte, dass sich kein Tier oder sonst jemand auf meinem Balkon herumtrieb, öffnete ich vorsichtig die Tür und schlich so lautlos wie möglich ins Freie.

Es war kühler geworden und eine leichte Brise wehte mir entgegen. Ich blieb stehen und lauschte in die Nacht hinein. Vor Aufregung vergaß ich beinahe zu atmen. Ein paar Minuten blieb ich vollkommen bewegungslos stehen, doch nichts geschah. Nicht ein Laut war zu hören.

„Seltsam", dachte ich und wandte mich schließlich um. Ich wollte wieder hineingehen, denn langsam wurde mir kalt.

Bestimmt habe ich mir das nur eingebildet... - überlegte ich und grinste über meine eigene Ängstlichkeit.

Als ich jedoch meinen ersten Fuß über die Schwelle setzte, erstarrte ich mitten in der Bewegung!

Ein warmer Lufthauch streifte meinen Nacken! Sofort bekam ich eine Gänsehaut. Es fühlte sich an, als würde jemand ganz dicht hinter mir stehen! Panisch fuhr ich herum.

Mein Herz raste.

Mit meinen Augen suchte ich hastig den gesamten Balkon ab, aber niemand war dort.

Wie war das möglich?!

Rückwärts wich ich zurück in mein Zimmer und verriegelte eilig die Glastür.

Mein Herzschlag beruhigte sich nur sehr langsam. Unentwegt wanderte mein Blick nach draußen. Nach wie vor war niemand zu sehen. Aber es musste doch jemand dort gewesen sein! Mein Nacken prickelte unangenehm an der Stelle, an der ich den warmen Atem gespürt hatte. Das konnte ich mir nicht eingebildet haben! Es hatte sich furchtbar echt angefühlt... Andererseits, wenn jemand dort gewesen wäre, hätte er doch unmöglich derart schnell verschwinden können und vor allem - wohin?! Zögernd ließ ich die Jalousien hinunter.

Nachdem eine halbe Stunde lang nichts ungewöhnliches mehr geschehen war, ging ich schließlich ins Bett. Noch immer hatte ich ein ungutes Gefühl in meinem Bauch. Ich zwang mich, ruhig zu bleiben.

Wenigstens konnte durch die Jalousie niemand hineinkommen.

Dieser Gedanke war vermutlich der einzige Grund, weshalb ich nach diesem unheimlichen Ereignis überhaupt irgendwann einschlafen konnte.

2. KAPITEL

„STIMMEN IM WIND"

Am folgenden Morgen erwachte ich gegen 08.00 Uhr. Durch die wenigen dünnen Schlitze meiner Jalousie drangen die ersten matten Sonnenstrahlen und ließen feine Staubkörnchen überall in der Luft tanzen. Noch halb im Schlaf lag ich in meinem Bett und spürte die leichte Wärme der Lichtstrahlen auf meiner Haut. Es dauerte einige Minuten, ehe ich mich an das unheimliche Ereignis der gestrigen Nacht erinnerte. Jetzt bei Tageslicht schien es gar keinen Grund mehr zu geben, sich Sorgen zu machen. Ich musste über meine eigene Dummheit grinsen. Nur weil ich einen warmen Lufthauch gespürt hatte, musste das doch noch lange nicht heißen, dass jemand dort gewesen war. Wie hätte diese Person denn so plötzlich hinter mir auftauchen und kaum einen Augenblick später schon wieder verschwinden können und das, ohne auch nur eine winzige Spur zu hinterlassen? Völlig unmöglich!

Ich rekelte mich genüsslich in meinem weichen Bett und gab mich noch einen Moment der wohligen Wärme hin. Ich hatte die restliche Nacht überraschend gut und vollkommen traumlos geschlafen. Wahrscheinlich eine Folge der langen Anreise. Mühsam rappelte ich mich auf und ging, leicht schwankend, den kurzen Weg hinüber ins Bad. Nachdem ich mich gewaschen hatte, fühlte ich mich wie neugeboren. Ich zog mir luftige Sachen an, öffnete die Balkontür und trat ins Freie. Die salzige Meeresbrise schlug mir entgegen und ich sah drei Möwen, die kreischend ihre Bahn am Himmel zogen, offensichtlich auf der Suche nach ihrem Frühstück. Das Meer war vollkommen verschwunden und gab den Blick auf das nasse, schwarz-graue Watt frei. Die frische Luft war überwältigend und ich fühlte mich gleich besser. Für den Moment waren die unheimlichen Ereignisse der letzten Nacht vergessen.

Mein erster Urlaub. Mein erster Urlaub ganz allein. Ich fühlte mich gut - ich fühlte mich *frei*!

Auf dem Weg hinunter in den großen Speisesaal summte ich fröhlich vor mich hin.

„Guten Morgen!", grüßte plötzlich eine freundliche Männerstimme neben mir.

Erschrocken zuckte ich zusammen und starrte überrascht in das lächelnde Gesicht eines jungen Kellners. Einen Moment lang blickte ich ihn entgeistert an.

Hatte er mich etwa gehört? Hoffentlich nicht...

Das Grinsen des jungen Mannes wurde noch eine Spur breiter. Ich wäre am liebsten auf der Stelle im Erdboden versunken.

„Möchten Sie frühstücken?", fragte er höflich.

„Ähm... ja, gerne", stammelte ich und spürte zu meinem Ärger, wie ich rot wurde.

„Folgen Sie mir bitte." Der Kellner ging mit zügigen Schritten quer durch den unteren Korridor und hinüber in einen weiteren Speisesaal. Ich lief ihm hinterher und versuchte, meine Fassung wiederzufinden. Er führte mich zu einem kleinen Zweiertisch am hinteren Ende des Raumes. Dieser war bereits eingedeckt und ich setzte mich.

„Danke", sagte ich schnell.

Der Kellner lächelte erneut. „Was möchten Sie trinken? Kaffee, Milch, Tee oder vielleicht einen Saft?"

Seit neuestem hatte ich Kaffee für mich entdeckt und so bestellte ich mir eine Tasse. Der Kellner klärte mich zudem darüber auf, dass ich mir mein Frühstück am Buffet in der Mitte des großen Saals jeden Tag selbst zusammenstellen konnte. Nur die Getränke wurden vom Personal gebracht. Als der Kellner verschwunden war, um meinen Kaffee zu holen, schaute ich mich interessiert um.

Im Gegensatz zum Restaurant war dieser Speisesaal deutlich wärmer gestaltet. Die helle Decke zierte ein riesiges Gemälde, welches eine unglaublich echt wirkende Meereslandschaft darstellte. Dadurch schien diese zwar optisch niedriger zu sein, aber durch die verschiedenen Blau- und Türkis-Töne fühlte man sich fast wie im Meer. Blau-weiße Kerzen und schöne, große Muscheln füllten die schmalen Fensterbänke ringsherum. Die Tische und Stühle bestanden aus hellblau lackiertem Holz und waren mit weißen, dünnen Tischdecken bestückt. Auf jedem der insgesamt 25 Tische stand eine Vase mit wunderbar frischen und herrlich duftenden Wildblumen. Zudem fanden sich auf allen Tischen kleine Salz- und Pfefferstreuer in Form von blau-weißen Leuchttürmchen. Hier gefiel es mir sogar noch eine Spur besser als drüben im Restaurant-Bereich. Beide Räume waren wirklich schön und einladend gestaltet. Während das Restaurant jedoch eher schick und gemütlich wirkte, verbreitete der Speisesaal eine frische und leichte Fröhlichkeit, die man schon nach wenigen Augenblicken deutlich spüren konnte. Der ideale Ort für einen beginnenden Urlaubstag!

Der Kellner kam mit meinem Kaffee zurück und riss mich damit aus meinen Gedanken. Er verwies abermals auf das bereitgestellte Frühstücksbuffet.

„Danke", sagte ich erneut, nahm einen ersten vorsichtigen Schluck von meinem Kaffee und verbrannte mir direkt den Mund.

Ich warf einen kritischen Blick auf meine dampfende Tasse.

Vielleicht doch erst einmal etwas zu Essen holen?! - überlegte ich und stand auf.

Das Buffet machte seinem Namen wirklich alle Ehre. Es gab alles, was das Herz begehrte. Verschiedene Müslis, frische Milch vom Bauern und Joghurt, viele verschiedene Brötchen-Sorten, allerlei Wurst und Käse, Marmelade und Honig, gekochte Eier und Rühreier, sowie frischen, gebratenen Speck, geräucherten Lachs, Krabben und jede Menge Obst.

Unschlüssig ließ ich meinen Blick über die riesige Auswahl schweifen. Eigentlich war ich kein besonders großer Frühstücksfan, doch bei diesem Angebot bekam selbst ich Appetit. Die Stimme in meinem Kopf mahnte mich zudem, dass ich erst gegen Abend wieder umsonst hier essen konnte. Daher war es wohl besonders für meinen Geldbeutel besser, reichlich zu frühstücken.

Nach dem Frühstück ging ich kurz hinauf in mein Zimmer, um meine Handtasche zu holen. Im Anschluss wollte ich direkt hinüber an den Strand. Als ich das Hotel verließ, fiel mir auf, dass die meisten Urlauber erst jetzt in den Speisesaal drängten.

„Alles Langschläfer!" Ich musste grinsen, als ich mich selbst daran erinnerte, dass ich zu Hause auch am liebsten bis mittags liegen blieb. Vorausgesetzt natürlich, meine Eltern ließen mich in Ruhe. Hier im Urlaub wollte ich lieber früh aufstehen und den Tag voll ausnutzen.

Draußen lief ich die wenigen Meter bis an den Deich heran und ging die Stufen ganz nach oben hinauf. Hier gab es in regelmäßigen Abständen allerlei Sitzbänke, von denen man direkt auf das Meer – oder halt eben das Watt – blicken konnte.

Einen Moment lang stand ich still da und atmete tief die frische Luft ein, die mir entgegenschlug. Binnen weniger Sekunden war meine Frisur durch den Wind komplett zerstört. Ich fluchte leise. Aller Versuche zum Trotz ließen sich meine Haare letztendlich nur mit einem Haargummi bändigen.

Was solls. Ich bin im Urlaub. - dachte ich und widerstand der Versuchung, mein Handy als Spiegel zu missbrauchen.

Wenige Meter, bevor der Strand begann, zog ich meine Sandalen aus und lief barfuß über das kurze Gras, das hier dicht an dicht wuchs. Trotz der warmen, sommerlichen Temperaturen war es noch feucht und kalt.

Auch der Sand war noch kühl. Schon nach den ersten Schritten spürte ich die kleinen Steinchen und spitzen Muschelstückchen unter meinen Füßen. Irgendwie hatte ich mir den Sand nicht so grobkörnig vorgestellt. So vollkommen anders als am Mittelmeer. Aber *anders* musste ja nicht zwangsläufig *schlechter* sein.

Ich blieb stehen und ließ meinen Blick in die Ferne schweifen. Unwichtig, wie sich der Nordseesand unter meinen Füßen anfühlte, denn bei dieser Aussicht war mir alles andere sowieso komplett egal. Das Watt erschien mir beinahe grenzenlos. Weit in der Ferne erkannte ich einen schmalen, glitzernden Streifen am Horizont. Das Meer kam langsam zurück. Leicht rechts verlief ein länglicher, grüner Landfetzen. Vermutlich eine der kleineren Inseln. Leider wusste ich nicht, welche. Etwas weiter rechts sah ich einen rot-weißen Leuchtturm, der direkt aus dem Watt hinauszuragen schien.

Es war wirklich schön hier. Ich genoss meinen ersten Vormittag in vollen Zügen. Die Sonne schien, es war warm und laut meiner App waren in den kommenden Tagen keinerlei Regenwolken in Sicht. Der Start in meinen Urlaub hätte perfekter kaum sein können. Ich lächelte und schloss für einen Moment die Augen.

„Anna..."

Überrascht schaute ich auf und drehte mich ruckartig um. Wer hatte da eben meinen Namen gesagt? Niemand der anderen Urlauber nahm Notiz von mir. Sie unterhielten sich miteinander oder lasen. Ein paar Jugendliche, ungefähr in meinem Alter, spielten an einem Beachvolleyball-Netz und drei kleine Kinder, in unmittelbarer Nähe hatten sich eine Sandburg gebaut.

Mein Herz begann ein wenig schneller zu schlagen, denn augenblicklich musste ich an die Ereignisse der vergangenen

Nacht zurückdenken. Unaufhörlich ließ ich meinen Blick über den Strand schweifen. Niemand schaute mich an. Niemand war mir nahe genug, um es gewesen zu sein. Die Stimme, die ich eben gehört hatte, hatte nur ganz leise gesprochen. Ein Flüstern - viel zu nah...

„Annaaaaa...." - Da war sie wieder!

Der Schreck jagte durch meinen Körper, wie ein elektrischer Schlag. Irgendetwas stimmte hier nicht. Ich konnte die fremden Blicke deutlich auf mir spüren.

Aber niemand schaute mich an!

Eine Gänsehaut jagte meinen Rücken hinab.

Ich musste hier weg. Langsam setzte ich mich in Bewegung, dann lief ich schneller. Ich rannte den weitläufigen Strand entlang. Vorbei an den vielen Besuchern, die nicht einmal aufschauten, und vorbei an den bunten Strandkörben. Meine Blicke jagten dabei hektisch von rechts nach links. War dort jemand, der mich beobachtete? Wurde ich verfolgt?

Nach ein paar Hundert Metern blieb ich schließlich stehen und musste erst einmal wieder zu Atem kommen. Hier an diesem Abschnitt, der weit vom Kiosk und den Toiletten entfernt lag, war es fast menschenleer.

Nur zwei Strandkörbe in meiner Nähe waren besetzt und deren Mieter interessierten sich nicht im Geringsten für mich. Allmählich begann mein Puls, sich zu beruhigen. Meine Gedanken jedoch zogen unaufhörlich ihre Kreise. Was war hier eben geschehen? Woher war diese Stimme gekommen? Ich hatte Blicke auf mir gespürt. So echt. So greifbar und nah wie der Atem auf meiner Haut vergangene Nacht.

Wieder spürte ich das feine Prickeln in meinem Nacken, wenn ich an jenen Moment zurückdachte. Ich schluckte. Langsam ging ich weiter über den Strand, meinen Blick dabei wachsam auf jede Person gerichtet, die mir begegnete. Ich wollte zurück ins Hotel. Die Lust auf ein Sonnenbad war mir gehörig vergangen.

Während ich nun den langen Weg an der Hotelanlage vorbei nehmen musste, da ich nicht wagte, den direkten zurückzugehen, spielten meine Gedanken beinahe verrückt. Was, wenn ich jemanden übersehen hatte? Wenn mir wirklich jemand folgte? Aber würde das dann nicht auch zwangsläufig bedeuten, dass letzte Nacht jemand auf meinem Balkon gewesen sein *musste*?

Ruckartig blieb ich stehen. Der Gedanke, der mir eben gekommen war, ließ mir das Blut in den Adern gefrieren. Was, wenn jemand wegen meines Vaters hinter mir her war?! Meine Eltern hatten viel Geld und seine Firma war einige Millionen wert. Wenn mich nun jemand entführen wollte, um Lösegeld zu erpressen? Ich schluckte schwer. Mein Mund war mit einem Mal staubtrocken.

Immer wieder warf ich einen Blick über meine Schulter. Niemand nahm Notiz von mir und keiner verfolgte mich. Ich wurde ruhiger.

Konnte es nicht vielleicht sein, dass ich einfach nur unter Verfolgungswahn litt? Ich atmete tief durch und lachte mich in Gedanken selbst aus. Hier war doch *niemand*!

Ich musste plötzlich an meinen Vater denken und dass er sich stets über mich lustig machte, wann immer wir abends gemeinsam einen Horrorfilm anschauten. Der Film war für mich kein Problem. Bloß hörte ich im Anschluss überall Geräusche und sah Schatten, wo ganz bestimmt keine waren.

Es musste jetzt genauso sein. Vermutlich hatte ich mir alles nur eingebildet, weil ich das erste Mal allein im Urlaub war. Meine Fantasie ging einfach mit mir durch. Wenn ich noch einmal in Ruhe über alles nachdachte, gäbe es ganz bestimmt eine logische Erklärung. Es konnte nicht anders sein!

Als ich an diesem Abend wieder ins Restaurant kam, setzte ich mich direkt an denselben Tisch wie tags zuvor. Die junge Kellnerin erschien und lächelte mich dabei schon von Weitem freundlich an.

„Moin! Schön dich wiederzusehen!"

„Hi!", ich freute mich ebenfalls und nahm die Karte entgegen.

„Wieder eine Cola?", fragte sie und ich nickte überrascht.

Als die Kellnerin verschwunden war, schaute ich mir sogleich die Karte an. Am Ende der drei Wochen würde ich sie vermutlich auswendig kennen. Dann könnte ich hier direkt als Kellnerin anfangen. Ich grinste bei diesem Gedanken. Mein Vater würde ausrasten! Eine Karriere als Kellnerin anstelle Studium?! Allein, um die Gesichter meiner Eltern zu sehen, war diese Idee ein Gedanke wert...

Ich seufzte. Ich wollte ja gar nicht kellnern, aber in der Firma meines Vaters wollte ich ebenso wenig arbeiten. Das Problem war bloß, dass meine Eltern von dieser Abneigung rein gar nichts wussten. Sie bemerkten zwar, dass ich zurzeit nicht so gut auf dieses Thema zu sprechen kam. Aber höchstwahrscheinlich dachten sie einfach, dass ich momentan keinen Bock mehr auf Schule und Lernen hatte. Wie hätte ich es ihnen auch erklären sollen? Es war ihnen so wichtig. Vor allem meinem Vater. Wenig Spielraum für eigene Ideen oder Wünsche. Ich seufzte erneut und rieb mir die Schläfen.

Nein!

Nein, ich wollte jetzt nicht schon wieder über meine dämlichen Probleme nachdenken! Ich war hier im Urlaub und ich würde noch ganze 20 Tage hier sein. Diese Zeit wollte ich in vollen Zügen genießen! Ab jetzt waren alle Gedanken an zu Hause - zumindest wenn es sich dabei um negative handelte - absolut tabu!

Über eine Stunde später schleppte ich mich satt und zufrieden den Gang zu meinem Zimmer entlang. Das Abendessen war unglaublich lecker gewesen. Ich hatte so viel davon verdrückt, dass ich nun das Gefühl nicht mehr loswurde, ich würde in den nächsten Minuten platzen.

In meinem Zimmer angekommen, warf ich mich seufzend auf mein Bett und schloss für einen Moment die Augen. Draußen wurde es langsam wieder dämmrig und ein rötlich-orangener Schein fiel durch die großen Fenster direkt auf mein Gesicht. *Der Sonnenuntergang!*

Schnell sprang ich auf und öffnete die Balkontür. Der kühle Abendwind wehte mir die blonden Haare aus der Stirn und ich atmete tief durch. Wie schön!

Ich beschloss, noch eine Weile hier draußen zu bleiben, und holte mir meinen E-Book-Reader.

Auf dem Balkon direkt über dem Strand zu sitzen und bei einem romantischen Sonnenuntergang einen Liebesroman zu lesen, – konnte eine Atmosphäre überhaupt perfekter sein?!

Ich las, bis es zu dunkel dazu wurde. Stand auf, holte mir alle Kerzen, die ich drinnen finden konnte, und las noch eine Weile weiter. Schließlich reichten auch das sanfte Licht der Kerzen und der Schein des E-Book-Readers zum Lesen nicht mehr aus. Meine Augen brannten leicht. Also schaltete ich das Gerät kurzerhand ab und genoss stattdessen die Ruhe um mich herum. Wenn ich meinen Kopf ganz weit in den Nacken legte, konnte ich die ersten vereinzelten Sterne sehen, die bereits am dunklen Nachthimmel leuchteten. Es war unglaublich schön. Wie gern hätte ich all die Sternbilder über mir erkannt.

Es war so ruhig hier und immer noch so angenehm warm. Fast wäre ich auf dem Stuhl sitzend eingenickt, bis plötzlich-

Was war das?

Erschrocken zuckte ich so sehr zusammen, dass der Stuhl unter meiner Bewegung knarzte. Hatte ich da eben wieder dieses laute Poltern gehört?

Bitte nicht schon wieder! - war alles, was ich denken konnte.

Kerzengerade und mit wild pochendem Herzen saß ich auf meinem Stuhl und schaute angestrengt in die hintere, dunkle Ecke meines Balkons. Denn genau aus dieser Richtung war eben das laute Geräusch gekommen! So sehr ich mich auch konzentrierte, ich sah nichts. Nicht die allerkleinste Bewegung.

Ich wagte, kaum zu atmen. Sekunden verstrichen wie Minuten.

Da! Wieder ein Poltern. Diesmal etwas leiser.

Erschrocken keuchte ich auf. Das Blut rauschte in meinen Ohren. Panik überkam mich, als mir mit einem Mal bewusst wurde, dass sich das Geräusch zu bewegen schien.

Es kam nicht länger aus der hinteren Ecke meines Balkons.

Was auch immer diesen Krach verursachte, befand sich jetzt direkt *unter* meinem Balkon! Damit war die Möglichkeit, dass irgendwo einfach nur etwas umgefallen war, ausgeschlossen.

Einige quälende Augenblicke lang saß ich vollkommen bewegungslos auf meinem Stuhl und überlegte fieberhaft, was ich jetzt tun sollte. Wer oder was auch immer hier draußen lauerte, war noch da. Ich konnte seine Gegenwart so deutlich spüren, dass sie mir die Luft zum Atmen raubte... Aber was jetzt? Einfach hineinrennen und ganz schnell die Tür verschließen, so wie gestern? Aber was, wenn ich nicht schnell genug war?!

Nein. Egal. Ich hielt diese Warterei nicht länger aus. Ich musste weg von hier. Sofort! Aber noch ehe ich diesen Gedanken beenden konnte, spürte ich plötzlich, dass irgendjemand ganz dicht neben mir stand.

„Annaaaaa....."

Scheiße!

Mir stockte der Atem. Was jetzt?!

Ich konnte eine leichte Berührung an meinem Arm spüren. Zeitgleich erlosch das Licht der Kerzen und hüllte den kleinen Balkon in vollkommene Dunkelheit!

45

Sofort sprang ich auf und rannte zurück in mein Zimmer. Ich warf die Balkontür hinter mir zu und riss an der Jalousie, die augenblicklich mit lautem Getöse zu Boden sauste. Erst als ich das geschafft hatte, setzte ich mich langsam auf mein Bett. Ich zitterte am ganzen Körper. Die verriegelte Tür ließ ich nicht für den Bruchteil einer Sekunde aus den Augen.

Eine Viertelstunde später saß ich noch immer auf meinem Bett und starrte die Balkontür an, als ob mein Leben davon abhänge. Aber nichts war zu hören. Kein Gepolter. Keine unheimliche Stimme. Langsam, ganz langsam entspannte ich mich ein wenig. Jetzt wusste ich mit Sicherheit, dass ich mir nichts eingebildet hatte. Aber was hier vor sich ging, ahnte ich nicht.

Unwillkürlich jagte mir ein eisiger Schauer über den Rücken. Ich kam mir so langsam vor wie in einem Horrorfilm! Die Jalousie würde zum Glück nichts und niemanden durchlassen, so viel stand fest.

Über eine Stunde blieb ich noch wach. Als ich relativ sicher sein konnte, dass nichts mehr geschehen würde, entschied ich mich schließlich dafür, ins Bett zu gehen. Ich war furchtbar müde und konnte ja schlecht die ganze Nacht über wach bleiben. Ich seufzte und schleppte mich hinüber ins Badezimmer.

Da fiel mir plötzlich mein E-Book-Reader wieder ein!

Ich hatte ihn draußen auf dem Tisch vergessen.

„Verdammt!", fluchte ich.

Geschockt warf ich einen Blick zur Balkontür hinüber.

Für den Reader noch einmal die Jalousie öffnen und da raus gehen? Ganz sicher nicht heute Nacht!

Frustriert fuhr ich mir mit einer Hand durchs Haar und stöhnte. Ich konnte nur hoffen, dass das Gerät morgen früh noch da sein würde. Immerhin war es ein Geschenk meiner Eltern gewesen und ich hatte es noch nicht so lang.

Als ich etwas später in meinem dunklen Zimmer lag und versuchte einzuschlafen, fuhren meine Gedanken Achterbahn.

Diesmal war es vollkommen ausgeschlossen, dass ich mir die Geräusche eingebildet hatte. Es war jemand mit mir auf dem Balkon gewesen! Bloß, wieso hatte ich ihn nicht gesehen, als er direkt neben mir stand? Wie war das möglich?

Wer verfolgte mich hier und weshalb? Wäre es nicht sicherer, die Polizei einzuschalten? Entschieden schüttelte ich den Kopf und vergrub mich noch ein wenig tiefer unter meiner Decke.

Nein, ich konnte keine weitere Person einweihen, ehe ich nichts Genaueres wusste. Sie würden alle denken, ich wäre total verrückt. Höchstwahrscheinlich würden sie sogar meine Eltern informieren. Die kämen dann und würden mich abholen und mein Urlaub wäre ruiniert!

Es musste noch einen anderen Weg geben. Ich versuchte, logisch an die Sache heranzugehen. Vielleicht wollte mir ja auch nur irgendwer einen Schrecken einjagen?! Würde mir jemand etwas tun oder mich entführen wollen, so hätte er doch schon längst die Gelegenheit dazu gehabt. Ich schluckte. So schwer mir diese Überlegung auch fiel, ich musste zumindest in Erwägung ziehen, beim nächsten Mal nicht davon zu laufen. Vielleicht konnte ich so diesen unheimlichen Ereignissen auf den Grund gehen und dafür sorgen, dass sie endlich aufhörten.

~*~

Hätte ich im Dunkeln etwas sehen können, so hätte ich in dieser Nacht wohl kein Auge zugetan, denn ich war nicht länger allein in meinem Zimmer.

An der anderen Wand, gegenüber meines Bettes, saß eine Gestalt und blickte mich nachdenklich an.

Erst als ich tief und fest eingeschlafen war, bewegte sie sich leicht.

„Annastasia. Bald ist es soweit. Endlich."

3. KAPITEL

„EIN MERKWÜRDIGER TYP"

Der Beginn der neuen Woche hielt eine unangenehme Überraschung für mich bereit.

Am folgenden Morgen wurde ich von lautem Rauschen geweckt. Noch halb im Schlaf überlegte ich, woher dieser Krach bloß stammen konnte.

Das Meer konnte es nicht sein, dafür war es definitiv zu laut. Hatte ich vielleicht die Dusche angelassen? Unsinn...

Ganz allmählich wurde mein Verstand klarer und plötzlich dämmerte es mir, woher dieses laute Geräusch kam. Von einer Sekunde zur anderen war ich hellwach und sprang aus dem Bett. Ich rannte hinüber zum Fenster und zerrte die Jalousie nach oben. Ein Blick nach draußen bestätigte meine schlimmsten Befürchtungen - es goss in Strömen!

„Oh, nein!" Noch im Nachthemd riss ich die Balkontür auf und rannte ins Freie. Der Tisch, auf dem ich meinen E-Book-Reader abends vergessen hatte, war komplett nass und es hatte sich bereits eine kleine Wasserlache auf dem Gerät gebildet.

Kein Wunder! Goss es doch so stark, dass auch ich binnen weniger Sekunden nass bis auf die Haut war. Ich schnappte mir meinen E-Book-Reader und rannte zurück ins Zimmer. Auf dem Weg ins Bad hinterließ ich überall kleine Pfützen. Achtlos strich ich mir die tropfnassen Haare aus der Stirn und trocknete das empfindliche Gerät mit einem weichen

Handtuch ab. Aus einem der dünnen Schlitze im Gehäuse tropfte es verdächtig.

Ich fluchte leise, wütend über meine eigene Achtlosigkeit. Wieso war mir das bloß passiert?!

Andererseits unter den gegebenen Umständen...

Ein paar Minuten lang wickelte ich den E-Book-Reader komplett in das Handtuch ein und überlegte, was ich noch tun konnte.

Vielleicht hatte ich ja Glück und es war gar nicht so viel Wasser hineingelaufen?

Andererseits - so wie der tropfte...?!

Scheiße!

Nach weiteren fünf Minuten schien der E-Book-Reader von außen halbwegs trocken zu sein. Es trat auch keinerlei Wasser mehr aus dem Gehäuse. Was nun?

Ich setzte mich, noch immer mit meinem nassen Nachthemd bekleidet, auf den kalten Fliesenboden und drückte den Start-Knopf. Einmal. Zweimal. Nichts geschah.

Das Ganze wiederholte ich sicher noch an die Zehnmal, ehe ich schließlich total frustriert aufgab. Es war nichts zu machen - der kleine Bildschirm blieb schwarz.

„Verdammt!" Voller Wut griff ich mir das weiß-blaue Handtuch, mit dem ich eben noch versucht hatte, mein Geburtstagsgeschenk zu retten, und schleuderte es quer durchs Badezimmer. Ich hatte satte 85 Bücher auf diesem Gerät gespeichert und jetzt waren alle weg. Ich fluchte abermals. Ein Glück nur, dass Kopien der Bücher auf meinem Laptop gespeichert waren. Aber was brachte mir das jetzt? Der PC lag in meinem Zimmer zu Hause.

Ich seufzte. Meine Wut legte sich langsam und wich der Enttäuschung darüber, dass ich in den kommenden drei Wochen diesen mitreißenden Liebesroman nicht würde zu Ende lesen können. Es sei denn...?

Ob man den E-Book-Reader vielleicht hier irgendwo im Ort reparieren lassen konnte?

Ich beschloss, an der Rezeption nachzufragen. Schnell machte ich mich im Bad fertig und lief keine 30 Minuten später mit meinem defekten Gerät unter dem Arm hinunter zum Portier.

„Guten Morgen, junge Dame!", grüßte dieser freundlich und lächelte mich an.

„Morgen!", erwiderte ich und zögerte.

„Was haben Sie auf dem Herzen? Kann ich Ihnen irgendwie weiterhelfen?" Der Portier blickte mich offen an.

„Na ja... ich bin mir nicht sicher." Zögernd hielt ich dem Mann meinen E-Book-Reader entgegen und versuchte, nicht allzu frustriert auszusehen. „Der ist mir heute Nacht kaputtgegangen und ich dachte, Sie wüssten vielleicht, wo ich ihn hier in der Nähe reparieren lassen kann."

„Er ist Ihnen *heute Nacht* kaputtgegangen?", fragte der Portier sichtlich verwirrt.

„Ich habe ihn im Regen liegengelassen", antwortete ich kleinlaut. Das Ganze war mir ziemlich peinlich.

„Verstehe." Der Mann runzelte nachdenklich die Stirn, während er mein Gerät in den Händen hin und her drehte. „Nun, junge Dame, die Sache ist die – ich kenne hier im Ort niemanden, der auf so etwas spezialisiert ist."

Als er die Enttäuschung in meinen Augen sah, fügte er schnell hinzu, „Vielleicht sollten Sie es einmal in unserer Bücherei versuchen. Möglicherweise kennen die dort einen Reparaturdienst hier in der Nähe."

„Oh, vielen Dank!", beeilte ich mich, zu sagen. Sicher war es einen Versuch wert.

Der Mann lächelte erneut. „Ich könnte ansonsten auch versuchen, telefonisch einen Reparaturdienst ausfindig zu machen, wenn Ihnen das lieber ist."

„Nein, danke", erwiderte ich, „Zuerst versuche ich es in der Bücherei. Dort könnte ich mir ansonsten auch direkt ein anderes Buch ausleihen." Ich zögerte. „Darf ich Sie noch etwas fragen?"

Anstatt weiterzusprechen, dachte ich einen Augenblick nach. Sollte ich ihn wirklich fragen oder gehörte es sich vielleicht nicht?

„Was möchten Sie wissen?", entgegnete der Portier geduldig.

„Nennen Sie mir Ihren Namen?", sogleich bereute ich meine vorlaute Frage, als ich in das überraschte Gesicht des Portiers blickte. Ich hatte mir einfach überlegt, dass es nett gewesen wäre zu wissen, wie ich ihn ansprechen sollte. Immerhin war ich ja nicht nur ein paar Tage in diesem Hotel untergebracht. Fast hätte ich die Frage wieder zurückgezogen, doch der Portier kam mir zuvor. Er lächelte. Ein Lächeln, das eine beinahe väterliche Wärme ausstrahlte.

„Die Frage war unpassend", sagte ich schnell, „Entschuldigung." Ich spürte, dass ich rot wurde. Aber der Portier lachte nur und sagte - „Nein, nein. Sie waren nicht unhöflich, junge Dame. Die meisten der Gäste, die über einen längeren Zeitraum hier wohnen, fragen mich früher oder später danach. Ich heiße Gerke Petersen - aber Sie dürfen mich ruhig Gerke nennen." Er lächelte wieder.

Sichtlich erleichtert atmete ich auf. „OK, danke. Also, hallo, Gerke! Ich heiße Annastasia Cramer." Ich grinste breit. „Aber Sie dürfen mich *Anna* nennen."

Gerke zwinkerte mir verschmitzt zu und nickte, ehe er sich einem älteren Paar zuwandte, welches soeben den Empfangsbereich betreten hatte.

„Ich wünsche Ihnen viel Erfolg mit Ihrem E-Book-Reader!", sagte er schnell, bevor er die neuen Gäste begrüßte.

Am liebsten hätte ich mich direkt auf den Weg zur Bücherei gemacht, doch mit einem leeren Magen wollte ich ganz bestimmt nicht aufbrechen. Allerdings beeilte ich mich heute mit dem Frühstück. Ich wollte so schnell wie möglich wissen, ob mein E-Book-Reader noch zu retten war.

Gegen 10.00 Uhr machte ich mich auf den Weg ins Dorf. Ich brauchte nur wenige Minuten bis dorthin.

Alle Häuser hier im Ort waren - im Vergleich zu meinem Hotel - eher klein. Die meisten von ihnen hatten einen schönen roten Klinker. Ein paar wenige, darunter auch ein Restaurant, besaßen stattdessen eine weiß-verputzte Fassade und Reetdächer. Diese wurden aus getrockneten Schilfpflanzen hergestellt, die um drei Ecken irgendwie mit Hafer und Roggen verwandt waren. Diese Dächer mussten in einem, wie ich fand, ziemlich aufwendigen Verfahren gedeckt werden. Ich hatte vor einem knappen Jahr mal einen wirklich interessanten Beitrag darüber im Fernsehen gesehen. Eigentlich sah es auch gar nicht schlecht aus. Ich fragte mich nur, wie viel diese Dächer am Ende wohl aushielten. Fasziniert berührte ich die strohigen, dicken Halme am Dach des Restaurants. Es war an den Seiten so niedrig, dass selbst ich - mit meinen gerade einmal 1,60 Meter - problemlos heranreichte. Ich runzelte die Stirn. Hier genügte doch sicher ein Funke und das ganze Haus stand in Flammen.

„In diesem Restaurant darf man bestimmt nicht rauchen!"

Ich grinste bei dieser Überlegung.

Etwa 20 Minuten später erreichte ich die Bücherei. Es handelte sich hierbei um ein altes Bauernhaus ohne Reetdach. Was in diesem Fall wohl auch sicherer war.

Als ich das Gebäude betrat, schlug mir der Geruch nach alten Büchern entgegen. Es war etwas stickig. Sicher flogen hier Unmengen an Staub durch die Luft. Aber all das störte mich nicht im Geringsten. Leise schloss ich die Tür hinter mir und atmete tief ein.

Augenblicklich fühlte ich mich wohl.

Diese Bücherei war deutlich altmodischer als die, die ich von zu Hause gewohnt war, und es gab offensichtlich keine PCs hier. Die Bücher standen in kleineren und größeren Regalreihen und waren sowohl in unterschiedliche Kategorien aufgeteilt als auch alphabetisch sortiert. Die meisten Regale waren so angeordnet, dass schmale, verwinkelte Gänge entstanden, durch die man hindurchschlendern konnte. An der Fensterseite standen einige kleine Tische aufgereiht mit ein paar Stühlen davor. Allerdings hätten sie diese Tische getrost auch mitten in den Raum stellen können, denn bei den Fenstern handelte es sich offenbar noch um die Originale aus dem alten Bauernhaus. Sie waren derart klein, dass sie kaum Licht hereinließen. Es verwunderte daher nicht, dass auf jedem Tisch eine Lampe zu finden war, die man sich anknipsen konnte, falls Bedarf bestand. Natürlich hingen zudem mehrere große, altmodische Lampen von der Decke herab und verbreiteten ein angenehm warmes, jedoch schwaches Licht. Eine schmale und eindeutig nachträglich eingebaute Treppe führte die Besucher in die zweite Etage zu den Toiletten.

Ich ließ meinen Blick erneut durch das alte, umgebaute Bauernhaus schweifen, lächelte und war froh, diesen gemütlichen Ort gefunden zu haben.

Ein paar Leute, die meisten davon vermutlich Touristen, bummelten in den Gängen umher. Viele Menschen waren um diese Uhrzeit allerdings nicht hier zu finden.

Neugierig trat ich näher an eines der Regale heran. Ein Buch stach mir dabei direkt ins Auge. Es besaß einen sehr altmodischen und auffälligen Einband. Ich berührte den Buchrücken vorsichtig mit meinen Fingerspitzen, bevor ich es schließlich heraushob. Ziemlich dick und schwer lag es in meiner Hand. Als ich es auf einer beliebigen Seite aufschlug, fiel mir direkt auf, wie vergilbt die Ränder der Seiten waren. Auch dieses Buch besaß einen ganz eigentümlichen Geruch. Ich schnupperte daran und grinste, als ich mich an eine Situation aus meiner Kindheit zurückerinnerte. Mein Großvater hatte das früher auch immer getan. Bei jedem Buch, bevor er es las.

Ich konnte schon verstehen, dass sich noch immer so viele Menschen weigerten, elektronische Bücher zu lesen. Die gedruckten Exemplare besaßen eindeutig mehr Seele.

Schade nur, dass ich nicht lesen konnte, worum es in diesem Buch ging. Die Schrift war für mich kaum zu entziffern. Dennoch erkannte ich sie. Sütterlin. Erneut dachte ich an meinen Großvater zurück. Er hatte immer so geschrieben. Ich kicherte leise, als sich eine Erinnerung in mein Gedächtnis schlich. Als Kind hatte ich meinen Großvater stets ausgeschimpft, wenn er etwas in Sütterlin schrieb. Ich hatte ihm in solchen Momenten immer vorgeworfen, in *Geheimschrift* zu schreiben, bloß um mich zu ärgern. Erst nach seinem Tod erfuhr ich, dass er tatsächlich in der Lage gewesen war, sowohl in Sütterlin als auch in normaler Schrift zu schreiben. So hatte ich damals vermutlich gar nicht so falschgelegen.

Ein bisschen wehmütig, doch noch immer lächelnd, stellte ich das alte Buch zurück ins Regal.

Ich ließ meinen Blick weiter durch den Raum schweifen und verharrte schließlich überrascht zwischen zwei Regalen.

Der Junge, der mir zuvor bereits am Strand aufgefallen war, stand dort in ein Buch mit blauem Einband vertieft.

Sofort fielen mir seine ausgewaschene Jeans und das hellgraue, leicht zerschlissene T-Shirt auf. Meine Mutter hätte beim Anblick seines Outfits unweigerlich aufgeschrien und es als *ungepflegt* bezeichnet. Ich hingegen fand, dass es ihm auf eine seltsame Art irgendwie ganz gut stand. Ein leichtes Ziehen machte sich in meinem Magen breit und ich be-

56

schloss, ihn noch einen Augenblick zu beobachten. Natürlich nur, um herauszufinden, was er da gerade las.

Möglichst unauffällig schlich ich mich näher an ihn heran und versteckte mich hinter dem Regal ihm gegenüber. Während ich zwischen den Büchern hindurch spähte, wagte ich, kaum zu atmen.

Wieso sah der Typ immer so verbittert und nachdenklich aus?

Plötzlich vernahm ich eine freundliche Frauenstimme hinter mir!

„Hallo, kann ich dir irgendwie helfen?"

Erschrocken fuhr ich zusammen und keuchte. Ich starrte die Frau, die wohl so zwischen 40 und 50 sein musste, mit aufgerissenen Augen an. Sie trug ein elegantes Sommerkleid mit Blumenmuster. Ihre rötlich-braunen Haare hatte sie zu einem lockeren Knoten hochgesteckt. Sie lachte mich offen an. „Ich hoffe, ich habe dich nicht erschreckt."

„Nein, nein", log ich schnell und warf einen kurzen Blick zwischen den Brettern des Bücherregals hindurch. Aber der Junge war verschwunden. Ich seufzte und wandte mich erneut der Frau zu, die mich weiterhin abwartend anblickte.

„Kennen Sie jemanden, der den reparieren könnte?"

Ich gab ihr meinen E-Book-Reader.

„Oje." Stirnrunzelnd nahm sie mein geschundenes Gerät entgegen.

Oje? Das klingt nicht gut!

Unruhig ließ ich die Hände in den Taschen meiner Jeans verschwinden.

„Was meinen Sie?", fragte ich vorsichtig.

„Hm... Schwer zu sagen." Sie schaute mich fragend an. „Was hast du denn damit gemacht?"

„Er ist nass geworden", sagte ich schuldbewusst und zuckte mit den Achseln.

Die Frau zog fragend eine Augenbraue hoch.

„Ich habe ihn im Regen liegenlassen", gestand ich.

„Aha." Ihre Miene blieb einen Moment lang ausdruckslos, während sie probehalber mehrere Male auf den Start-Knopf drückte. „Ich fürchte, bei einem Wasserschaden dieser Größe bist du mit einem neuen Gerät besser bedient."

Enttäuscht starrte ich sie an, obwohl ich diese Antwort ja bereits befürchtet hatte. „Ich habe da 85 Bücher drauf!", protestierte ich.

„Dann hättest du umsichtiger mit deinem Gerät umgehen sollen!", konterte die Frau und schaute mich eindringlich an.

„Gibt es ein Problem?" Ein älterer Herr mit kurzem weißen Vollbart und schwarzem, elegantem Anzug trat auf uns zu. „Kann ich vielleicht helfen?"

„Herr Clarsson." Unverzüglich machte die Frau diesem Herrn einen Schritt Platz und mir wurde schlagartig klar, dass es sich hierbei um ihren Boss handeln musste. Dieses Verhalten kannte ich von den Angestellten meines Vaters nur allzu gut. Anstandshalber verkniff ich mir ein Grinsen.

„Also, was haben wir denn hier?" Der Mann griff nach meinem Reader, welchen die Frau bis dahin noch immer festgehalten hatte, und schaute ihn sich genauer an.

„Sieht nicht mehr sehr gesund aus!" Er kicherte kurz über seinen eigenen Witz und ich musste nun ebenfalls grinsen.

Diesen Mann mochte ich auf Anhieb. Er war deutlich sympathischer als seine Kollegin.

„Er ist nass geworden?", fragte er.

„Ja... im Regen", erklärte ich abermals und seufzte resigniert.

Die Frau hatte sich inzwischen aus dem Staub gemacht und beriet eine ältere Dame wegen eines Romans, den diese offensichtlich suchte.

„Ich fürchte, meine Kollegin hat nicht ganz unrecht. Dieser E-Book-Reader wird nicht mehr zu reparieren sein. Tut mir leid."

„Schon gut", erwiderte ich und versuchte mir meine Enttäuschung nicht allzu deutlich anmerken zu lassen. Ich griff nach meinem Reader und fügte leise hinzu - „Sieht aus, als hätte ich Pech gehabt."

„Du hattest all deine Bücher auf diesem einen Gerät gespeichert?", fragte Herr Clarsson und deutete auf den E-Book-Reader.

„Alle", entgegnete ich schlicht, „Dort und zu Hause auf meinem PC, aber da komme ich jetzt nicht dran."

„Oh, bist du hier gerade im Urlaub?"

Ich nickte.

Herr Clarsson schien einen Moment lang zu überlegen.

„Hm... Wenn das so ist." Er ging um eines der Regale herum, griff zielsicher hinein und kam mit einem recht dicken Taschenbuch zurück. Gegenüber der meisten Exemplare hier wirkte es geradezu nagelneu.

„Hast du diesen Roman schon einmal gelesen?"

Anhand des Titel schüttelte ich langsam den Kopf.

„Es handelt sich hierbei um eine wunderschöne, romantische Geschichte und sie ist sehr spannend noch dazu!"

Als ich ihn fragend ansah, lächelte Herr Clarsson breit. „Ich schenke es dir."

„Das ist unheimlich nett von Ihnen! Aber warum?"

Erstaunt griff ich nach dem angebotenen Buch.

„Ganz einfach, niemand der gern liest, sollte in seinem Urlaub ohne Buch sein. Das ist meine Philosophie."

Er zwinkerte mir verschmitzt zu und ich bedankte mich mehrere Male bei ihm.

Überrascht und erfreut warf ich einen Blick auf mein soeben erworbenes Buch. Ich schlug es ganz hinten auf und sah, dass es knapp 1000 Seiten besaß.

Das sollte bis zum Ende meines Urlaubs gerade so reichen... - dachte ich und grinste.

Da fiel mir der Junge von vorhin wieder ein. Sofort blickte ich mich nach ihm um. Ganz hinten im Raum entdeckte ich ihn schließlich und bezog erneut möglichst unauffällig hinter dem Regal ihm gegenüber Stellung. Wieso bloß übte er eine derartige Anziehung auf mich aus? Ich hätte jetzt auch einfach gehen können, doch meine Neugier hielt mich zurück.

Wieder hatte der Junge ein Buch in den Händen. Er strich gedankenverloren, – ja beinahe zärtlich - über den ledernen Einband. Ohne dass ich es hätte erklären können, jagte mir ein Schauer über den Rücken. Der Junge ließ das Buch wieder im Regal verschwinden und seufzte leise. „Weißt du nicht, dass es ziemlich unhöflich ist, andere Menschen zu beobachten?"

Scheiße!

Ich erstarrte. Was jetzt? Der Junge sagte nichts. Er schien auf meine Reaktion zu warten. Ertappt umrundete ich langsam das Regal, hinter dem ich mich versteckt hatte, und trat auf ihn zu. Erst als ich fast neben ihm stand, schaute er mich an. Seine azurblauen Augen musterten mich neugierig und ich konnte für einen kurzen Moment ein spöttisches Funkeln in seinem sonst so melancholischen Blick erkennen.

Ich mochte nicht, wie er mich so ansah. Irgendwie machte mich sein Blick nervös.

„Ich habe dich aber gar nicht beobachtet!", sagte ich deshalb und versuchte, dabei so selbstbewusst wie möglich zu klingen.

„Ach nein?" Seine Mundwinkel zuckten.

„Nein!", beharrte ich, „Was gibts bei dir schon zu gucken?!"

Jetzt begann der Junge doch tatsächlich laut zu lachen!

„Du bist ganz schön frech!", spottete er und schaute mir dabei direkt in die Augen. Mein Herz machte einen kleinen Sprung und ich spürte, wie ich unter seinen Blicken rot wurde.

Himmel, wie ich das hasste!

Der Junge grinste erneut. Schüttelte kaum merklich den Kopf und wandte sich ab.

„Man sieht sich!" Er ging in Richtung Ausgang, blieb kurz vor der Tür jedoch noch einmal stehen und drehte sich erneut zu mir um. Dabei deutete er auf das neue Buch, das ich in den Händen hielt.

„Das ist wirklich gut. Du solltest es ausleihen."

Dann war er verschwunden.

„Ja", mehr als ein Flüstern kam nicht über meine Lippen. Total durcheinander blieb ich im Gang zurück und starrte ihm nach.

4. KAPITEL

„DONNER UND BLITZ"

Wenig später verließ ich die Bücherei. Langsam wanderte ich durch das kleine Dorf. Mein neues Buch und den kaputten E-Book-Reader hatte ich in einen kleinen Stoffbeutel gesteckt. In Gedanken hing ich noch der Begegnung mit dem seltsamen Jungen nach.

Wieso bloß musste ich ständig an ihn denken?!

Nicht nur, dass er total unmoderne Klamotten trug und einen ziemlich wirren Haarschnitt hatte, nein - er war auch extrem schlank. Zu schlank. Der Junge war knapp zwei Köpfe größer als ich, aber ganz sicher kaum schwerer. So blass, wie er zudem war, sah ich selbst im tiefsten Winter nicht aus. Außerdem war er einfach total unverschämt gewesen!

Ich musste daran denken, wie er mich angesehen hatte, und abermals lief mir ein Schauer über den Rücken. Dass *ich* es gewesen war, die ihn heimlich beobachtet und damit vermutlich geradezu provoziert hatte, ließ ich geflissentlich unter den Tisch fallen.

OK, der Junge war trotz allem schon irgendwie ganz süß gewesen, das musste ich zugeben. Ich seufzte schwer und versuchte, an etwas anderes zu denken.

Süß hin oder her. Der Typ war merkwürdig. Viel zu merkwürdig für meinen Geschmack!

Kurze Zeit später kam ich wieder am Hotel an. Ich beschloss, sogleich an den Strand zu gehen, um in der warmen

Mittagssonne mein neues Buch zu lesen. Da ich keine Decke dabei hatte und mich ungern zum Lesen direkt in den Sand setzen wollte, entschied ich mich dafür, einen der wenigen noch nicht vermieteten Strandkörbe zu benutzen. Das kostete zwar zwölf Euro, doch immerhin saß ich bequem und windgeschützt.

Ich las bestimmt drei Stunden lang fast ununterbrochen.

Herr Clarsson hatte tatsächlich nicht übertrieben. Das Buch fesselte mich sehr.

Immer wieder kehrten meine Gedanken allerdings zu dem Jungen zurück und ich fragte mich unweigerlich, weshalb er mir gerade dieses Buch empfohlen hatte. Er schien mir eigentlich nicht der Typ für romantische Geschichten zu sein.

Oder hatte er das am Ende einfach nur so dahergesagt und kannte den Inhalt dieses Buches gar nicht?

Unschlüssig zuckte ich mit den Schultern und versuchte, mich wieder auf die Handlung des Romans zu konzentrieren.

Wieso hatte ich überhaupt schon wieder an ihn gedacht? Nicht einmal jetzt beim Lesen ging er mir aus dem Kopf! Dabei war er einfach nur total frech gewesen. Nicht im Mindesten attraktiv! Höchstens ein ganz klein wenig vielleicht...

Ich seufzte und klappte mein Buch zu. So konnte ich nicht lesen. Ich brauchte jetzt definitiv erst einmal eine Ablenkung.

Ein Eis wäre jetzt genau das Richtige.

Langsam erhob ich mich aus dem Schutz des Strandkorbes und ein kalter Windstoß fegte mir durchs Gesicht.

Fröstelnd rieb ich meine Arme. Wo war die Sonne geblieben? Ich war so in Gedanken versunken gewesen, dass ich nicht bemerkt hatte, wie sich das Wetter änderte.

Mein Blick wanderte zum Himmel hinauf und ich schaute mir überrascht die hoch aufgetürmten Wolkenberge an.

Wie konnte der blaue Sommerhimmel nur binnen so kurzer Zeit so tiefschwarz werden?

Trotz des immer heftiger tobenden Windes schienen die schweren, dunklen Wolken beinahe stillzustehen. Das Meer, welches nun fast den Strand erreicht hatte, brachte dicke, milchig-graue Schaumkronen mit. Mit jeder Minute kamen neue von ihnen hinzu und blieben am Rande des Watts liegen. So etwas hatte ich noch nie zuvor gesehen. Fast sah es aus, als hätte jemand Unmengen an Waschpulver ins Meer gekippt.

Ich grinste bei dieser Vorstellung, wurde jedoch sofort wieder ernst, als es weit über mir in den Wolken laut zu grummeln begann.

Fast zeitgleich ertönte eine markerschütternde Sirene! Ich zuckte erschrocken zusammen. Der laute Alarm kam vom Turm des Bademeisters und spätestens jetzt hatten wohl auch die letzten Badegäste begriffen, dass sie das Wasser besser verlassen sollten.

Die Nordsee schien von Minute zu Minute bedrohlicher zu werden. Die Wellen trieben immer höher und spülten mit Kraft über den nassen Sand. Der Wind peitschte mir zudem ununterbrochen die langen Haare ins Gesicht, sodass ich kaum etwas sah.

Ein erneutes Donnergrollen riss mich aus meiner Trance. So faszinierend dieses Naturschauspiel um mich herum auch gerade sein mochte, allmählich wurde es Zeit, hier zu verschwinden.

Ich packte das Holzgitter, welches zum Verriegeln des Strandkorbes gedacht war, doch im selben Augenblick rissen die Wolken auf.

Der Regen rauschte mit solch immenser Kraft herunter, dass ich binnen Sekunden völlig durchnässt war.

Verflucht!

So schnell ich konnte, versuchte ich, das Vorhängeschloss am Holzgitter zu befestigen, doch es klemmte irgendwie. Der Sturm wurde immer erbarmungsloser und blies mir unablässig Sand ins Gesicht. Meine Augen brannten, als ich es endlich geschafft hatte, den Strandkorb zu verschließen. Die anderen Urlauber hatten längst die Flucht ergriffen.

Mir hätte ja auch mal jemand helfen können! - dachte ich verärgert und griff halb blind nach dem Beutel mit meinem Buch. Vermutlich war das jetzt auch noch kaputt...

Ohne mich noch einmal umzudrehen, rannte ich über den Strand und versuchte, dem tosenden Unwetter zu entkommen. Kaum, dass ich den Deich erreicht hatte, zuckte ein greller Blitz über den beinahe nachtschwarzen Himmel. Vor lauter Schreck schrie ich auf und duckte mich reflexartig. Der Blitz schlug mit lautem Knall irgendwo weit draußen im Meer ein.

Oh, mein Gott!

Mein Herz raste, als ich mich in Windeseile aufrappelte und mit zitternden Beinen weiterlief. Jetzt nur nicht noch einmal stehen bleiben!

Völlig außer Atem erreichte ich die Tür des Hotels, welche mir sogleich geöffnet wurde.

Herr Petersen entdeckte mich kaum, dass ich über die Schwelle trat, und eilte besorgt auf mich zu. „Anna! Geht es Ihnen gut?"

Ich nickte ein wenig außer Atem und bemerkte leicht verunsichert, dass ich den schönen Boden volltropfte. „Ähm... Ja, mir gehts gut. Ich muss mich nur schnell umziehen."

„Gute Idee", bemerkte Herr Petersen und lächelte leicht, „Soll ich Ihnen ein Handtuch bringen lassen?"

„Ein Handtuch?" Überrascht blickte ich den Portier an. „Nein, danke. Ich gehe direkt auf mein Zimmer."

„Etwas zum Aufwärmen? Einen Kakao oder Kaffee?"

Ich zögerte. „Vielleicht später." Zuerst einmal wollte ich aus diesen furchtbar nassen Sachen heraus.

Ich begann mich umzuziehen, kaum dass ich meine Zimmertür hinter mir geschlossen und das Licht eingeschaltet hatte. Die nassen Klamotten warf ich achtlos auf den Fliesenboden im Badezimmer. Mir war furchtbar kalt. Aufräumen kam später.

Als ich endlich trockene Kleidung trug und auch meine Haare nicht mehr tropften, kümmerte ich mich um mein neues Buch. Erleichtert stellte ich fest, dass es weniger Wasser abbekommen hatte als befürchtet. Aber durchweg feucht war es leider schon. Ich legte es zusammen mit dem Stoffbeutel auf meine Heizung im Bad. Als ich zurückkam, hörte ich ein lautes Poltern auf meinem Balkon, gefolgt von einem ebenso lauten *Rums* gegen die Glastür.

Augenblicklich blieb ich wie versteinert stehen. Ich spürte, wie sich mein ganzer Körper in Alarmbereitschaft versetzte. Das Blut rauschte in meinen Ohren.

Langsam und mit vorsichtigen Schritten ging ich hinüber zur Balkontür und versuchte, etwas zu erkennen. Durch das Unwetter war es draußen so stockfinster geworden, dass es schwierig war, überhaupt etwas jenseits der Scheibe auszumachen.

Entschlossen und mit wild pochendem Herzen trat ich ganz nah an die Fensterfront heran. Als ich erkannte, was den lauten Lärm verursacht hatte, wurde mir wieder leichter ums Herz. Einer der Balkonstühle hatte sich bei dem Sturm selbstständig gemacht und war gegen die Glastür geknallt.

Erleichtert atmete ich aus und versuchte, mich zu entspannen.

Ob ich mal einen richtigen Blick nach draußen riskieren sollte?

Ich wollte das Licht in meinem Zimmer nicht ausschalten und so beschloss ich, die Tür nur ein Stück weit zu öffnen. Noch immer war ich nervös, doch ich versuchte, mich zu beruhigen. Wann hatte man schon einmal die Gelegenheit, ein solches Naturschauspiel zu beobachten?

In meinem Zimmer war ich sicher, sagte ich zu mir selbst, als ich langsam den Griff nach unten drückte und die Balkontür damit entriegelte.

Der Sturm fegte mir sogar bis hier oben feinen Sand und dicke Regentropfen ins Gesicht. Immerhin schüttete es nun nicht mehr ganz so arg.

Ich zog mich in den Türrahmen zurück, um nicht schon wieder nass zu werden, und beobachtete fasziniert, wie der Sturm die dunklen Wellen des Meeres unnachgiebig hin und her peitschte. Die vorderste Reihe der Strandkörbe - darunter auch meiner - standen im Wasser.

Krass!

Jetzt wurde auch mir klar, weshalb diese Dinger so schwer waren. Andernfalls würden sie bei derartigen Stürmen sicher weggespült.

Mein Blick wanderte über den Strand. Selbst von hier oben aus erkannte ich all die vergessenen Gegenstände, die die Touristen vorhin in ihrer Hektik zurückgelassen hatten.

Da sah ich ihn! Der Junge von heute Morgen stand gedankenverloren am Strand und schaute über das Meer.

Verblüfft und zugleich neugierig beobachtete ich ihn. Das Unwetter schien ihn nicht im Geringsten zu stören - im Gegenteil. Er stand da und streckte sein Gesicht stur dem Wind entgegen. Gerade so, als würde er es genießen!

„Ist der bescheuert?!"

Kopfschüttelnd lehnte ich mich weiter nach draußen, um besser sehen zu können. Der Wind schlug mir direkt aufs Neue ins Gesicht. In den Wolken grummelte es wieder.

Der Typ musste doch schon vollkommen durchnässt sein. Störte ihn das denn gar nicht?

Jetzt tat er etwas, womit er mich vollends verwirrte.

Er riss seine Arme in die Luft und schrie so laut, dass ich es über den Sturm hinweg bis hinauf zu meinem Balkon hören konnte.

Was tut er da?!

Ich konnte meine Augen nicht mehr von ihm abwenden.

War der jetzt total übergeschnappt?!

Fasziniert beobachtete ich ihn, bis plötzlich ein weiterer Blitz den Himmel taghell erleuchtete.

Es war das zweite Mal, dass ich mich vor lauter Schreck auf den Boden warf!

Als ich kurz darauf mit wild pochendem Herzen wieder aus der Tür hinausschaute, war der Junge verschwunden. Am Ende des Strandes glaubte ich, ihn rennen zu sehen, doch sicher war ich mir nicht.

Es donnerte erneut und ein weiterer Blitz zuckte in der Ferne auf. Eilig schloss ich die Balkontür und ließ mich auf meinem Bett nieder.

So ein verrückter Typ... - war alles, was ich augenblicklich denken konnte. Ungläubig schüttelte ich meinen Kopf und nahm mir fest vor, ihn bei nächster Gelegenheit darauf anzusprechen. Ich grinste bei dem Gedanken daran, wie er wohl reagieren würde, wenn er erfuhr, dass ich ihn gesehen hatte, bei dem, was auch immer er da gerade getan hatte.

Plötzlich durchzuckte erneut ein greller Blitz den tiefschwarzen Himmel und ein furchtbar dröhnender Knall erschütterte das gesamte Hotel! Ich vernahm einen lauten Schrei und kauerte mich in Panik auf meinem Bett zusammen. Das Blut rauschte in meinen Ohren und erst jetzt wurde mir bewusst, dass *ich* es gewesen war, die geschrien hatte.

Kaum zwei Sekunden später wurde es in meinem Zimmer dunkel.

Ich lag auf meinem Bett, mein Herz raste und ich versuchte, rational zu denken.

"Stromausfall. Wir haben einfach nur einen Stromausfall", sagte ich mir selbst immer wieder.

Kein Grund, sich zu fürchten!

Ich atmete tief durch, aber mein Herz wollte einfach nicht langsamer schlagen.

Ich bin nicht mehr allein. - Dieser Gedanke kreiste in meinem Kopf umher, und obwohl es total absurd klang, wusste ich, dass er stimmte.

Irgendjemand war hier. Hier in meinem Zimmer. Jetzt in diesem Augenblick. Ich konnte seine Nähe ebenso deutlich spüren wie die Gänsehaut, die meinen Rücken hinunterjagte.

Fremde Blicke ruhten auf mir und ich wusste sofort, dass es sich um dieselbe Person handeln musste, die mich vom ersten Abend an verfolgt hatte. Diese Gewissheit und die aufkeimende Angst in meinem Innern schnürten mir beinahe die Kehle zu.

Langsam - ganz langsam - richtete ich mich auf. In meinem Zimmer war es jetzt so dunkel, dass ich kaum über den Rand meines Bettes hinaussehen konnte. Mein Herz raste noch immer. Was sollte ich bloß tun? Ich war nicht in der Lage, einen klaren Gedanken zu fassen.

Ein weiterer Blitz durchzuckte die Dunkelheit und für einen kurzen Augenblick wurde alles hell erleuchtet. In der hinteren, rechten Ecke meines Zimmers kauerte eine Gestalt.

5. KAPITEL

„DER BOTE"

Ich schrie!

Die Umrisse des Fremden bewegten sich. Er stand auf.

„Wer... bist du?", meine Stimme zitterte so sehr, dass ich kaum zu sprechen in der Lage war.

Der Fremde bewegte sich nicht wie ein Mensch, eher wie ein Tier. Ein großes Tier. Mit geschmeidigen, leisen Bewegungen trat er ans untere Ende meines Bettes heran.

Erschrocken wich ich zurück, bis mein Rücken die Wand hinter mir berührte.

Ich erstarrte vor Angst. Die Art, wie sich sein Körper in der Dunkelheit abzeichnete, verriet deutlich, dass er definitiv nicht menschlich sein konnte.

„Was... bist... du?", fragte ich atemlos und registrierte erschrocken, dass er sich auf vier Beinen zu bewegen schien.

Ein weiterer Blitz erhellte den Raum sekundenlang.

Die Statur des fremden Wesens glich der eines sehr großen Wolfes! Sein Fell schimmerte silbrig-weiß und seine Augen leuchteten hell. Sein Blick war so unergründlich und tief, dass mir erneut ein Schauer über den Rücken jagte.

Wenngleich wir uns nur einen winzigen Moment lang in die Augen gesehen hatten, so hatte dieser kurze Blick gereicht, um die besondere Macht dieses Fremden zu spüren.

Mein Mund war staubtrocken. Ich schluckte schwer.

Noch nie zuvor war ich einem solchen Wesen begegnet, hätte nicht einmal im Traum daran geglaubt, dass es so etwas wirklich gab. Seine Aura war stark und machtvoll und dennoch spürte ich sofort, dass er mir nichts Böses wollte.

Die Panik, die mich eben noch gefangen hielt, ließ ganz langsam nach, obgleich alles hier gerade vollkommen irrational wirkte. Zurück blieb eine Mischung aus Faszination und Furcht.

Da vernahm ich wieder diese fremde, beruhigend klingende Stimme in meinem Kopf. Eine Stimme, die ich in den letzten Tagen schon so oft gehört und mich doch stets gefürchtet hatte.

Telepathie...?! - verblüfft starrte ich das Wesen an.

War das möglich? Geschah das alles gerade wirklich?

„Annastasia... Bitte fürchte dich nicht vor mir...“

„Wer oder was bist du?“, fragte ich erneut und versuchte, meiner Stimme mehr Ausdruck zu verleihen.

Im selben Moment klopfte es laut an meine Zimmertür.

„Anna? Annastasia Cramer? Ist alles in Ordnung bei Ihnen?“

Ich erkannte die Stimme des Portiers sofort.

Oh, nein - was jetzt?

Ich zögerte. Vermutlich hatte er mich vorhin schreien hören, überlegte ich. Auf den Fluren wurden noch mehr Stimmen laut. Schritte kamen näher und verschwanden wieder. Anscheinend herrschte reges Treiben im Hotel.

Abermals klopfte es. „Anna?“

Ich wandte meinen Blick erneut dem magischen Wesen zu. Es stand noch immer neben meinem Bett und schaute mich abwartend an. Seine hellen Umrisse zeichneten sich deutlich von der Dunkelheit ab. Ich versuchte, einen klaren Gedanken zu fassen, doch in Anbetracht der momentanen Situation fiel mir das nicht gerade leicht.

Es klopfte ein drittes Mal. Ich atmete geräuschvoll aus, denn ich hatte eine Entscheidung getroffen, von der ich hoffte, dass es die richtige sein würde. Mein Puls schlug inzwischen beinahe wieder normal. Dennoch war ich aufgeregt.

„Ich bin OK... Es geht mir gut!", rief ich durch die verschlossene Zimmertür.

„Sind Sie sicher?", Herr Petersen klang besorgt.

„Ja... ja, ich bin sicher. Alles in Ordnung", log ich.

Der Portier schien sich mit meiner Antwort zufriedenzugeben. „Machen Sie sich keine Gedanken. Das Gewitter zieht langsam ab und gleich müssten wir auch wieder Strom haben." Mit diesen Worten zog er sich zurück und auch die anderen Schritte entfernten sich allmählich.

Ein kleiner Teil in mir fragte sich, ob es wirklich klug gewesen war, ihn wegzuschicken. Aber seltsamerweise war ich inzwischen davon überzeugt, dass dieses fremde Wesen mir nichts tun würde. Woher ich auf einmal diese Gewissheit nahm, war mir unklar. Vielleicht lag es an seiner ruhigen Ausstrahlung oder aber an den Blicken, mit denen er mich bedachte.

Die Lampe über uns flackerte summend und in der nächsten Sekunde wurde es wieder hell.

Das plötzlich viel zu grelle Licht stach in meinen Augen und ich musste blinzeln, um die Tränen zu vertreiben.

Das Wesen sagte nichts. Es stand regungslos da und wartete.

Jetzt im hellen Licht sah es nicht mehr ganz so furchtein-flößend aus wie zuvor. Es wirkte auf eine geheimnisvolle Art magisch und majestätisch zugleich, mit seinem silbrig glänzenden Fell. Die eisblauen Augen des Wolfes nahmen wohl jeden sofort gefangen, der einen Blick riskierte.

„Was willst du von mir?", fragte ich leise.

„Ich möchte, dass du mir zuhörst", antwortete das Wesen ruhig.

Als ich nichts sagte, sprach der Wolf langsam weiter.

„Ich komme von sehr weit her, denn ich habe eine wichtige Mission zu erfüllen."

„Eine Mission?", fragte ich neugierig und hielt beinahe den Atem an.

Das Wesen nickte leicht. „Ich war auf der Suche nach einem Menschen, der mich bei dieser äußerst wichtigen Angelegenheit unterstützt - und ich habe *dich* gefunden."

"Mich...?"

Ich starrte ihn überrascht an und musste energisch schlucken, um den Kloß in meinem Hals hinunterzuwürgen.

„Aber wobei könnte *ich* denn schon helfen?"

„Im Augenblick ist es noch zu früh, um dir das Ausmaß deiner Aufgabe zu verdeutlichen."

Ich versuchte, meine aufkeimende Unsicherheit zu überspielen, aber es gelang mir nicht. „Was ist, wenn ich dir nicht helfen *will*?", fragte ich vorsichtig.

Das Wesen zögerte, wenngleich auch nur für den Bruchteil einer Sekunde. Nicht ein Mal wandte es seinen Blick von mir ab.

„Du hast deinen Weg schon gewählt, denn es hat bereits begonnen...", entgegnete es ruhig.

Ich schnappte nach Luft.

„Was?! Ich habe mich überhaupt noch nicht entschieden! Wie sollte ich auch, wenn ich noch gar nicht weiß, worum es überhaupt geht?!" Aufgeregt sprang ich auf, nur um mich im nächsten Augenblick unschlüssig zurück auf mein Bett fallen zu lassen. Ich fühlte mich in die Enge getrieben und dieses Gefühl gefiel mir ganz und gar nicht.

Das Wesen schüttelte den Kopf. Seine eisblauen Augen funkelten. „Dir bleibt keine Wahl. Jedes Lebewesen trägt ein Schicksal in sich und Teil deines Schicksals ist es, mir zu helfen."

Darauf wusste ich keine Antwort. Zitternd atmete ich ein. Ich wusste nicht, ob es klug war, dieses Wesen zu reizen, aber ich musste einfach mehr erfahren. Hatte ich also eine andere Wahl?

Ich knetete die Bettdecke mit meinen Fingern, um meine Unsicherheit abzubauen, „Ich sitze hier und rede mit einem sprechenden *Hund* über das Schicksal! Ich glaube zwar daran, dass es so etwas wie Schicksal gibt,", sagte ich mit Bedacht und wagte nicht, den Blick von meinen Händen zu nehmen, "aber ich glaube auch, dass jeder das selbst steuern kann! Vielleicht will ich dir ja gar nicht helfen. Was wirst du dann tun? Mich *zwingen*?", meine Stimme klang unnatürlich hoch, als ich das letzte Wort aussprach. Ich schluckte. Zögernd schaute ich auf.

Die Augen des silbernen Wolfes ruhten auf mir. Lange. Dann unterbrach er zum ersten Mal unseren Blickkontakt und schaute in den dunklen, wolkenverhangenen Abendhimmel.

„Sicherlich kannst du Elemente deines Schicksals selbst bestimmen. Der Weg jedoch, der dir von deinem Schicksal auferlegt wurde, den kannst du nicht verlassen."

Das Wesen schaute mich wieder an. Seine eisblauen Augen fixierten meine. „Du *wirst* mir helfen - ich *weiß* es."

Abermals jagte ein Schauer über meinen Rücken. Ich hielt seinen Blicken stand, wagte jedoch nicht zu antworten.

„Außerdem...", die Stimme des Wesens hatte einen warnenden Klang angenommen. Seine kühlen Augen flackerten.

„Ich. Bin. Kein. *Hund.*"

„Was bist du dann?", fragte ich vorsichtig.

Einen Moment lang schien das Wesen das Für und Wider seiner Antwort abzuwägen.

„Ich wurde gesandt, eine wichtige Mission zu erfüllen."

„Das hast du schon einmal gesagt. Aber wer hat dich geschickt?", fragte ich neugierig geworden.

„Dies spielt keine Rolle", entgegnete das Wesen entschieden, ehe es seufzend antwortete.

„Ich bin ein Bote."

„Ein Bote?", fragte ich überrascht, „Was genau bedeutet das?"

„Du stellst zu viele Fragen!", warnte der Wolf. Sein buschiger Schwanz zuckte und unzählige goldene Lichtfunken stoben in meinem Zimmer umher.

Fasziniert blickte ich den Funken nach, während es in meinem Kopf zu arbeiten begann.

„Kannst du mir nicht noch irgendetwas über diese Mission erzählen?", bat ich zögernd.

„Nein, nichts", sagte das Wesen schlicht, „Zumindest nicht für den Moment."

Diese Antwort überraschte und verunsicherte mich zugleich.

„Aber... aber wie soll ich denn dann entscheiden, ob ich dir helfen werde oder nicht?"

Das Wesen blieb vollkommen ruhig. Nicht einmal ein Anflug von Emotionen zeichnete sich auf seinen Zügen ab. „Wie ich schon sagte, du hast dich bereits entschieden."

So kam ich nicht weiter. Ich seufzte und fuhr mir nervös mit meiner rechten Hand durchs Haar.

„Gut, und was jetzt?"

„Für den Augenblick ist es genug, wenn du weißt, dass ich hier bin und ein Auge auf dich habe. Ich werde wiederkommen und dann werde ich dir mehr erzählen."

Die Lampe an der Zimmerdecke wurde plötzlich so gleißend hell, dass ich mein Gesicht abwenden musste, um meine Augen zu schützen.

Als ich sie wenige Sekunden später wieder öffnete, konnte ich das Wesen nirgends entdecken. Der Spuk schien vorbei.

6. KAPITEL

„DIE AUFGABE"

Die kommenden Tage vergingen schnell. Es wurde Donnerstag, ohne dass etwas Unvorhersehbares geschehen war. Dieses unheimliche magische Wesen, das sich selbst *der Bote* nannte, hatte sich bisher jedenfalls kein weiteres Mal bei mir blicken lassen.

Ich hatte in dieser Zeit viel über alles nachgedacht und war zu dem Entschluss gekommen, dass ich mir anhören würde, was er von mir verlangte. Danach würde ich entscheiden.

Das Wesen hingegen hatte behauptet, ich *hätte* mich bereits entschieden, doch das wollte und konnte ich so einfach nicht akzeptieren.

Aber vielleicht hatte der Bote es sich ja inzwischen auch anders überlegt. Immerhin hatte er mich in den vergangenen Tagen kein weiteres Mal aufgesucht. Das würde seine Theorie über das Schicksal dann allerdings entscheidend widerlegen.

Es half nichts. Ich konnte so viel grübeln, wie ich wollte. Ohne ein paar Antworten würde ich nicht weiterkommen.

Irgendwie hatte ich mir meinen Urlaub ganz anders vorgestellt.

An diesem Morgen stand ich ungewöhnlich früh auf. Ein beunruhigender Traum hatte mich geweckt. Es war dieselbe Art von Traum gewesen, die ich bereits auf der Fahrt hierher erlebt hatte. Alles wirkte so echt und doch hatte ich gewusst, dass ich träumte. Aber als ich schließlich erwacht war, konnte ich mich erneut an überhaupt nichts erinnern.

In Anbetracht der jüngsten Ereignisse kam mir dieser Traum nicht mehr so unbedeutend vor wie beim letzten Mal.

So kam es, dass ich bereits um 07.30 Uhr beim Frühstück saß. Die junge Kellnerin - sie hieß Tina, so viel wusste ich inzwischen - wunderte sich sehr, mich so früh schon unten im Speisesaal zu sehen.

„Moin! Bist du heute aus dem Bett gefallen?", fragte sie lachend. Wir verstanden uns von Tag zu Tag besser und ich hatte sogar schon herausgefunden, dass sie tatsächlich nur drei Jahre älter war als ich.

„So in etwa", entgegnete ich und gähnte.

„Kaffee?", fragte sie grinsend und ich nickte dankbar.

Beim Frühstück entschied ich mich dazu, heute so viel Zeit wie möglich an der frischen Luft zu verbringen. Denn es war herrlich warm draußen, wenngleich auch etwas verhangen.

Vielleicht schaue ich mir heute einen der Nachbarorte an. - überlegte ich und grinste.

Ich musste einfach mal etwas anderes sehen. Hier kannte ich bereits jeden noch so kleinen Winkel.

Gegen 10.00 Uhr machte ich mich mit einem kleinen Rucksack im Gepäck auf den Weg.

Mit etwas Glück würde ich vielleicht gegen Mittag ein Restaurant finden, wo ich eine Kleinigkeit essen konnte.

Ich ließ den idyllischen Küstenort schnell hinter mir und wanderte der Straße folgend, an vielen Feldern und Wiesen vorbei. Immer wieder begegneten mir Radfahrer. Die Einheimischen unter ihnen grüßten stets freundlich.

Nun lief ich schon eine geschlagene Stunde immerzu geradeaus. Ich genoss den angenehm warmen Wind und ganz allmählich blitzte auch die Sonne wieder zwischen den Wolken hervor. Rechts und links der Straße reihten sich einige Maisfelder aneinander. Dazwischen immer wieder weitläufige Wiesen mit Kräutern und Wildblumen, auf denen Kühe, Rinder oder Pferde grasten. Ab und an standen ein paar Bäume abseits des Weges und in der Ferne erkannte ich eine Reihe von Windrädern, die sich gemächlich drehten.

Es war einfach unglaublich, wie weit man hier sehen konnte, weil das Land derart flach war.

Wieder einmal zog ich - wie automatisch - einen Vergleich. In meiner Heimatstadt versperrten viele Häuser und jede Menge Berge die Sicht. Von daher war dieser Anblick für mich einfach unvergleichlich.

Gestern noch hatte ich mich mit Tina darüber unterhalten. Sie hatte gelacht und gesagt, hier in Friesland könnte man heute schon sehen, wer morgen zu Besuch kam.

Ich grinste, als ich an ihre Worte dachte, wenngleich dies natürlich nur eine Redensart war.

Nach weiteren 30 Minuten zu Fuß erreichte ich eine kleine Ortschaft. Diese schien nur unwesentlich größer zu sein als der Ort, in dem ich zurzeit gerade wohnte.

So langsam wurden mir die Beine müde. Es war schön, hier zu wandern, dennoch stellte sich mir die Frage, ob es mit einem Fahrrad nicht angenehmer gewesen wäre. Zu Fuß würde ich hier vermutlich nicht allzu weit kommen.

Während ich noch darüber nachdachte, kam ich an einem Restaurant vorbei, das gerade zum Mittagstisch öffnete. Die Tür wurde aufgestoßen und eine schwarzhaarige Frau trat heraus, um ein Schild aufzustellen. Ein verheißungsvoller Duft drang durch die geöffnete Tür und ich beschloss kurzerhand, der Verlockung nachzugeben.

Eine Stärkung für den doch recht langen Rückweg konnte sicher nicht schaden.

Im Innern des Restaurants war alles urig und dunkel eingerichtet - ein wenig zu dunkel für meinen Geschmack. Die dicken, hölzernen Deckenbalken ließen den Gastraum relativ klein und niedrig wirken. Dennoch war das Restaurant auf seine Art recht gemütlich. Die kleine Speisekarte dämpfte meine Stimmung allerdings erneut. Hier gab es bei Weitem nicht so viele Leckereien wie in meinem schönen Hotel.

Letztendlich entschied ich mich für Spiegelei auf Schwarzbrot mit Schinken. Ein richtiges Mittagessen war das in meinen Augen zwar nicht, aber im Moment war mir fast alles recht. Als der duftende Teller vor mir stand, spürte ich erst, wie groß mein Hunger inzwischen wirklich war, und entgegen meiner Befürchtung schmeckte es sogar richtig gut.

Später auf dem Rückweg wurde mir – Schritt für Schritt - immer deutlicher bewusst, dass die gesamte Strecke zu Fuß zu gehen, eine äußerst schlechte Idee gewesen war.

Zu Hause fuhr ich oft mit dem Bus oder der Straßenbahn, wenn ich irgendwohin wollte. Wirklich lange Wege ging ich selten. Zumal hatte ich die Entfernung auf dem Hinweg offensichtlich unterschätzt.

Meine Füße schmerzten bereits und meine Beine waren inzwischen bleischwer.

Ich musste mir wohl oder übel eingestehen, dass meine Ausdauer echt zu Wünschen übrig ließ. Müde lief ich weiter. Langsam. Aber immerhin kam ich voran.

Kurz darauf entdeckte ich in der Ferne ein kleines, hölzernes Bushäuschen.

Endlich ausruhen!

Mit theatralisch letzter Kraft schleppte ich mich die 500 Meter weiter bis zur Haltestelle. Dort angekommen nahm ich eine Bewegung wahr. Es saß schon jemand auf der Bank.

Zwei Meter vor dem Bushäuschen blieb ich ruckartig stehen, als ich erkannte, *wer* dort wartete.

„Nein, nicht der schon wieder!", murmelte ich leise.

Fast zeitgleich hatte auch er mich entdeckt. Seine nachdenkliche Miene verfinsterte sich für einen Sekundenbruchteil. Dann wurden seine Züge weicher und sein mir bereits sehr bekanntes, überhebliches Grinsen trat zum Vorschein. Jetzt konnte ich jedenfalls nicht mehr so tun, als hätte ich den Jungen nicht gesehen. Ich seufzte ergeben und blieb am Rande des Bushäuschens stehen.

„Hi", sagte ich schlicht und versuchte möglichst lässig zu klingen. Wieso bloß wurde ich jedes Mal so furchtbar nervös in seiner Gegenwart?!

„Na? Was machst du denn hier?"

Sogar der Tonfall seiner Stimme regte mich auf!

„Was ich hier mache?", genervt starrte ich ihn an, „Was denkst du wohl? Ich gehe spazieren, was sonst?!"

Ohne zu antworten, schaute der Junge mir in die Augen. Er nagelte mich mit seinem Blick regelrecht fest. Ich schluckte und in meinem Magen begann es zu kribbeln.

Ob ihm bewusst war, welche Wirkung er auf mich hatte?

Unwillkürlich spürte ich, wie meine Wangen zu glühen begannen.

Mist!

„Hhmm..." Der merkwürdige Junge musterte mich noch immer. Seine Gesichtszüge verhärteten sich. „Warum bist du denn so nervös?"

„Ich bin überhaupt nicht nervös!", zischte ich und warf ihm einen vernichtenden Blick zu, „Du spinnst ja!"

„Ach, tatsächlich?", die Stimme des Jungen hatte einen seltsamen Klang angenommen. Er stand auf und schlenderte langsam auf mich zu. „Warum verfolgst du mich?"

Seine blauen Augen fixierten mich kühl, was meinen Puls sogleich merklich in die Höhe trieb. Ich kam nicht dagegen an. Am liebsten wäre ich zurückgewichen, aber sein Blick hielt mich fest.

„*Ich* verfolge dich überhaupt nicht, aber vielleicht verfolgst *du* ja *mich*?!", krächzte ich wenig überzeugend.

Einen Moment lang dachte ich, er würde etwas erwidern, denn er öffnete seinen Mund. Dann jedoch schloss er ihn wieder. Mit einem Mal wirkte er nachdenklich. Schließlich schüttelte er leicht den Kopf. Eine Geste, die mir an ihm schon des Öfteren aufgefallen war. Seine Züge wurden weicher.

„So so... Du bist wirklich ganz schön frech! Hat dir das schon mal jemand gesagt?", er grinste und in seinen Augen regte sich etwas.

Das Kribbeln in meinem Magen breitete sich inzwischen über meinen ganzen Körper aus. Sein Blick brachte mich vollkommen aus dem Konzept. Doch so sehr ich es auch versuchte, ich schaffte es nicht, mich von diesen azurblauen Augen loszureißen.

Halbherzig setzte ich zu einem Gegenangriff an.

„Wer ist hier frech? Dass ich nicht lache! Du nervst echt total, weißt du das?! Und außerdem wiederholst du dich!" Ich zog eine Grimasse und verdrehte die Augen.

Vielleicht sollte ich einfach weitergehen. Hier mit ihm auf den Bus zu warten, hielt ich nicht aus.

Erneut durchbohrte mich sein Blick. Nervös versuchte ich, das Gefühlschaos in meinem Innern unter Kontrolle zu bringen.

Oh, man – was ist bloß los mit mir?!

„Musst du mich immer so anstarren?", knurrte ich.

Anstatt seinen Blick nun endlich von mir abzuwenden, begann der Typ doch tatsächlich zu grinsen.

„Wenn du mir schon immer hinterherlaufen musst, dann will ich jetzt auch endlich deinen Namen wissen", forderte er und ein freches Blitzen stahl sich in seine Augen.

„Ich laufe dir ganz bestimmt nicht nach!", fauchte ich.

„Ach so?! Und bei unserem letzten Zusammentreffen in der Bücherei hast du mich natürlich auch überhaupt nicht beobachtet, stimmts?", seine blauen Augen funkelten amüsiert.

Mit diesem Satz brachte er mich ins Straucheln. Erneut spürte ich, wie meine Wangen zu glühen begannen.

„OK... du hast recht... das war... na ja", stammelte ich. Nervös fuhr ich mir mit den Fingern durchs Haar.

„Ja, OK. Ich habe dich beobachtet", gab ich schließlich zu und fühlte mich direkt besser, „Aber ich wollte dich nicht... also... Ich verfolge dich wirklich nicht!"

„Warum?", fragte er nun geradeheraus, seinen Blick unnachgiebig auf mich gerichtet. Wieder wurde ich nervös.

„Warum was?" Verwirrt sah ich ihn an.

„Warum hast du mich beobachtet?", seine Augen blitzten belustigt. Er schien zu genießen, wie sehr ich mich wand.

Ich schnaubte frustriert.

„Keine Ahnung", gestand ich schließlich wahrheitsgemäß und zuckte mit den Schultern.

Seine azurblauen Augen ruhten forschend auf meinen. Als ob er allein durch seinen Blick meine Aussage auf ihren Wahrheitsgehalt hin prüfen wollte.

Ich atmete zitternd aus.

Die Luft zwischen uns schien regelrecht zu vibrieren und für einen kurzen Moment gab es nur noch ihn und mich.

Dann brach er abrupt unseren Blickkontakt, rieb sich seufzend die Augen und schaute an mir vorbei in den Himmel.

Ein feines Lächeln umspielte seine Mundwinkel und ich fühlte, wie mein Herz sofort wieder schneller schlug.

Ich stöhnte. „Du hast gewonnen. Ich heiße Annastasia. Aber ich bevorzuge *Anna*."

„Ach?" Überrascht schaute er mich an, doch schon in der nächsten Sekunde war sein süffisantes Grinsen wieder da.

„Ich habe also gewonnen, ja?"

Mit diesen Worten schlenderte er einfach an mir vorbei in die Richtung, aus der ich zuvor gekommen war.

Überrumpelt starrte ich ihm nach. Hatte er nicht eigentlich auf den Bus warten wollen?

„Hey!"

Der Junge blieb noch einmal stehen und sah mich über seine Schulter hinweg an. „Was ist denn noch?"

„Du gehst einfach? Deinen Namen will ich jetzt aber auch wissen!"

Anstatt zu antworten, lachte er laut auf. „Schon wieder so frech!"

Ich funkelte ihn wütend an.

„Deinen Namen!", rief ich noch einmal mit Nachdruck.

Wieso bloß brachte er mich mit seinem Verhalten immer so derart auf die Palme?!

„Kim", sagte der Junge schlicht und ließ mich achtlos stehen, ohne sich noch ein weiteres Mal zu mir umzudrehen.

Verwirrt und gereizt sah ich ihm nach.

Kim also. Eigentlich ein schöner Name. Warum bloß musste dieser Typ so merkwürdig sein. Hatte er eben nur mit mir gespielt?! Was sollte das alles? Ich wurde das Gefühl nicht los, dass irgendetwas mit ihm nicht stimmte. Die Art, wie sich sein Verhalten und seine Stimmung von einem Moment zum nächsten schlagartig veränderte, irritierte mich. Ich wurde aus ihm nicht schlau. Dass er mich immer wieder mit seinen Blicken taxierte, verunsicherte mich nur noch mehr. Am liebsten wäre ich ihm den Rest meines Urlaubs aus dem Weg gegangen, wäre da nicht... Ja, wäre da nicht dieses seltsame Kribbeln in meinem Magen, wann immer wir auf einander trafen. Das machte mich noch verrückt!

An diesem Abend fiel ich todmüde in mein Bett. Es war erst kurz nach 21.00 Uhr, doch ich konnte meine Augen kaum noch offenhalten.

Während ich so da lag und meine Gedanken schweifen ließ, kam mir die Begegnung mit Kim wieder in den Sinn. Ich wurde aus ihm einfach nicht schlau. Ich konnte ihn überhaupt nicht einschätzen. Mochte er mich und ärgerte mich deshalb ständig oder ärgerte er mich vielleicht, weil er mich nicht leiden konnte? Warum machte er sich jedes Mal so schnell aus dem Staub, wenn ich versuchte, mich mit ihm zu unterhalten, und weshalb gab er mir nie eine normale Antwort?

Ich seufzte und versuchte, das Thema fallen zu lassen, als ich plötzlich ein seltsames Prickeln auf meiner Haut spürte. Die Luft in meinem Zimmer schien mit einem Mal wie elektrisiert und die Lampe über meinem Bett begann zu flackern!

Einmal. Zweimal.

Ich setzte mich auf und blickte überrascht zur Zimmerdecke empor. Aus meinem Augenwinkel heraus nahm ich einen großen Schatten wahr, der blitzschnell in die hintere Ecke meines Kleiderschranks huschte.

Erschrocken wandte ich mich um und starrte hinüber. Mit einem Mal war ich hellwach. Mein Herz schlug schnell.

Der silberne Wolf trat langsam und leichtfüßig aus dem Schatten meines Schrankes hervor. Blickte mich dabei mit seinen geheimnisvollen, eisblauen Augen abwartend an.

Zitternd versuchte ich, meinen Puls wieder unter Kontrolle zu bekommen.

„Musst du mich so erschrecken?" Meine Stimme kippte leicht.

Der Bote schaute mich weiter unverwandt an, sagte jedoch nichts.

Ich zögerte. Sein Verhalten beunruhigte mich.

„Was ist los?" Skeptisch rutschte ich bis an den Rand meines Bettes und achtete darauf, unseren Blickkontakt nicht zu unterbrechen.

Die Augen des Boten ruhten auf meinen. Fast schien es, als würde die Zeit stehenbleiben. Schließlich - nach einer gefühlten Ewigkeit - bemerkte ich ein feines Flackern in seinem Blick. „Es ist soweit."

Soweit wofür? - Ich wagte nicht zu fragen.

Die Stille zwischen uns war erdrückend und ich fühlte mich immer unwohler in meiner Haut.

Abermals war es das Wesen, das das Schweigen zwischen uns brach.

„Es ist Zeit, dass du deine Aufgabe erfährst."

Zögernd nickte ich und wagte dabei kaum zu atmen.

„Bist du bereit?" Obwohl es so klang, ahnte ich doch, dass dies keine Frage war.

Ich nickte erneut, fühlte mich leicht benommen und überlegte sogleich, warum die Tatsache, dass ich nun endlich erfuhr, worum es hier ging, mich derart verunsicherte.

Der Bote brach für einen kurzen Moment unseren Blickkontakt. Zögerte. Als er mir wieder in die Augen schaute, fühlte es sich an, als könnte er ins Innerste meiner Seele sehen. Mir stockte der Atem, denn es war kein angenehmes Gefühl.

„Ich komme von sehr weit her, eine Aufgabe von größter Wichtigkeit zu erfüllen. Ich besitze Kräfte, deren Ausmaß du als Mensch nicht einmal in deinen Träumen erfassen könntest. Dennoch bin ich nicht in der Lage, diesen einen Auftrag allein zu bewältigen."

„Warum?", fragte ich zögernd.

„Nur ein *menschliches* Wesen mit einem unbefangenen Herzen ist dazu in der Lage."

„Du sagtest, ich habe keine Wahl...", in meinem Kopf überschlugen sich die Gedanken.

Der Bote nickte langsam und bedächtig. „Solltest du dich weigern und dich deinem eigenen Schicksal widersetzen, so wird dies weitreichende Konsequenzen mit sich ziehen. Du kannst und darfst dich nicht gegen dein eigenes Schicksal stellen!"

Die Aussage des Boten machte mich wieder nervös. Wieso gerade ich? Wieso sollte ausgerechnet *ich* in der Lage sein, eine Aufgabe zu erfüllen, der dieses magische Wesen nicht gewachsen schien?!

Ich konnte nicht leugnen, dass ich mich zu fürchten begann vor dem, was jetzt kommen mochte. Allerdings nahm ich auch die Sorge wahr, die in den Worten des Boten mitschwang.

Ich seufzte und gab mich geschlagen. Er sollte wohl recht behalten. Tief in meinem Herzen hatte ich mich bereits entschieden. Obwohl ich noch immer nicht wusste, was mich erwarten würde, konnte ich mich diesem unheimlichen Sog nicht länger entziehen.

„Ich bin bereit. Was muss ich tun?"

Das Wesen schien über meine Worte nicht im Mindesten überrascht. Seine eisblauen Augen blitzten.

„Ich kann dir heute noch nicht das gesamte Ausmaß deiner Aufgabe erklären. Du wirst lernen müssen, mir zu vertrauen. Es gibt da einen Menschen, einen Jungen. Seine Seele ist in großer Gefahr und nur *du* bist in der Lage, sie zu retten. Du kennst ihn bereits. Der Name dieses Jungen ist Kim."

7. KAPITEL

„VERWIRRUNGEN"

Um mich herum herrschte Dunkelheit. Dunkelheit und eine unheimliche, vollkommene Stille. Ein eisiger Wind strich um meinen Körper. Ich fror und schlang die Arme eng um meine Taille.

Wo bin ich hier?

Meine Schritte hallten laut auf dem dunklen, glatten Steinboden wider. Es gab keine Bäume, keine Blumen, keine Wiese an diesem Ort. Ich konnte weder Mond noch Sterne sehen. Nur diese bedrückende, endlose Dunkelheit.

Mit einem Mal spürte ich eine so grausame und gewaltige Trauer in mir, dass es mir beinahe das Herz zerriss. Mit jeder Minute, die ich an diesem düsteren Ort verweilte, fühlte ich, wie die Dunkelheit mehr und mehr von mir Besitz ergriff.- Ich spürte, wie alles Glück und alle schönen Gefühle, die ich je empfunden hatte, aus mir herausgesaugt wurden.

Ich war bereits den Tränen nahe, als ich in der Ferne ein schwaches Licht erkannte.

So schnell mich meine Füße trugen, lief ich ihm entgegen, bis ich schließlich vor einer kleinen leuchtenden Kugel stand, die wenige Zentimeter über dem Boden schwebte.

Was ist das?

Vorsichtig streckte ich meine Hände nach der Kugel aus. Ihr Licht strahlte so angenehm und wärmte meine Handflächen.

„Hilf mir!"

Wer hat da gesprochen?

„Oh, bitte! Du musst mir helfen!"

Neben der Kugel, nicht weit von mir entfernt, kniete ein Junge. Überrascht starrte ich ihn an und ließ langsam meine Hände sinken. Wo war er so plötzlich hergekommen?

Der Junge war noch klein - höchstens fünf Jahre alt - und schaute unendlich traurig aus.

Er wirkte abgemagert und krank. Seine blauen Augen viel zu groß für das schmale Gesicht. Mehrere schwarze Locken fielen ihm in die blasse Stirn, und als ich ihn genauer betrachtete, regte sich etwas in meinem Innern. Irgendwie kam mir der Junge seltsam vertraut vor.

Wie er so hilflos vor mir auf dem kalten Boden kniete, brach es mir fast das Herz.

„Wie... Wie kann ich dir denn helfen?", fragte ich sofort und hockte mich neben ihn. Ich war fest entschlossen, alles in meiner Macht stehende zu tun.

„Ich brauche das Licht! Ich kann es nicht mehr finden! Es ist einfach nicht mehr da...", schluchzte der Junge.

Das Licht?

„Meinst du dieses Licht hier?", sofort sprang ich auf und wollte die leuchtende Kugel ergreifen, doch diesmal entzog sie sich meinen Händen. Schwebte davon.

„Bitte...", die Stimme des kleinen Jungen wurde schwächer, flehender.

Erschrocken starrte ich ihn an. Er war so furchtbar blass!

„Bitte... Alles ist so schrecklich dunkel hier..."

Die Lichtkugel schwebte jetzt mehrere Meter von mir entfernt. Ohne zu zögern, rannte ich hinüber und streckte erneut meine Hände nach ihr aus. Plötzlich wurde sie gleißend hell und blendete mich so sehr, dass mein Kopf schmerzte. Ich konnte es nicht ertragen, wandte mich ab und schrie.

Es dauerte mehrere Minuten ehe ich begriff, wo ich war. Mein Nachthemd klebte unangenehm an meinem Körper und mein Puls raste. Ich fühlte mich furchtbar. Verzweifelt. Tief in mir wie gelähmt.

Was ist das denn bitte für ein Traum gewesen?!

Unruhig und verwirrt strich ich mir die feuchten Haare aus der Stirn und setzte mich auf. Die Sonne stand bereits hoch am Himmel. Wie lang hatte ich geschlafen?

Mein Wecker zeigte 09.50 Uhr an.

Es gab nur bis 10.30 Uhr Frühstück!

Na, toll...

Ich versuchte die Gedanken an diesen wirren Traum zu vertreiben und quälte mich aus dem Bett. Wenn ich noch frühstücken wollte, sollte ich mich jetzt beeilen. Hastig lief ich ins Bad.

10.15 Uhr eilte ich in den Frühstücksraum. Ich war selbst überrascht, wie es mir gelungen war, mich in derart kurzer Zeit fertigzumachen. Für gewöhnlich brauchte ich im Bad sehr viel länger.

An der Tür zum Speisesaal blieb ich stehen und ließ unschlüssig meinen Blick durch den großen Raum schweifen. Es schien nicht mehr einen freien Tisch zu geben. Ich wusste nicht so recht, was ich jetzt machen sollte. Die Zeit wurde knapp. Ein Blick hinüber zu dem aufgebauten Buffet machte zudem deutlich, dass meine heutige Auswahl mehr als dürftig ausfiel. Ich stöhnte genervt. Offensichtlich wurde so kurz vor Ende der Frühstückszeit nichts mehr aufgefüllt.

Frustriert sah ich mich erneut nach einem Sitzplatz um und verfluchte mich innerlich dafür, vergessen zu haben, den Wecker in meinem Handy zu stellen.

Da entdeckte ich einen freien Stuhl ganz hinten am Fenster, an einem der Vierer-Tische.

Ein Ehepaar mittleren Alters saß dort mit einem vielleicht achtjährigen Jungen.

Meine Gedanken rotierten. Sollte ich sie wirklich fragen? Irgendwie fühlte ich mich nicht recht wohl bei dem Gedanken, mit völlig fremden Leuten am selben Tisch zu frühstücken. Aber in Anbetracht der Uhrzeit blieb mir wohl kaum eine andere Wahl.

Zögernd ging ich hinüber.

„Guten Morgen", sagte ich und räusperte mich verlegen. Ich versuchte mich an einem möglichst netten Lächeln.

„Morgen!", sagte der Mann und erwiderte mein Lächeln, wenn auch mit fragendem Gesichtsausdruck. Seine Frau sagte nichts, blickte mich nur abwartend an.

„Ich... ähm... Darf ich mich zu Ihnen an den Tisch setzen?", als die beiden einander nur ratlos anblickten, fügte ich schnell hinzu, „Es ist nichts anderes mehr frei."

Die Frau zuckte gleichgültig mit ihren Schultern. „Wenn Sie meinen." Zeitgleich nahm sie ihrem Sohn das Glas Orangensaft aus der Hand, als dieser begann, auf seinem Stuhl herumzuturnen. „Setz´ dich sofort wieder hin!", ermahnte sie ihn streng.

Noch immer stand ich etwas verloren herum. Diese Leute waren mir auf Anhieb unsympathisch. Trotzdem hatte ich Hunger.

„Was ist nun?", fragte der Mann ungeduldig und verwies auf den freien Platz. „Setz' dich doch!"

„Danke", erwiderte ich zögernd und fügte rasch hinzu, „Ich hole mir nur schnell etwas vom Buffet."

Ich nahm mir einen Teller und schickte ein stummes Stoßgebet gen Himmel, dass diese Leute nicht mehr allzu lange essen würden.

Ich saß ganze 30 Minuten neben einer mir völlig fremden Familie, die mir mit Ausnahme ihres Kindes keinerlei Beachtung schenkte. Sie schienen sich jedoch auch gegenseitig nicht im Geringsten für einander zu interessieren. Das Ehepaar sprach kaum ein Wort miteinander und auch der Sohn wurde lediglich ermahnt, wenn er in ihren Augen etwas falsch gemacht hatte. Schrecklich! Die unangenehme Stimmung am Tisch war beinahe mit Händen greifbar. Von einem entspannten Frühstück konnte heute definitiv keine Rede sein.

Der Sohn quatschte mich indes in einer Tour zu, trat dabei immer wieder mit seinen Füßen gegen meine Schienbeine und grinste frech. Ich warf ihm wütende Blicke zu, doch als das nichts half, zog ich meine Beine so weit wie möglich unter meinen Stuhl. Ich beeilte mich, aufzuessen, verabschiedete mich kurz und ging.

In Gedanken machte ich mir eine Notiz, mich nie wieder neben diese Leute zu setzen. Genervt und nicht wirklich satt verließ ich den Speisesaal.

Um in Ruhe nachdenken zu können, ging ich hinunter an den Strand.

Ich suchte mir einen Platz abseits der anderen Hotelbesucher und setzte mich auf eine mitgebrachte Decke. Die Sonne brannte heute regelrecht vom Himmel und ich genoss ihre warmen Strahlen. Trotzdem wusste ich, dass ich mir bald einen Platz im Schatten suchen musste, wenn ich keinen Sonnenbrand riskieren wollte.

Für den Moment schob ich diesen Gedanken allerdings beiseite und streckte mein Gesicht der Sonne entgegen. Ein Augenblick der Ruhe. Ein Augenblick zum Entspannen. Ein Augenblick ganz allein für mich.

Ich hörte eine Möwe schreien und unweit von mir entfernt tollten ein paar Kinder durchs Watt.

Ein nahezu perfekter Moment in einem alles andere als perfekten Urlaub...

Ich musste an das denken, was mir dieser silberne Wolf am Abend erzählt hatte. Meine Aufgabe... Ja, was genau *war* meine Aufgabe jetzt eigentlich? Wirklich verstanden hatte ich es nicht. Ich sollte diesen Jungen beobachten. Sollte ich mich mit ihm anfreunden? Ich wusste es nicht. Ich wusste nur, dass ich ihn bereits getroffen hatte. Mehrere Male sogar. Kim. Sein Gesicht tauchte vor meinem inneren Auge auf. Sein schwarzes, halblanges, leicht lockiges Haar. Seine azurblauen Augen mit dem traurigen Blick. Sein schön geformter Mund mit dem meist frechen Grinsen.

Ich seufzte, als ich daran dachte, wie er mich tags zuvor angesehen und mit seinem Blick festgenagelt hatte. Sogleich meldete sich wieder dieses leise Kribbeln in meinem Bauch. Hatte ich nicht schon längst angefangen, ihn zu beobachten? Schon lange bevor der Bote zu mir kam, um mir meine Aufgabe mitzuteilen?

Dann stimmte es vielleicht wirklich. Mein Blick wanderte ziellos über den Strand, ohne tatsächlich etwas zu sehen.

Der Bote hatte davon gesprochen. Mein Schicksal hatte längst begonnen - *ich* mich längst entschieden. Ein seltsames Gefühl breitete sich in meinem Magen aus.

Schon seit unserem ersten Zusammentreffen faszinierte mich dieser Junge. Bloß warum? Was hatte er an sich, dass mich so derart durcheinanderbrachte?!

Und was war es, was dieser Bote von ihm wollte? Wozu brauchte er gerade *mich*? Wie hatte er es genannt? Ein unbefangenes Herz?! War ich denn wirklich so unbefangen?

Irgendwie fühlte ich mich in dieser Situation hilflos und auch ein wenig ausgenutzt. Wollte dieser Bote einfach nur Informationen von mir, die er selbst nicht bekommen konnte? Oder ging es hier vielleicht um sehr viel mehr, als ich bislang zu begreifen imstande war?

Der Bote sagte zu mir, dass Kims Seele in Gefahr war und dass nur ich in der Lage wäre, diese zu retten. Was meinte er damit und wie genau sollte das gehen?

Allmählich kam ich mir vor wie in einem verdammten Film!

Ich spielte die Hauptrolle und hatte vergessen, das Drehbuch zu lesen...

Immerhin hatte mich meine Menschenkenntnis nicht getrübt. Mit diesem Jungen stimmte etwas nicht. Das hatte ich vom ersten Augenblick an gespürt. Jetzt galt es herauszufinden, was es war. Ich atmete tief durch und schaute noch einmal übers Watt, ehe ich mich langsam erhob. Ein Gedanke huschte durch meinen Kopf. Bei unserem letzten Treffen hatte Kim mich gefragt, warum ich ihn verfolgen würde. Er schien verunsichert. Vielleicht für einen kurzen Moment sogar misstrauisch. Damals wusste ich es noch nicht, doch er sollte offensichtlich recht behalten.

„Ja,", murmelte ich leise, „jetzt verfolge ich dich wohl wirklich..."

Langsam ging ich den kurzen Weg zurück zum Hotel. Vergessen war die Sonne, mein Buch oder dass ich mich eigentlich hatte entspannen wollen. Meine Gedanken waren längst nicht mehr an diesem Ort.

Um mich abzulenken, machte ich mich kurz darauf auf den Weg ins Dorf. Ein frischer Wind wehte mir entgegen und vertrieb ganz langsam die trüben Gedanken. Ich atmete tief durch und versuchte mich zu entspannen. Das fremde Wesen hatte mich darum gebeten, ihm zu vertrauen. Ich hatte wohl keine andere Wahl.

An einem Laden für Bademoden und Strand-Zubehör blieb ich schließlich stehen und schaute mir die Auslage im Schaufenster an. Ich schaffte es, mich für ein paar Minuten abzulenken, als ich plötzlich hinter mir eine allzu vertraute Stimme vernahm.

„Hey, Blondie!"

Ich schloss meine Augen und seufzte stumm. Es musste wirklich Schicksal sein! So oft konnten wir einander doch nicht durch Zufall über den Weg laufen.

Langsam drehte ich mich zu ihm um und versuchte, dabei so locker wie möglich zu wirken.

„Wie hast du mich eben genannt?", zischte ich.

„Oh, ich glaube, du hast mich schon verstanden."

Da war es wieder! Dieses freche Grinsen und das Funkeln in seinen viel zu blauen Augen. Eine Geste, die mich sowohl rasend machte, aber zugleich mein Herz auch auf unerklärliche Weise schneller schlagen ließ. Ich schluckte um Fassung bemüht.

„Mein Name ist *Anna*!"

„Ich weiß, *Annastasia*", die Art, wie er meinen vollen Namen betonte und die Tatsache, dass er ihn überhaupt benutzte, ärgerte mich.

„Einfach nur *Anna*!", sagte ich mit Nachdruck, „Ich kann Annastasia nicht ausstehen. Außer meinen Eltern, nennt mich eigentlich niemand so."

„Mir gefällt dieser Name aber recht gut, also werde ich dich auch so nennen – *Annastasia*!"

Mir entging das spöttische Blitzen in Kims Augen nicht und zum gefühlt hundertsten Mal spürte ich, wie er mich mit seinem Verhalten aus dem Konzept brachte.

Ich schnaubte genervt und beschloss, diesmal nicht auf seine Stichelei einzugehen.

Stattdessen wechselte ich das Thema.

„Was machst du eigentlich hier?", ich versuchte, empört zu klingen, „Sonst behauptest du immer, *ich* würde *dich* verfolgen!"

Ich wappnete mich innerlich gegen einen seiner Sprüche, doch stattdessen wirkte Kim einen winzigen Augenblick lang überrascht. Dann grinste er wieder. „Tja, heute wohl mal andersherum."

„Andersherum?", in meinem Bauch begann es zu kribbeln.

Wollte er damit sagen, dass er mir wirklich gefolgt war oder war das bloß wieder so ein dummer Spruch von ihm?

„Was schaust du denn so erschrocken?" Kims Grinsen wurde noch eine Spur breiter.

„Ich... ähm... schon gut", stotterte ich. Eilig schaute ich wieder hinüber zum Schaufenster und konzentrierte mich darauf, meinen raschen Herzschlag zu beruhigen. Wieso musste ich in seiner Gegenwart bloß immer so schnell nervös werden?

Kim trat näher und warf nun seinerseits einen Blick in den Laden. Ich konnte seinen Atem dicht neben meinem Gesicht spüren, wagte aber nicht, mich zu ihm umzudrehen.

„Was schaust du dir da an?" Seine Stimme klang ehrlich interessiert.

„Badeanzüge", antwortete ich knapp und bereute in der nächsten Sekunde bereits, dass ich das gesagt hatte. Ich ahnte, dass ihm wohl wieder eine spitze Bemerkung dazu einfallen würde, und ich sollte recht behalten.

„*Badeanzüge*?" - Mir gefiel die Art, wie er dieses Wort betonte, überhaupt nicht. Ich rollte mit den Augen darauf bedacht, dass er es auch sah.

„Was dagegen?", fragte ich so zickig wie möglich und schluckte, als sein Blick meinen streifte.

„Ich glaube ganz einfach, ein Bikini würde dir sehr viel besser stehen...", säuselte er.

Das wars. Jetzt hatte er mich vollkommen aus dem Konzept gebracht. Ich spürte die Hitze in meinen Wangen und hätte am liebsten das Weite gesucht.

Obwohl ich ihn nicht ansah, wusste ich, dass er grinste.

Keine Ahnung, was ich darauf erwidern sollte. Eigentlich war ich nicht auf den Kopf gefallen, aber in Gegenwart dieses Jungen löste sich meine Schlagfertigkeit allzu oft in Rauch auf.

Es war fast so, als wäre mein Körper auf Autopilot gestellt. Ich bekam alles mit, konnte aber nicht mehr steuern.

Ich wusste jetzt zwar, dass es meine Aufgabe war, Kim in irgendeiner Weise zu helfen. Aber wie ich das anstellen sollte, davon hatte ich keinen blassen Schimmer. Man konnte sich ja nicht einmal vernünftig mit ihm unterhalten!

Während ich noch darüber nachgrübelte, riss Kim mich plötzlich aus meinen Gedanken mit einer vollkommen unerwarteten Frage.

„Sag mal, hast du Lust auf einen Döner?"

„Döner?", verwirrt sah ich ihn an und erkannte in seinem Blick, dass er es diesmal offensichtlich ernst meinte.

„Ja, Döner", sagte Kim und zog amüsiert eine Augenbraue hoch, „Du weißt schon, Teigtasche mit Salat, Kalbfleisch, Zaziki und so weiter."

„Ich weiß, was ein Döner ist!", fauchte ich und verdrehte die Augen.

Kim lachte bloß und bedachte mich weiter mit einem fragenden Blick.

„OK. Einverstanden. Ist gar keine schlechte Idee", gestand ich schließlich und musste an das spärliche Frühstück von heute Morgen denken.

„Ich habe *nie* schlechte Ideen.", entgegnete Kim. Zur Antwort rollte ich erneut mit den Augen, was er mit breitem Grinsen quittierte.

Kurz darauf machten wir uns mit unseren Dönern auf den Weg zum Meer. Wir folgten einem breiten Pfad, der unterhalb des Deiches entlangführte. Den grasbewachsenen Hügel zu unserer linken, das weite, offene Land zu unserer rechten Seite.

Der Wind wehte vom Meer zu uns herüber. Es roch herrlich nach Watt und von irgendwoher nahm ich entfernt den Duft von frisch gemähtem Gras wahr.

Ein paar Quellwolken begleiteten unseren Weg, ansonsten strahlte der Himmel in seinem schönsten Sommerblau.

Ich atmete tief ein und spürte, wie ich mich, langsam aber sicher, zunehmend entspannte. In der Ferne, noch hinter den Feldern, konnte ich den Windpark erkennen.

Bestimmt über 20 Windräder drehten sich dort gemeinsam. Auch wenn sie von hier aus noch so winzig wirkten, so wusste ich doch, dass ein einziges dieser drei Rotorblätter so groß wie ein ganzer Sattelzug war.

Während wir den betonierten Pfad unterhalb des Deiches weitergingen, lauschte ich dem Blöken der Schafe, die rechts und links von uns zu Dutzenden grasten.

Obwohl ich schon so einige Male hier spazieren gegangen war, war es diesmal irgendwie anders. Lag es an Kim? Langsam machte mich seine Gegenwart nicht mehr ganz so nervös. Das Kribbeln in meinem Magen aber blieb und nahm an Stärke zu, wann immer sich unsere Blicke trafen.

Lange Zeit sprach keiner von uns beiden ein Wort, bis Kim schließlich die Stille brach.

„Machst du hier eigentlich allein Urlaub?"

Ich nickte.

„Was ist mit deinen Eltern?", fragte er weiter und schaute mich neugierig an.

„Mein Vater muss arbeiten", antwortete ich, „Eigentlich arbeitet er fast immer", fügte ich leise hinzu. Kims Blick verfinsterte sich, jedoch nur für einen Sekundenbruchteil. Ich beeilte mich hinzuzufügen - „Und außerdem haben sie mir diesen Urlaub geschenkt. Das ist das erste Mal, dass ich komplett allein unterwegs bin!", erklärte ich stolz und schob den Gedanken an meine Eltern eilig beiseite.

„Verstehe." Mit einem Mal bemerkte ich einen merkwürdigen Ausdruck in Kims Augen.

„Was ist mit *dir*?", fragte ich neugierig, „Machst du auch allein Urlaub?"

Kim schüttelte kaum merklich den Kopf. Er blieb kurz stehen und führte seine rechte Hand zu seinen Augen. Als er meinen Blick bemerkte, ließ er sie rasch sinken, schüttelte erneut den Kopf und blinzelte im Anschluss einige Male.

Ich sah ihn fragend an. Kurzfristig hatte ich das Gefühl, er hätte Kopfschmerzen, aber vielleicht bildete ich mir das auch bloß ein. Sein Gesicht wirkte angespannt und mit einem Mal schien er noch deutlich blasser als zuvor.

„Ich wohne hier", antwortete er schließlich und lenkte damit meine Gedanken zu unserem Gespräch zurück. Für einen Moment überlegte ich, ihn zu fragen, ob alles in Ordnung war. Da er sich jetzt allerdings wieder normal verhielt und es offensichtlich zu kaschieren versuchte, tat ich, als hätte ich nichts bemerkt.

„Es muss schön sein, hier zu wohnen." Mit verträumtem Lächeln deutete ich in Richtung der Wiesen und Felder. „Viel schöner als in einer Großstadt!"

Kim zuckte achtlos mit seinen Schultern. Ich war verblüfft.

„Lebst du denn nicht gern hier?", fragte ich fassungslos, „Ich würde sofort hierherziehen, wenn ich könnte!"

Einen Moment lang starrte Kim in den Himmel. Seine Augen wirkten plötzlich leer und ausdruckslos.

Ein ungutes Gefühl machte sich in meinem Magen breit.

Hatte ich etwas Falsches gesagt?!

„Was ist los?", fragte ich nun doch.

„Das ist nicht so einfach", entgegnete er schlicht.

Dieser Satz ließ mich aufhorchen. „Was ist nicht einfach?"

Kim zögerte einen Augenblick zu lang, ehe er seinen Blick von den Wolken losriss und mich anschaute. Ein Lächeln umspielte seine Mundwinkel, doch seine Augen erreichte es diesmal nicht. „Ach, nicht so wichtig. Lass uns noch ein Stückchen gehen, OK?"

Ich nickte, denn ich wusste nicht, was ich anderes tun sollte. Wir liefen weiter, doch das bedrückende Gefühl in meinem Magen blieb.

Der Gedanke, dass ich ein wichtiges Thema angeschnitten hatte, ließ mich nicht mehr los. Kim trug ein Geheimnis mit sich herum. Irgendetwas, dass ihn sehr bedrückte.

Ich konnte seine Sorgen spüren. Oder war es vielleicht sogar Angst?

Was auch immer es war, er versuchte, es zu verbergen.

Wenig später kamen wir an einer großen Linde vorbei, die hier unterhalb des Deiches wuchs. Ein paar Schafe grasten unter ihr. Als sie uns kommen sahen, entfernten sie sich rasch. Ich war ein bisschen enttäuscht.

Kim bemerkte dies und grinste. „Du kannst sie nicht streicheln", erklärte er, „Manchmal sind ein oder zwei zahme Tiere dabei, aber das ist echt selten."

„Warum sind denn ein paar Schafe zahm und die anderen nicht?", fragte ich neugierig.

Wir erreichten den Baum und setzten uns in seinen Schatten.

„Die meisten Schafe haben einfach Angst vor Fremden. Aber ab und an ist mal eine Flaschenaufzucht dabei. Die kennen keine Furcht. Man erkennt sie daran, dass sie jedem Spaziergänger entgegenlaufen und um Aufmerksamkeit oder Futter betteln."

„Echt?", ich kicherte und auch Kim grinste breit. Die bedrückenden Stimmung von eben war nicht mehr zu spüren.

Seine blauen Augen leuchteten, und als er zu erzählen begann, klang seine Stimme so weich und warm, dass mir ein wohliger Schauer über den Rücken jagte.

„Einmal gab es hier ein Schaf, das ist sogar jedem Spaziergänger meilenweit hinterhergelaufen. So lange, bis es endlich gestreichelt wurde. Dann ist es umgedreht und wieder zurückgewandert!"

Jetzt musste ich lachen. „Du schwindelst doch!"

„Nein!", beharrte Kim, „Ist echt wahr."

„Ach, das glaube ich nicht!"

Kim warf mir einen empörten Blick zu. „Meinst du etwa, ich lüge?!"

Ich kicherte noch immer, dabei versuchte ich möglichst ernst den Kopf zu schütteln. Es gelang mir aber nicht.

„Das will ich dir auch geraten haben!", Kim lachte mit.

Einen Moment lang schwiegen wir, bis er die Stille zwischen uns erneut brach.

„Du solltest dir echt keinen Badeanzug kaufen", wechselte er so abrupt das Thema, dass ich einen Moment brauchte, um ihm gedanklich folgen zu können. Diesmal schaute er mich nicht an.

Ich schluckte. Wieso bloß musste dieser Typ immer derart spontan unsere Gespräche in eine komplett andere Richtung lenken? Ich kam da nicht mit.

„Ist immer noch meine Sache!", entgegnete ich scharf und warf ihm einen flüchtigen Blick zu.

„Ich meine ja auch nur, dass ein Bikini deine Figur noch hübscher betonen würde", bemerkte Kim so nebenbei und noch immer darauf bedacht, mich nicht anzusehen.

Ich versuchte die Hitze in meinen Wangen zu ignorieren, in der Hoffnung, sie möge schneller vergehen.

Als unsere Blicke sich nach einer gefühlten Ewigkeit wieder kreuzten, fühlte ich das Kribbeln in meinem Magen stärker denn je. Hatte er mir hier eben ein Kompliment gemacht?

War das sein Ernst?!

Kim beobachtete meine Reaktion genau. Seine Mundwinkel zuckten. Aber ich konnte die Gefühle in seinem Gesicht nicht deuten. Jetzt war ich es, die den Blickkontakt brach und unsicher an einem Grashalm neben mir zu zupfen begann.

„Ich denk' drüber nach", entgegnete ich leise. Damit war das Thema – hoffentlich endgültig – vom Tisch.

Wir blieben noch eine ganze Weile im Schatten der Linde sitzen, unterhielten uns oder genossen die angenehme Ruhe der Natur um uns herum. Zum ersten Mal, seit Beginn meines Urlaubs, konnte ich einen Nachmittag wieder so richtig genießen.

Am frühen Abend gingen wir gemeinsam zurück ins Dorf.

Viel zu lange waren wir zu zweit unterwegs gewesen. Viel zu viel war geschehen, was ich verarbeiten musste.

Meine Aufgabe schien leichter, als ich Kim noch nicht leiden konnte. Er war viel netter, als ich geglaubt hatte.

Irgendwie konnte er sogar richtig süß sein. Nun wusste ich nicht mehr, wie ich mich ihm gegenüber am besten verhielt. Sollte ich ihm vielleicht von dem Besuch des Boten erzählen? Würde er mir glauben? Doch ganz sicher nicht!

Wahrscheinlich wäre es klüger, erst einmal abzuwarten.

Die Unruhe in meinem Innern wuchs ohnehin mit jedem Meter, mit dem wir uns meinem Hotel näherten.

Schließlich standen wir unschlüssig neben dem geöffneten Eingangstor, welches den Privatweg des Hotels auswies.

„Du wirkst nervös", stellte Kim fest. Wie er es sagte, klang es beinahe wie ein Vorwurf.

Dennoch wusste ich, dass er recht hatte und ich spürte, wie mein Herz sofort schneller schlug.

„Ich... Na ja... Das liegt irgendwie an dir."

Ich schluckte und starrte Kim schockiert an.

Scheiße! Hatte ich das jetzt gerade wirklich gesagt?!

Kaum dass er über meine Lippen gekommen war, bereute ich diesen Satz. Aber jetzt war es zu spät.

Hastig wandte ich mich ab. Als Kim nicht reagierte, schaute ich zögernd in seine Richtung. Warum sagte er nichts? Kein Wort? Nicht einmal ein dummer Spruch? Das verunsicherte mich am meisten.

Sein Gesicht verriet nicht das Geringste. Doch dann veränderten sich seine Augen.

Etwas blitzte in ihnen auf. War es Furcht? Wut?

Sein Blick verdunkelte sich. Die Energie zwischen uns begann, sich zu wandeln. Ich konnte das Gefühl nicht in Worte fassen, aber mit einem Mal bekam ich eine Gänsehaut.

Kims Augen wurden hart und kalt wie Eis. „Sag' so etwas nie wieder!", seine Stimme klang schneidend und ich zuckte erschrocken zusammen.

„Es tut mir leid", flüsterte ich verunsichert. Diese rüde Zurückweisung tat mehr weh, als wenn er die Situation mit einem dummen Spruch ins Lächerliche gezogen hätte.

Kim schüttelte leicht seinen Kopf und stöhnte. Sein Blick wurde weicher.

„Nein. Mir tut es leid, dass ich dir falsche Hoffnungen gemacht habe."

Er klang so abweisend. Ich spürte ein flaues Gefühl in meinem Magen aufsteigen. „Was ist los?"

Kim seufzte. „Du bist doch ein schlaues Mädchen, nicht wahr?" Er lächelte – traurig?

Ich versuchte ebenfalls zu lächeln, doch es misslang.

„Benutze deinen Kopf", sagte Kim, und als ich ihn fragend ansah, fügte er hinzu -

„Ich bin nicht gut für dich. Tut mir leid."

Kaum hatte er dies gesagt, drehte er sich um und ging davon.

Ich blieb allein zurück. Ein verstörendes Gefühl breitete sich in meinem Innern aus. Ich schluckte dagegen an und schaute Kim nach, als dieser schon lange nicht mehr zu sehen war.

Wie gern hätte ich in diesem Moment verstanden, was in ihm vor sich ging. Das alles ergab für mich noch keinen rechten Sinn, doch ich begriff, dass es einen Zusammenhang geben musste. Ich fühlte mich verloren und eine nie gekannte Angst keimte plötzlich in mir auf. Wollte ich wirklich mehr erfahren? Wollte ich mich auf all das hier tatsächlich einlassen? Es ging nicht mehr länger nur um eine Aufgabe und darum, einem fremden, merkwürdigen Jungen zu helfen. Hier ging es um so viel mehr. Ich wusste nicht, was das Schicksal für uns beide bereithielt. Doch was ich mit Sicherheit wusste, war, wenn ich jetzt weiterginge, gäbe es kein Zurück mehr.

Wenn ich jetzt weiterginge, verlor ich mein Herz.

Denn dass er es mir brechen würde, hatte Kim eben sehr eindrucksvoll unter Beweis gestellt.

Ich atmete tief durch und blinzelte gegen die Tränen an, die sich so hartnäckig in meinen Augen hielten. Es half nichts. Es war bereits zu viel geschehen, als dass ich hätte umkehren können. Eine Wahl? Wenn ich sie überhaupt jemals gehabt hatte, so hatte ich sie jetzt schon lange nicht mehr.

Egal, was auch passieren würde, meinen Weg hatte ich längst gewählt.

Ich würde Kim helfen - so oder so - und ich würde es schaffen, seine Seele zu retten, selbst auf die Gefahr hin, dass ich meine dabei ins Feuer warf...

8. KAPITEL

„ICH GEBE NICHT AUF!"

Ein eiskalter Wind blies mir entgegen und jagte einen heftigen Schauer über meinen Rücken. Ich öffnete die Augen und blickte mich um. Ich stand barfuß, nur mit meinem Nachthemd bekleidet, inmitten vollkommener Dunkelheit.

Mein Herz schlug schnell.

Die Erkenntnis traf mich mit voller Wucht.

Ich bin schon einmal hier gewesen! - war alles, was ich denken konnte.

Mein Körper schien die fürchterliche Kälte des Steinbodens regelrecht über meine nackten Füße aufzusaugen. Ich fror erbärmlich. Zitternd versuchte ich, mich enger in mein Nachthemd zu wickeln, doch der dünne Stoff bot mir nicht den geringsten Schutz.

In der Ferne entdeckte ich ein mattes Licht. Ich rannte, so schnell ich konnte, um es zu erreichen. Fühlte mich wie magisch von seiner schwachen Wärme angezogen. Je näher ich der Lichtquelle kam, desto stärker leuchtete sie. Bis sie als helle, warme Lichtkugel vor mir schwebte.

Als ich meine steifen Finger nach ihr ausstreckte, durchfuhr mich ein Gedanke.

Ich habe das schon einmal getan...

Noch ehe ich das Licht mit meinen Händen ergreifen konnte, begannen diese zu kribbeln, wie von einem elektrischen Schlag berührt. Ich zuckte erschrocken zurück.

Neben der Lichtkugel kniete ein kleiner Junge und schaute mich mit seinen großen, traurigen Augen an. „Bitte hilf mir!", bat er mit schwacher Stimme.

Erschrocken starrte ich ihn an, unfähig etwas zu tun, und zugleich verspürte ich erneut die Gewissheit in mir, dass ich all dies nicht zum ersten Mal erlebte.

Der eisige Sturm um uns herum gewann zusehends an Kraft. Die Kälte brannte in meinen Augen. Ich kniff sie zu und versuchte, das Zittern meiner Glieder irgendwie unter Kontrolle zu bekommen. Jeder Teil meines Körpers schmerzte durch diese unerträgliche Kälte... Als der Sturm für ein paar Sekunden an Stärke verlor, öffnete ich meine Augen und schaute zu dem kleinen Jungen hinunter. Ich keuchte und blickte wie gelähmt auf den Bereich am Boden, an dem er noch vor wenigen Augenblicken gesessen hatte.

An seiner Stelle war es nun Kim, der zu meinen Füßen kauerte. Seine Haut war noch blasser geworden, seine sonst so strahlend blauen Augen trüb. Er zitterte noch mehr als ich und schaute mich flehend an. „Hilf mir...", flüsterte er mit erstickter Stimme und streckte mir mit letzter Kraft seine Hand entgegen.

Ich wich keuchend zurück. Da ließ Kim seinen Arm sinken, schaute traurig zu Boden.

Um uns herum tobte der Sturm und in mir tobte ein Kampf.

Ich wollte Kim helfen. Seine Hände in meine nehmen und ihn wärmen. Dennoch wich mein Körper immer weiter vor ihm zurück. Warum? Ich konnte nichts dagegen tun!

Innerlich schrie ich und tobte, doch äußerlich blieb ich vollkommen ruhig.

Als ich mich schließlich von Kim vollends abwandte, rollte eine einzelne Träne meine Wange hinab...

Ich stand unter der Dusche, ganze zwanzig Minuten schon und ließ das viel zu warme Wasser über mein Gesicht fließen, in der Hoffnung, die Geister der Nacht aus meinem Kopf zu verbannen.

Ich hatte nicht gewusst, dass ich träumte, nicht einmal in den ersten Minuten, nachdem ich aufgewacht war. Es war so real gewesen, so beängstigend echt.

Warum hatte ich nicht versucht, Kim zu helfen? Schlimmer noch, warum hatte ich ihn allein gelassen? Obwohl es nur ein Traum gewesen war, fühlte ich mich schuldig.

Nein, ich würde Kim ganz sicher nicht im Stich lassen. Egal, was kommen mochte.

Nachdem ich mich angezogen hatte, ging ich hinunter in den Frühstückssaal. Ich wählte einen Zweiertisch am Fenster aus und setzte mich. Heute war es hier vollkommen leer. Die meisten Touristen schliefen offensichtlich noch. Im Gegensatz zu gestern hatte ich freie Auswahl am Buffet. Allerdings verspürte ich nach diesem beängstigenden Traum nicht den geringsten Appetit. Lustlos stocherte ich mit dem Messer in meinem aufgeschnittenen Brötchen herum und warf dabei gedankenverloren einen Blick nach draußen. Der schöne, rötlich schimmernde Sonnenaufgang passte so gar nicht zu meiner momentanen Stimmung.

Eine Woche verbrachte ich nun schon hier im Hotel. Eine Woche meines Urlaubs war vorbei. Ein Urlaub, der weniger entspannend kaum hätte sein können.

Noch tief in Gedanken versunken, bemerkte ich Tina zuerst nicht, die an meinen Tisch getreten war. Erst als sie mich sanft an der Schulter berührte, schaute ich auf.

„Moin!", grüßte sie lächelnd.

Ich zuckte erschrocken zusammen, dann lächelte ich ebenfalls. „Guten Morgen! Ich war gerade irgendwie nicht ganz da."

Tina lachte. Ihre positive Stimmung tat gut. „Das habe ich bemerkt. Was ist los mit dir?"

„Ach, nicht so einfach", ich überlegte, wie viel ich ihr anvertrauen konnte, und seufzte schließlich. Am besten wäre es wohl, ihr gar nichts zu erzählen.

Einen Moment lang blickte auch Tina nachdenklich drein, aber schon in der nächsten Sekunde schaute sie mich aufmunternd an. Sie sagte etwas, doch meine Gedanken schweiften erneut ab zu Kim.

„...Kaffee...?"

„Oh, ja bitte", entgegnete ich wie automatisch und lächelte.

Als Tina einzig mit einem amüsierten Kichern antwortete, blickte ich sie verwirrt an. Meine Gedanken kehrten nun vollends zurück und ich fragte mich, ob ich was Falsches gesagt hatte. „Was ist?"

„Ich meinte eigentlich, ob du nachher einen Kaffee *mit mir* trinken möchtest?", auf meinen verständnislosen Blick hin, fügte sie grinsend hinzu, „Ich bin heute nicht im Dienst."

„Oh!", jetzt musste auch ich lachen.

„Wir könnten hier einen Kaffee zusammen trinken", schlug ich sogleich vor.

Tina schüttelte entschieden den Kopf. „Im Ort gibt es ein wunderschönes Café. Dorthin könnten wir gehen!", überlegte sie und klatschte dabei begeistert in die Hände.

Ich grinste. Ihre lockere, fröhliche Art war so ansteckend, dass ich mich nicht länger dagegen wehren konnte.

So verabredeten wir uns für die kommende Stunde.

Nach dem Frühstück zog ich sogleich los. Folgte dabei dem Weg, den mir Tina beschrieben hatte.

Ich fand das alte Café sofort. Das Haus war nicht besonders breit, dafür aber zwei Stockwerke hoch. Der alte rotbraune Klinker war durch die jahrzehntelange Witterung matt und brüchig geworden, die Farbe verblasst. Die kleinen Fenster der unteren Etage waren im Laufe der Jahre durch milchig-weiße Glasbausteine ersetzt worden und auch das Dach hatte sicher schon bessere Zeiten gesehen. Es war über und über mit Moos bedeckt.

Trotz der offensichtlichen Mängel wirkte das alte Haus so gemütlich und einladend wie kaum ein anderes in dieser Straße. Es verströmte seinen ganz eigenen Charme.

Sogleich musste ich daran denken, wie es wohl wäre, wenn dieses Haus reden könnte. Welche Geschichten würde es erzählen? Wer war hier im Laufe der Jahrzehnte alles ein und aus gegangen und hatte an den vielen kleinen Tischen gesessen? Welche Szenen hatten sich hinter diesen Mauern abgespielt und war es wohl schon immer ein Café gewesen?

So viele Fragen geisterten mir im Kopf herum. Ich grinste. Meine Fantasie arbeitete offensichtlich mal wieder auf Hochtouren.

Entschieden schüttelte ich meinen Kopf, schob diese Gedanken beiseite und öffnete die schwere Eingangstür. Ächzend und langsam bewegte sie sich. Gab den Weg in eine warme, gemütliche Stube frei. Ein Geruch nach frischem Apfelkuchen, Zimt und Kaffee schlug mir entgegen. Ich sog diesen Duft tief ein und fühlte mich direkt wohl.

Da entdeckte ich Tina an einem der hinteren Tische. Sie winkte mich zu sich herüber.

„Schön, dass du da bist!", freute sie sich.

Ich lächelte. „Es ist echt gemütlich hier!"

„Ja, nicht wahr?", Tina reichte mir eine Menükarte, „Die haben hier den besten Apfelkuchen an der gesamten Nordseeküste!"

„Ehrlich?"

„Würde ich es sonst sagen?" Sie kicherte.

Da Tina einfach nicht locker ließ und unentwegt von diesem Kuchen schwärmte, bestellte ich mir schließlich ein Stück. Ich schaute mich um. Auch an den anderen Tischen wurde regelmäßig der ein oder andere Apfelkuchen geordert.

Ich musste grinsen. Kein Wunder. Bei dem Duft, der hier in der Luft lag, musste man schon ein echter Kuchen-Hasser sein, um lange widerstehen zu können.

Während wir auf unsere Getränke warteten, warf ich einen Blick nach draußen. Durch die dicken Glasbausteine konnte man kaum etwas erkennen. Alles wirkte total verschwommen. Das Licht der Sonne kam allerdings nahezu ungehindert herein. Somit war es hier drin längst nicht so dunkel, wie ich von draußen angenommen hatte.

„Warum bist du an deinem freien Tag eigentlich im Hotel gewesen?", fragte ich Tina neugierig.

Diese gab sich ertappt. Sie grinste schief. „Na ja... Ich war auf der Suche nach dir."

„Nach *mir*?", fragte ich überrascht, „Warum denn das?"

Tina zuckte leicht mit den Schultern und nippte an ihrem Kaffee, der gerade gekommen war. „Ich dachte, wir könnten mal was zusammen machen. Ich bin erst vor einem Jahr hierhergezogen. Durch meine Ausbildung und die viele Arbeit habe ich nur selten Zeit und somit bisher noch keine wirklichen Freunde gefunden", gestand sie schließlich.

„Oh, das ist ja blöd mit der wenigen Freizeit."

Ich rührte eine Weile gedankenverloren in meiner Tasse herum, „Musst du viel abends arbeiten?"

„Leider ja." Tina nickte bedauernd. „Vor allem an den Wochenenden, wenn wir Hochbetrieb haben. Andere in meinem Alter gehen dann feiern."

„Hhmm. Wie doof!"

Ich musste plötzlich an zu Hause denken. Auch ich war noch nie wirklich feiern gewesen. Zumeist kamen meine *Freunde* immer zu uns. Kein Wunder, hatten wir doch einen eigenen Party-Keller und im Garten einen großen Whirlpool

119

stehen. In der Schule war ich sehr beliebt, doch ich ahnte, dass dies vorrangig durch unsere soziale Stellung begründet wurde. Oberflächliche Beziehungen ohne Tiefgang und ohne Bestand.

Ich konnte mich nicht erinnern, jemals eine richtige, echte Freundin gehabt zu haben. Eine, die sich für mich und nicht für den Geldbeutel meines Vaters interessierte. Für einen kurzen, schmerzhaften Moment spürte ich ein dumpfes Gefühl der Leere in meinem Magen aufsteigen. Doch es verschwand ebenso schnell, wie es gekommen war. Es wäre wirklich schön, Tina zur Freundin zu haben. Ich mochte sie jetzt schon sehr. Leider wohnten wir beide viel zu weit von einander entfernt. Ich seufzte leise.

„Egal!", Tina zwinkerte mir fröhlich zu und unterbrach damit mein Gedankenkarussell. „Augen auf bei der Berufswahl!", sie grinste. „Da ich heute allerdings frei habe, möchte ich mich eigentlich nicht so viel über die Arbeit unterhalten. Ist das OK?"

„Klar!", sagte ich sofort und überlegte kurz, „Über was möchtest du denn dann reden?"

„Egal", entgegnete Tina erneut und lachte, „Über alles! Erzähl mir doch mal etwas mehr über dich!"

„Da gibts nicht viel", gestand ich leise.

„Ach", Tina machte eine wegwerfende Geste, „Das glaube ich dir nicht! Erzähl mir einfach irgendwas. Über deine Familie, deine Hobbys. Ganz egal."

Sie dachte kurz nach, „Gehst du noch zur Schule oder hast du schon mit einer Ausbildung angefangen?"

Ich zog eine Grimasse. Toller Themenwechsel...

„Ich fang jetzt mit Abi an", antwortete ich resigniert, „Danach kommt dann das Studium und so weiter..."

Genervt zuckte ich mit den Schultern. Eigentlich verspürte ich nicht die geringste Lust, im Augenblick näher über meinen zukünftigen Werdegang nachzudenken.

„Was heißt denn hier *und so weiter*?", fragte Tina neugierig und beugte sich näher zu mir über den kleinen Tisch. „Klingt spannend..." Sie grinste wieder.

Ich rollte übertrieben mit den Augen und stöhnte, was sie abermals zum Kichern brachte. „Nicht wirklich!", gestand ich, „Ich soll in der Firma meines Vaters anfangen und..."

„Dein Vater hat eine eigene Firma und du kannst dort anfangen?!", echote Tina und bekam große Augen.

Entgeistert starrte ich sie an. Verstand sie denn nicht, was das für mich bedeutete?

„Das ist nicht so toll, wie du vielleicht gerade denkst! Sie haben mich überhaupt nicht gefragt. Ich habe nicht das geringste Interesse an der Arbeit meines Vaters und sie liegt mir auch nicht! Allein bei dem Gedanken, diese Firma eines Tages übernehmen zu müssen, wird mir schlecht...", missmutig pikste ich mit der Gabel in meinem Apfelkuchen herum. Der Appetit darauf war mir vergangen.

Tina grinste jetzt nicht mehr. Vielmehr schaute sie mich mit einer Mischung aus Mitleid und Unverständnis an. Sie zögerte, sprach ihre Gedanken dann aber doch offen aus.

„Hast du denn keinen Traumberuf?"

Traumberuf?

Ich zögerte. „Klar... Aber... ich weiß nicht... Meine Eltern haben das alles von langer Hand geplant. Schon als Kind wusste ich, dass ich die Firma meines Vaters weiterführen würde. Damals war es irgendwie OK für mich aber heute. Na ja... Ich muss da wohl durch!", ich grinste schief und versuchte, das Ganze ins Lustige zu ziehen aber Tina stieg nicht darauf ein.

Die Tatsache, dass sie jetzt so nachdenklich geworden war, traf mich unerwartet. Noch nie hatte mich jemand in Bezug auf dieses Thema nach meiner eigenen Meinung gefragt und interessierte sich tatsächlich für meine Antwort darauf. Tina legte ihre Hand auf meine und schaute mich eindringlich an.

„Du willst das alles nicht, hab ich recht?"

Ich schüttelte vorsichtig den Kopf. „Es ist nicht so, dass ich es gar nicht will, aber... Ich weiß, wohin das führen wird." Mit einem Mal spürte ich einen Kloß in meinem Hals.

Tina runzelte nachdenklich die Stirn. „Was meinst du damit?"

„Mein Vater leitet eine echt große Firma und verdient eine Menge Geld damit. Mein Großvater hat sie vor fast 60 Jahren gegründet. Damals gab es zu Beginn nur eine Handvoll Mitarbeiter und so wenige Aufträge, dass sie beinahe wieder Pleite gegangen wären. Aber sie haben es irgendwie geschafft und als mein Vater dann als junger Mann in die Firma einstieg, hat er alles modernisiert und weiterentwickelt. Heute ist seine Firma einige Millionen Wert. Es ist schon klar, dass er sie auch weiterhin in der Hand unserer Familie wissen will."

Ich seufzte. „Als es mit einem zweiten Kind nicht klappen wollte, war irgendwann klar, dass ich die Firma übernehmen werde. So ist das halt. Ich habe da keine Wahl. Du siehst, es ist nicht so toll, reiche Eltern zu haben, wie man vielleicht immer denkt."

Tina nickte und hörte mir weiterhin aufmerksam zu, während ich ihr mein Herz ausschüttete, ohne es überhaupt zu bemerken.

„Dass ich Abi mache und dann studiere, ist soweit kein Problem. Das hätte ich wahrscheinlich sowieso gemacht. Aber es stört mich halt, dass sie mir keine Möglichkeit geben, mich zu entscheiden! Ich wurde nie gefragt, was ich überhaupt will oder was ich mir zutraue. Immer muss alles *zum Wohle der Firma* sein. Aber wo stehen wir als *Familie*?" Ich schluckte die Tränen hinunter, die in meinen Augen brannten. Noch nie zuvor hatte ich diese Gedanken laut ausgesprochen. Gedanken, die mich schon seit mehreren Jahren belasteten. Gedanken, die in meinem Umfeld niemand verstanden hätte.

Noch immer rang ich mit meinen Gefühlen. Ich wollte nicht weinen. Aber jetzt, nachdem ich mir alles von der Seele geredet hatte, war es so verdammt schwer, meine Emotionen unter Kontrolle zu halten.

Ich bemerkte gar nicht, dass Tina aufgestanden war und den Tisch umrundet hatte. Als sie mich fest in ihre Arme nahm gab ich meinen Tränen schließlich nach.

Es verging eine ganze Weile. Erst als ich mich wieder besser fühlte, setzte Tina sich zurück an ihren Platz. Wir schwiegen noch einige Minuten und jede von uns hing ihren eigenen Gedanken nach. Es war eine sonderbare Stille. Sie war nicht unangenehm und ich konnte die Verbindung zwischen uns deutlich spüren. Tina war mir eben näher gewesen als irgendwer sonst. Sie war wie die große Schwester, die ich leider niemals haben würde.

„Wenn du die freie Wahl hättest, was würdest *du* denn dann gern machen?", fragte Tina plötzlich in die Stille hinein.

„Tina, ich..."

„Nein!" Mit einer schnellen Geste brachte sie mich zum Schweigen. Lächelte dann nachsichtig, „Vergiss mal einen Moment lang deine Eltern. Nur du - was würdest *du* gern machen?"

„Irgendetwas mit Büchern!", platzte es plötzlich aus mir heraus, „In einer Bücherei arbeiten zum Beispiel, als Bibliothekarin oder so."

In dem Augenblick, in dem ich es aussprach, wusste ich, dass es stimmte. Ich hatte mir nie Gedanken darüber gemacht. Nicht einmal die Idee zugelassen. Es tat gut, es jetzt auszusprechen. Zum ersten Mal darüber zu reden.

„*Das* ist wirklich ein guter Beruf!", sagte Tina mit Nachdruck und lächelte.

Im Anschluss wechselten wir alsbald das Thema und begannen uns wieder über schönere Dinge zu unterhalten.

Ohne es zu wissen, hatte Tina jedoch eine Tür aufgetreten. Eine Tür in meiner Seele - ganz versteckt - von dessen Existenz ich bis heute nicht geahnt hatte. Es war der Beginn einer Idee, die mich in den kommenden Wochen nicht mehr loslassen würde. Ich fühlte mich mit einem Mal so beflügelt wie lange nicht mehr.

Am frühen Nachmittag verließen wir gemeinsam das Café. Ich wusste, dass ich nicht das letzte Mal hier gewesen war.

„Hast du Lust, dass wir uns morgen noch einmal treffen? Ich habe ab 14.00 Uhr frei und muss dann erst um 18 Uhr wieder im Restaurant sein." Tina blickte mich hoffnungsvoll an.

Ich strahlte. *Warum eigentlich nicht?!*

„Sehr gerne!", entgegnete ich deshalb und deutete auf das Café, „Wieder hier?"

„Wir könnten auch zu mir gehen", schlug Tina stattdessen vor.

„Du wohnst hier im Dorf, oder?", fragte ich.

Tina verneinte. „Auf dem Hotelgelände gibt es ein kleines Haus mit zwei nebeneinanderliegenden Wohnungen. In einer davon wohne ich zurzeit. Die Miete ist sehr günstig und wird mir direkt vom Gehalt abgezogen. Ich könnte mir im Moment gar keine andere Wohnung leisten!", sie lachte und zog eine Grimasse.

„Das reicht doch auch!", erwiderte ich ernst. Eine eigene Wohnung hätte mir auch gefallen. Vor allem jetzt, nachdem ich langsam, aber sicher erfuhr, wie schön es war, auch mal allein zu sein. Selbst Entscheidungen zu treffen. Sich einfach einmal frei zu fühlen...

Wir verabredeten uns für 14.30 Uhr am folgenden Tag und trennten uns anschließend. Tina wollte noch ein paar Einkäufe erledigen und ich beschloss, mich auf die Suche nach Kim zu machen.

Ich wollte diesem Jungen unbedingt helfen, wenngleich er am Abend zuvor versucht hatte, mich zu vertreiben. *Ich bin nicht gut für dich* - hatte er gesagt. Als ich an diesen Satz und den Ausdruck in seinen Augen zurückdachte, verspürte ich augenblicklich wieder wie mir schwer ums Herz wurde.

Ich wurde aus diesem eigenartigen Jungen einfach nicht schlau. Zuerst ärgerte er mich in einem fort, dann machte er mir Komplimente und als ich darauf einging, stieß er mich weg und ließ mich einfach stehen. Aber ich würde seinem Geheimnis früher oder später noch auf die Schliche kommen, davon war ich fest überzeugt.

Eine Stunde lang war ich jetzt schon in diesem Ort unterwegs. Schlenderte langsam zwischen kleineren und größeren Läden vorbei und suchte jede noch so winzige Gasse nach Kim ab.

Bisher ohne Erfolg.

An einem Bekleidungsgeschäft blieb ich einen Moment lang stehen.

Eine Frau mittleren Alters stand vor dem Schaufenster und schaute sich gemeinsam mit ihren beiden Kindern die Waren an.

„Ich will keine gelben Gummistiefel, ich will die in rosa!", sagte das kleine Mädchen trotzig und stampfte mit seinen Füßen auf.

„Also mir gefallen die Gelben", bemerkte der etwas größere Junge - vermutlich ihr Bruder.

„Wir gehen jetzt erst einmal hinein und schauen uns an, was sie haben. Vielleicht finden wir ja auch rosafarbene

Gummistiefel für dich, Lilly. Aber zuerst schauen wir uns um!"

Die drei betraten den Laden und ich blickte ihnen einen Moment lang nach. In meinem Kopf begann es zu arbeiten.

Es wäre wirklich schön gewesen, als Kind einen Bruder oder eine Schwester gehabt zu haben. Sicherlich wären meine Eltern dann auch weniger streng gewesen, wenn wir uns gemeinsam hätten gegen sie verbünden können. Ich grinste in mich hinein und ließ diesen Gedanken wieder fallen.

Den restlichen Nachmittag über zog ich meine Runden durchs Dorf. Ich ging sogar noch einmal in die Bücherei. Doch leider blieb meine Suche auch hier ohne Erfolg. Kim schien wie vom Erdboden verschluckt.

Enttäuscht und müde von der vielen Lauferei kehrte ich gegen 18.00 Uhr schließlich ins Hotel zurück.

An diesem Abend aß ich nur eine Kleinigkeit. Mir wurde flau bei dem Gedanken an Kim. Was, wenn ich ihn nun nicht mehr finden konnte? Wenn er mir die restlichen zwei Wochen aus dem Weg gehen oder sich vor mir verstecken würde? Wenn er es absolut nicht zuließe, dann würde es für mich schwer werden, ihm zu helfen. Sehr schwer vermutlich...

Lustlos stocherte ich in meinem Salatteller herum und gab schließlich auf. Solange ich nicht wusste, wo Kim steckte und er nicht mit mir geredet hatte, fühlte ich mich nicht wohl.

Wieso nur übte dieser Junge eine solch' starke Anziehung auf mich aus? Der Wunsch in mir ihm zu helfen, war inzwischen übermächtig.

Langsam schleppte ich mich die Treppe hinauf zu meinem Hotelzimmer. Ich ging hinein und ließ mich frustriert auf mein Bett fallen.

Ich wollte schlafen, doch ich fand keine Ruhe. Lag es daran, dass es noch nicht spät genug war, oder lag es vielleicht an diesem seltsamen Gefühl, welches sich langsam und unaufhörlich in meinem Bauch auszubreiten begann? Ich konnte es nicht benennen. Vielleicht war es weniger ein Gefühl als vielmehr eine Ahnung.

Eine Ahnung, dass bald etwas geschehen würde.

Unruhig wälzte ich mich hin und her, stand schließlich auf.

Ich überlegte, kurz duschen zu gehen, entschied mich dann stattdessen für frische Luft. Öffnete meine Balkontür und trat ins Freie. Der frische Wind tat gut. Ich atmete tief durch und ließ meinen Blick über den langsam dämmernden Abendhimmel schweifen.

Einem Impuls folgend, suchte ich mit meinen Augen den Strand ab - da entdeckte ich ihn!

Mein Herz tat einen überraschten Sprung.

Kim stand dort unten, nicht weit von meinem Balkon entfernt und schaute gedankenverloren übers Meer. Als er sich umwandte, sah ich den traurigen Ausdruck in seinem Gesicht. Ich spürte einen Kloß in meinem Hals. Es war wie damals. Wie vor einer Woche, als ich ihn zum ersten Mal sah.

„Kim!", rief ich ohne darüber nachzudenken. „Kim!"

Er reagierte nicht. Hatte er mich etwa nicht gehört?

Ich versuchte es ein drittes Mal - vergeblich. Regungslos schaute er weiter hinaus aufs Meer.

Als er sich langsam in Bewegung setzte, zögerte ich nicht länger. Ich rannte zurück in mein Zimmer, schnappte mir meine zuvor achtlos weggeworfene Jeansjacke und verließ eilig den Raum.

So schnell meine Beine mich trugen, rannte ich die Treppe hinunter. Einmal stolperte ich, doch es gelang mir, mich in letzter Sekunde am Geländer festzuhalten.

Sofort hastete ich weiter und rutschte mit meinen Schuhen über die glatten, frisch gewischten Fliesen im Eingangsbereich. Fast wäre ich gefallen!

Herr Petersen blickte mir verwirrt hinterher.

„Alles in Ordnung, Anna?"

„Ja ja,... Alles gut!", rief ich und stand im nächsten Moment bereits draußen vor der Tür.

Als ich den Strand erreichte, schaute ich mich hektisch zu allen Seiten um. Da sah ich ihn! Kim hatte sich schon recht weit entfernt. Ich rannte los.

„Kim!", schrie ich abermals, so laut ich konnte. „KIM!"

Konnte er mich denn noch immer nicht hören? Er lief stur weiter geradeaus, schaute sich nicht einmal nach mir um. Ein paar Spaziergänger sahen mir nach, doch ich nahm sie kaum wahr.

Völlig außer Atem holte ich ihn schließlich ein, packte ihn am Arm und hielt ihn fest.

Kim drehte sich verwundert um. Seine Augen verdunkelten sich, als er mich erkannte.

Ich wich seinem Blick entschieden aus, schaute stattdessen auf seinen Arm, den ich noch immer fest umklammert hielt und versuchte, die Gefühle in meinem Innern unter Kontrolle zu halten. „Warum bist du nicht stehen geblieben?", ich schnappte noch immer nach Luft.

Statt einer Antwort riss Kim sich von mir los. „Was soll das?", fragte er barsch, „Ich sagte dir doch, dass du dich von mir fernhalten sollst!"

„Das weiß ich", ich hörte, wie meine Stimme zu zittern begann, „Aber... aber es ist mir egal!", ich versuchte, so selbstbewusst wie möglich zu klingen, und zwang mich, ihm direkt in die Augen zu schauen.

Einen Moment lang wirkte Kim überrascht, fast zögernd. Doch schon in der nächsten Sekunde wandte er seinen Blick von mir ab. Er sah frustriert aus und noch etwas anderes blitzte in seinen Augen auf. Was ging nur in ihm vor?!

„Ich tue dir nicht gut", murmelte er. Seine Stimme war nun kaum mehr als ein Flüstern, „Bleib weg von mir, *bitte*!"

Mein Puls rauschte viel zu laut in meinen Ohren. „Ich will dir helfen!" Ich spürte, wie ich immer verzweifelter wurde, „Bitte, lass mich dir doch helfen!"

Kim wirkte mit einem Mal unsicher. Skeptisch musterte er mich „Du willst mir *helfen*?"

Mir wurde bewusst, dass er nichts von meinem Treffen mit dem Boten ahnen konnte.

Er wusste auch nicht, dass der Wunsch, ihm zu helfen, längst viel mehr war, als bloßes Pflichtbewusstsein meiner

Aufgabe gegenüber. Ich konnte mich ihm nicht länger entziehen, das verstand ich nun. Ich spürte tief in mir, dass ich ihm einfach helfen *musste*, ganz gleich was geschah... Ganz gleich, welche Folgen dieses Handeln für mich haben mochte. Aber wie sollte ich ihm das bloß klarmachen?!

„Warum gibst du mir keine Chance?", wollte ich von ihm wissen.

Ich erschrak, als ich die Tränen in seinen Augen bemerkte.

„Es ist nicht so einfach, wie du denkst. Halte dich aus meinem Leben fern! Du kannst mir nicht helfen, du bringst dich nur selbst in Gefahr!"

Als er dies sagte, verspürte ich erneut diese unbändige Angst in meinem Innern.

Er entglitt mir. Schon wieder.

Ich schluckte und ballte meine zitternden Hände zu Fäusten.

„Ich werde nicht aufgeben! Du kannst mir nicht verbieten, mit dir zu reden!", rief ich verzweifelt.

Kim seufzte. In ihm tobte ein Kampf. Ich konnte es in seinem Gesicht sehen. An der Art, wie er seinen Kiefer verkrampfte.

Von seinen Tränen fehlte jede Spur, als er mir jetzt tief in die Augen schaute. Sogleich nahm mich sein Blick gefangen. Mich dagegen zu wehren war vollkommen zwecklos.

„Nein", sagte er leise, „Das kann ich wohl nicht. Aber ich werde dir von nun an aus dem Weg gehen müssen. Wenn es sein muss - jeden Tag."

Der Schmerz, den seine Worte in mir auslösten, war so gewaltig, dass ich ihn nur schwer ertrug.

Ich verstand ja selbst nicht, weshalb mir dieser Junge binnen so weniger Tage so sehr ans Herz gewachsen war, aber gegen meine Gefühle kam ich einfach nicht an.

Jetzt war ich es, die vor lauter Tränen in den Augen kaum noch etwas sehen konnte. „Wieso bist du nur so furchtbar stur?!", ich schluchzte.

Kim schüttelte traurig seinen Kopf und wandte sich ab.

„Es geht nicht. Das musst du verstehen."

Ohne ein weiteres Wort drehte er sich um und rannte über den Strand davon.

Ich ahnte, dass es zwecklos war, ihm zu folgen. Zumindest für den Moment.

Wütend, verzweifelt und hilflos trat ich mehrere Male mit aller Kraft in den Sand.

„So. Ein. Verdammter. Idiot!", schrie ich und trat jedes Mal aufs Neue zu, bis ich mich schließlich beruhigt hatte.

Ich atmete tief durch und schaute in die Richtung in der Kim verschwunden war.

„So schnell wirst du mich nicht los", flüsterte ich, „Ich werde auf den richtigen Moment warten, egal wie lang es dauert! Wenn *ich* mich nicht gegen mein Schicksal wehren kann, dann kannst *du* das auch nicht!"

An jenem Abend ahnte ich noch nicht, wie recht ich mit diesem Satz haben sollte.

9. KAPITEL

„WEIL ICH DICH MAG..."

In dieser Nacht schlief ich kaum. Immer wieder wälzte ich mich unruhig hin und her, stand mehrere Male sogar auf. Ich fühlte mich, als würde ich in einer Sackgasse stehen, umgeben von einer unendlich hohen Mauer. Ich konnte nicht mehr zurück, doch wie ich die Mauer erklimmen sollte, wusste ich nicht.

Warum konnte mir dieser silberne Wolf nicht endlich alles erzählen und mir erklären, wie ich diese Aufgabe bewältigen sollte. Und warum musste Kim es mir so unendlich schwer machen, ihm zu helfen. Ich musste unbedingt mehr über ihn herausfinden und ja, ich wollte ihm nahe sein. Näher als gut für mich war – zumindest, wenn man seinen Worten Glauben schenken durfte. Ich schluckte.

So gern hätte ich mir von jemandem einen Rat geholt, doch wen sollte ich fragen? Tina vielleicht? Dann müsste ich sie jedoch einweihen. Aber würde sie mir überhaupt glauben? Hätte *ich* ihr geglaubt, wenn es andersherum gewesen wäre?

Ich seufzte tief und setzte mich - zum gefühlt tausendsten Mal in dieser Nacht - im Bett auf.

Wahrscheinlich hätte ich ihr nicht geglaubt.

Irgendwann mitten in der Nacht krabbelte ich schließlich aus meinem Bett heraus, zog mir meinen Bademantel über und öffnete die Balkontür. Ein frischer Windhauch wehte mir entgegen und vertrieb einen Teil der dunklen Gedanken. Ich atmete tief ein und trat ins Freie.

Die ersten vereinzelten Vögel stimmten schon in der Ferne ihre Lieder an und am Horizont konnte ich einen blassen, hellen Schimmer erkennen, der sich ganz allmählich ins Rötliche färbte. Ansonsten war es noch vollkommen dunkel und die letzten Sterne funkelten über mir.

Ich setzte mich auf einen Stuhl und genoss diesen Moment. Es war einer jener seltenen Augenblicke, in denen die Zeit stillzustehen schien. Wenngleich auch nur für ein paar Minuten.

Ich fühlte, wie all die Anspannung in mir absackte.

Es spielte keine Rolle, welcher Tag heute war. Was ich bereits erreicht hatte oder nicht. Was dieser Tag noch bringen mochte. Für wenige Minuten war all dies egal. In diesem Moment zählte nur die Ruhe dieses Augenblicks.

Irgendwann musste ich wohl doch noch eingeschlafen sein. Die Vögel sangen lauter und eine dicke Fliege summte direkt an meinem linken Ohr vorbei.

Ich schlug nach ihr, ohne überhaupt zu wissen, was ich da tat.

Verschlafen blickte ich mich um, ehe ich begriff, wo ich war. Meine Glieder fühlten sich steif an und mein Rücken schmerzte leicht. Müde streckte ich mich und richtete mich langsam auf.

„Super...", murmelte ich gequält, „Ich wollte doch schon immer einmal auf einem Balkon übernachten..."

Der Wind war viel wärmer geworden, doch zugleich auch stärker. Das Meer kehrte zurück. Von meinem Balkon aus konnte ich es schon deutlich erkennen. Ich lächelte. Vielleicht würde heute doch kein so übler Tag werden.

Aus meinem Augenwinkel heraus entdeckte ich einen kleinen, weißen Terrier, der fröhlich kläffend über den Strand und direkt ins Watt hineinrannte. In der Ferne hörte ich eine verzweifelt klingende Männerstimme. „Bitte! Halten Sie ihn fest!"

Sind Hunde hier an diesem Strandabschnitt nicht eigentlich verboten?

Neugierig beobachtete ich das kleine Tier, welches sich seine Freiheit genießend, voller Wonne im feuchten Schlick wälzte.

Ich grinste. Hoffentlich bekam der Besitzer keinen Ärger.

Da sah ich, wie jemand aus dem Schatten unterhalb meines Balkons trat und den jungen Hund zu sich pfiff. Dieser reagierte sofort und sprang winselnd an ihm hoch.

Erst als die Person sich daraufhin mit dem Hund im Arm langsam umwandte, erkannte ich sie.

„Kim!", brachte ich überrascht hervor und hielt mir sogleich erschrocken den Mund zu. Hatte er mich gehört?

Offensichtlich nicht, denn er schaute nicht zu mir auf.

So gut es ging, beugte ich mich über die Brüstung meines Balkons, um Kim besser sehen zu können.

Ich wollte unbedingt beobachten, was weiter geschah.

Ein junger Mann, sicher nicht älter als Anfang 30, eilte mit schnellen Schritten herbei. Eine lederne Hundeleine in seiner rechten Hand.

„Ich danke Ihnen!", erfreut nahm er den kleinen, verdreckten Terrier in seine Arme, „Er ist noch sehr wild. Nicht auszudenken was hätte passieren können. Vielen, vielen Dank!"

„Kein Problem", entgegnete Kim und lachte, als er dem kleinen Hund zum Abschied über sein wuscheliges, leicht verklebtes Fell strich.

Mein Atem stockte. Sein ungezwungenes Lachen löste sofort ein heftiges Ziehen in meinem Bauch aus. Wieso bloß konnte Kim in meiner Gegenwart nicht mehr so locker sein? Ich spürte, wie mir dieser Gedanke einen leichten Stich versetzte. Nein. Derartige Gefühle durfte ich nicht zulassen. Nicht jetzt. Ich versuchte, wieder klar zu denken.

Das war doch meine Chance!

Kim wollte mir aus dem Weg gehen? Dann hatte er heute Morgen aber einen denkbar schlechten Ort für seinen Spaziergang gewählt. Ich musste mich nur beeilen, bevor er wieder die Gelegenheit bekam, zu verschwinden.

Sofort rannte ich zurück in mein Zimmer. Zum Anziehen blieb keine Zeit mehr. Ich griff nach der Schlüsselkarte und zog die Tür einfach hinter mir ins Schloss. Mit nichts als meinem Nachthemd, dem langen, blauen Bademantel und meinen Sandalen bekleidet, lief ich quer durchs Hotel und weiter nach draußen.

Herr Petersen unterhielt sich mit einem Gast und bemerkte mich nicht. Als ich sah, dass er beschäftigt war, schickte ich ein stummes Stoßgebet gen Himmel und eilte an der Rezeption vorbei.

Hätte ich mehr Zeit zum Nachdenken gehabt, hätte ich sicher niemals gewagt, in diesem Outfit mein Zimmer zu verlassen. Ganz zu schweigen davon, so an den Strand zu gehen! Es war eine Kurzschlussreaktion gewesen, die mir nun mit jedem Schritt peinlicher wurde. Aber umkehren wollte ich jetzt auch nicht mehr.

Am Strand fand ich Kim schneller, als ich zu hoffen gewagt hatte. Der Mann mit seinem Hund war hingegen längst verschwunden. Kim hatte mich noch nicht bemerkt. Er sammelte scheinbar ziellos ein paar Steinchen im Sand. Rieb sie zwischen seinen Fingern.

Ich atmete tief ein. Mein Herz raste und das nicht nur vom schnellen Lauf. Vielleicht drei Meter hinter Kim blieb ich stehen. Ich wagte nicht, ihn anzusprechen, aber er bemerkte mich auch so.

Überrascht schaute er auf. Seine Augen blitzten. Als sie mich fixierten, hielt ich den Atem an. Die Luft zwischen uns schien plötzlich wie elektrisiert.

„Hi", war alles, was mir in diesem Moment einfiel.

Kim sog scharf die Luft ein, taxierte mich weiter mit seinen Blicken. „*Du* schon wieder?!"

„Ja", ich versuchte, ruhig zu bleiben, und sah ihm fest in die Augen, „*Ich* schon wieder."

Kim schüttelte leicht frustriert den Kopf, ehe er seinen Blick dem näher kommenden Meer zuwandte.

„Ich dachte, ich hätte dir klar gemacht, dass ich meine Ruhe will", seine Stimme klang kalt. In diesem Moment wünschte ich mir noch einmal sein Lachen von eben zu hören.

„Das hast du", gab ich zu und versuchte, mir nicht anmerken zu lassen, wie sehr mich seine Worte verletzten, „Aber ich habe dir auch gesagt, dass ich nicht einfach so aufgeben werde."

Kim schloss für einen Moment die Augen. Er wirkte gequält. „Warum bist du hier?"

Bei dieser Frage tat mein Herz einen kleinen Sprung.

Ich fasste all meinen Mut zusammen, um sie zu beantworten. „Aus demselben Grund, aus dem *du* ausgerechnet *hier* spazieren gehen musstest", entgegnete ich leise und versuchte zu lächeln.

Kim schnaubte, doch ein dünnes Lächeln umspielte auch seine Mundwinkel und lieferte mir damit den Beweis, den ich gerade so dringend brauchte.

„Ich habe noch nie ein Mädchen getroffen, das so hartnäckig war, wie du es bist!"

„Ist das ein Kompliment?", konterte ich, ohne über meine Worte nachzudenken, und Kim brach in schallendes Lachen aus. Seine Augen sprühten Funken, als er mich ansah.

Ich lächelte erleichtert und mein Gefühl sagte mir, ich war auf dem richtigen Weg. Das Eis zwischen uns war erneut gebrochen. Zumindest für den Moment.

„Was hast du da eigentlich an?", fragte Kim amüsiert und ich erkannte den mir wohlbekannten, frechen Tonfall in seiner Stimme.

Ein wenig beschämt nestelte ich an meinem Bademantel herum. *Vielleicht hätte ich mich doch erst anziehen sollen?!*

Kim grinste und trat betont langsam auf mich zu.

Er griff nach den Bändern, die meinen Bademantel im Augenblick mehr schlecht als recht zusammenhielten, und zog mich nahe zu sich heran. Mir stockte der Atem. Natürlich entging ihm meine Reaktion nicht und ich konnte sehen, wie sich erneut ein freches Grinsen in seine Mundwinkel stahl. Mein Herz raste und ich spürte, wie die Hitze in meine Wangen schoss, als Kim mit quälender Langsamkeit die lockeren Bänder meines Bademantels aufknotete.

Oje...

Ich wollte nicht, dass er mich nur in meinem Nachthemd sah. Mit dem viel zu dünnen Stoff, der praktisch nichts verdeckte. Entgegen meiner Befürchtung öffnete Kim meinen Bademantel jedoch nicht, sondern band lediglich die Bänder neu. Dabei schaute er mir, ohne ein Wort zu sagen, tief in die Augen. Sein Blick nahm mich sofort gefangen und erneut spürte ich das intensive Kribbeln in meinem Bauch. Es gab so vieles, was ich ihm hatte sagen – ihn hatte fragen wollen. Jetzt würde er mir zwar zuhören, doch ich war nicht in der Lage, einen klaren Gedanken zu fassen. Mein Kopf war plötzlich wie leer gefegt.

Ich hörte ihn geräuschvoll ausatmen und als Kim mir seine Hand reichte, griff ich zu, ohne zu überlegen. Kühl umschlossen seine Finger die meinen.

Wir gingen ein paar Schritte und setzten uns schließlich abseits des frühen Trubels auf eine Bank, von der aus man das Meer betrachten konnte. Erst als wir saßen, ließ er meine Hand schließlich los.

Eine Weile schwiegen wir, bis Kim die Stille brach.

„Du hast mir immer noch keine richtige Antwort gegeben", stellte er fest. Seine Stimme klang fordernd.

Zögernd blickte ich ihn an. „Was meinst du?"

„Warum folgst du mir ständig?"

Er sprach damit die Frage aus, vor der ich mich fürchtete. Wie sollte ich es ihm erklären? Gerade jetzt, wo ich endlich einen Zugang zu ihm gefunden hatte. Ich räusperte mich energisch. Der Kloß in meinem Hals war wieder da. Viele Gedanken purzelten in meinem Kopf durcheinander und ich überlegte fieberhaft, was ich ihm antworten sollte. Letztendlich entschied ich mich für die Wahrheit – zumindest für einen kleinen Teil davon - wenngleich ich nicht wusste, wie er damit umgehen würde.

„Ich weiß es nicht", gestand ich leise.

„Du weißt es nicht?", wiederholte Kim überrascht.

Ich atmete tief ein und zuckte leicht mit den Schultern. „Ich habe von dir geträumt."

Kim sagte nichts. Seine Augen taxierten mich. Ich wusste nicht, was er dachte. Glaubte er mir überhaupt?

„Im Traum hast du mich um Hilfe gebeten, immer und immer wieder", flüsterte ich und vermied es jetzt, ihn anzusehen.

Von dem furchtbar kalten Ort und dem hellen Licht erzählte ich ihm lieber nichts.

Kim runzelte nachdenklich die Stirn. „Du willst mir helfen, weil du mich in deinen Träumen gesehen hast?!"

Ich nickte unsicher und zog eine Grimasse. So wie er es sagte, klang es selbst in meinen Ohren total bescheuert.

Aber sollte ich ihm wirklich schon alles erzählen? Das glaubte er mir doch nie!

Ich wagte einen weiteren Vorstoß. „Da ist so etwas zwischen uns - ein Gefühl. Du hast es doch auch bemerkt, oder?"

Kim seufzte tief und ich spürte, wie sich alles in mir zusammenzog. Das wars. Jetzt machte er bestimmt wieder dicht.

Ein paar endlose Minuten lang sagte Kim kein einziges Wort. Ich wagte kaum zu atmen. Saß einfach stocksteif neben ihm und versuchte, das Gefühlschaos in meinem Innern zu bändigen.

„Es ist nicht so einfach", flüsterte Kim schließlich. So leise, dass ich ihn kaum hören konnte. Ich erstarrte.

Diesen Satz habe ich schon einmal von ihm gehört. - schoss es mir sogleich durch den Kopf.

„Wann ist das Leben schon mal einfach?", hörte ich mich selbst fragen.

Kim lächelte milde. „Es ist schwieriger, als du vielleicht ahnst."

„Na, und?", ich gab mir Mühe, nicht allzu aufgebracht zu klingen, „Ich will dir trotzdem helfen, egal wobei und egal wie schwer es wird! Man kann nicht immer alles allein schaffen..."

Kims Augen bekamen einen traurigen Glanz. Ich registrierte ihn überrascht.

„Ich will dich da nicht mit hineinziehen!", sagte er mit Nachdruck.

„Das hast du doch schon längst." Ich versuchte zu lächeln.

141

Kims Augen flackerten. Er wirkte schockiert. Ich sah, wie jede Farbe aus seinem Gesicht wich, doch schon im nächsten Moment schien er zu verstehen.

Er schloss seine Augen. Atmete geräuschvoll aus.

Kim fragte so leise, dass ich ihn abermals kaum verstand - „Wenn ich dich jetzt fortschicke, wirst du dann gehen und mich in Ruhe lassen?"

Mein Herz raste. „Nein", antwortete ich wahrheitsgemäß.

Kim öffnete seine Augen wieder und schaute mich unsicher an. „Das hatte ich befürchtet."

Ich legte meine Hand auf seine, spürte wie sich seine Muskeln anspannten.

„Ich werde nicht gehen", sagte ich entschlossen, „Und, ich werde dich auch nicht im Stich lassen, egal was passieren wird!"

Ein seltsamer Ausdruck trat in seine Augen, als Kim mich mit fast tonloser Stimme fragte.

„Warum?"

Diesmal wusste ich, was ich sagen musste. Ich fühlte die Antwort tief in meinem Innern. Es war, wie ein helles Licht, das langsam zu strahlen begann.

„Weil ich dich mag", ich lächelte zögernd.

Kims Augen begannen zu funkeln, sein Blick wurde weicher, zärtlicher.

Unvermittelt wurde mir plötzlich klar, dass er tatsächlich ebenso empfinden musste.

Die Sonnenstrahlen wärmten uns. Wir saßen dicht bei einander, schauten aufs Meer und verloren uns im Zauber dieses Augenblicks.

Noch lange würde ich an jenen magischen Moment zurückdenken, der alles verändert hatte. Der Moment, in dem wir beide bereitwillig den Weg unseres Schicksals antraten.

Ein Weg, der so viel steiniger werden würde, als ich es jemals für möglich gehalten hatte...

10. KAPITEL

„BANDE DER FREUNDSCHAFT"

Nachdem ich mich geduscht und ein luftiges Sommerkleid angezogen hatte, trafen Kim und ich uns einige Zeit später im Eingangsbereich des Hotels wieder. Mein Herz hüpfte vor Freude, als ich ihn neben dem Portier warten sah. Ich hatte schon Angst gehabt, er würde es sich anders überlegen und nicht kommen.

Herr Petersen und Kim unterhielten sich angeregt. Offensichtlich kannten sie einander. Ich war überrascht, denn ich hätte nicht erwartet, dass er schon einmal in diesem Hotel übernachtet hatte.

Vielleicht kennen sie sich auch von woanders her. - überlegte ich und schob den Gedanken daran beiseite.

Als ich mich näherte, verstummte das Gespräch der beiden. Einen winzigen Moment lang huschte ein besorgter Ausdruck über Herrn Petersens Gesicht, dann fasste er sich wieder und schaute mich wie gewohnt freundlich an. „Guten Morgen!"

Ich zögerte. Ein Gedanke blitzte in mir auf. War es vielleicht möglich, dass die beiden einander nicht nur kannten, sondern dass der Portier zudem auch mehr über Kim wusste?

Irgendwie beunruhigte mich dieser Gedanke und ich nahm mir vor, ihm bei Gelegenheit nachzugehen.

„Guten Morgen!", grüßte ich dennoch freundlich zurück und gab mir Mühe, mir nichts anmerken zu lassen.

„Na, fertig?", fragte Kim, nicht ohne seine Augen einmal an meinem Kleid hinunter und wieder hinauf wandern zu lassen. Sein Blick löste eine leichte Hitze in meinen Wangen aus. Diesmal war es mir allerdings weit weniger unangenehm.

„Ja", sagte ich lächelnd und verabschiedete mich von Herrn Petersen.

„Bis später, Anna", sagte dieser.

Er und Kim nickten einander kurz zu.

„Gerke", sagte Kim beim Abschied und wandte sich zum Gehen. Jetzt wusste ich mit Bestimmtheit, dass die beiden einander kannten.

Kaum, dass wir das Hotel hinter uns gelassen hatten, fasste Kim mich sanft an der Schulter. Ich schaute ihn fragend an und schon in der nächsten Sekunde zog er mich eng an sich. Ich keuchte überrascht und spürte sofort, wie mein Herz zu rasen begann.

„Schickes Kleid...", flüsterte er mit rauer Stimme, „Aber der Bademantel hat mir eben besser gefallen!"

Überrascht hielt ich beinahe den Atem an. Er war mir so nah, – viel zu nah. Der Tonfall seiner Stimme jagte eine Gänsehaut über meinen Rücken und die Tatsache, dass sein Mund nur wenige Zentimeter von meinem entfernt war, brachte mich beinahe um den Verstand.

Ein paar endlos scheinende Sekunden hielt er mich fest. Aufgewühlt starrten wir einander an, doch nichts geschah. Plötzlich und völlig unerwartet ließ Kim von mir ab und ging weiter, als wäre nichts gewesen.

Ich blieb stehen und starrte ihm nach. Mein Atem ging schnell und das Blut rauschte laut in meinen Ohren. Er hatte mich mit dieser Aktion vollkommen aus dem Gleichgewicht gebracht und nun tat ich mir schwer, es wiederzufinden.

Einerseits war ich erleichtert darüber, dass Kim mir endlich eine Chance gab, mir sein Vertrauen zu schenken begann und wir beide einander näherkamen. Andererseits wusste ich nicht, ob ich diese Nähe aushalten würde. Momente wie dieser brachten mich in Gefahr, denn ich war dabei, mich vollkommen an diesen sonderbaren Jungen zu verlieren.

Ich atmete zitternd aus, ehe ich Kim folgte. Zielstrebig schritt ich an ihm vorbei, bewusst, ohne ihn anzusehen. Ich musste mich erst wieder sammeln. Was hatte er mit seiner Aktion eben überhaupt bezweckt? Wollte er mich küssen oder wollte er mich am Ende nur quälen? Er wusste doch genau, welche Wirkung er auf mich hatte.

Kim blieb kurz stehen, schaute mir nach und schnaubte belustigt, ehe auch er sich wieder in Bewegung setzte.

„Was ist?", fragte er unschuldig, als wir auf gleicher Höhe waren.

„Das weißt du doch genau", entgegnete ich leise, „Du bist unmöglich..."

Anstatt mit einem seiner frechen Sprüche zu kontern, wurde Kim mit einem Mal ernst.

Ich konnte seinen Blick auf mir spüren.

„Und *du* bist entweder sehr mutig oder aber sehr dumm."

Die Gefühle, die in diesem Satz mitschwangen, gingen nicht spurlos an mir vorüber. Zögernd blieb ich stehen und schaute ihn an. Er wirkte besorgt.

„Warum sagst du so etwas?", fragte ich unsicher.

Die lockere Stimmung zwischen uns war von einer Sekunde zur anderen verflogen.

„Weil du mir helfen willst, obwohl...", Kim brach ab. Ein erschrockener Ausdruck huschte über sein Gesicht, gerade so, als ob ihm plötzlich klar geworden wäre, dass er soeben zu viel gesagt hatte.

Ich seufzte. Wann würde er mir endlich vertrauen und ehrlich sein?

„Obwohl, *was*?", hakte ich nach.

Kims Augen verdunkelten sich kaum merklich und er straffte die Schultern. Unbewusst hielt ich den Atem an.

Würde er mir jetzt endlich mehr verraten?

Im nächsten Augenblick entspannten sich seine Züge und er lächelte vorsichtig.

„Nein, du bist nicht dumm. Bitte entschuldige."

Kim beschleunigte seine Schritte und ich hatte Mühe, mit ihm mitzuhalten.

So viele Fragen gingen mir im Kopf herum, doch ich wagte nicht, sie auszusprechen. Noch viel zu dünn war das Band, dass sich langsam zwischen uns zu bilden begann. Drängte ich ihn allzu sehr, würde es vielleicht reißen.

Gemeinsam schlenderten wir durch den kleinen Ort. Die meiste Zeit über schwiegen wir. Kim wirkte tief in Gedanken versunken und ich ließ ihn in Ruhe.

Vor einem kleinen Bäcker blieb er plötzlich stehen. Der Duft von frischen Brötchen schlug uns entgegen. Ich atmete tief ein und bemerkte sogleich, wie mein Magen aufgebracht zu grummeln begann.

„Hast du noch nichts gegessen?", fragte Kim überrascht.

Ich schüttelte verlegen den Kopf. Wann denn auch?!

„Warte hier", sagte er und betrat die Bäckerei.

Ich stand etwas unschlüssig draußen herum und schaute ihm interessiert nach.

Was war das denn jetzt? Warum sollte ich nicht mit hineinkommen?

Ich beobachtete, wie Kim sich drinnen mit der Verkäuferin unterhielt. Ein dicker älterer Mann mit weißer Schürze trat aus der Backstube. Er und Kim wechselten ein paar Worte. Der Mann legte dabei seine große Hand auf Kims Schulter und lächelte freundlich.

Zu gern hätte ich gewusst, über was die beiden sprachen.

Die Verkäuferin packte indes ein paar belegte Brötchen in eine Papiertüte und reichte sie Kim. Dieser verabschiedete sich schnell und kam wieder zu mir nach draußen.

Sofort fiel mir auf, dass er nicht bezahlt hatte.

„Hier", Kim hielt mir die Tüte entgegen. Er selbst hatte sich bereits ein Brötchen herausgenommen.

„Ich hoffe, du magst Vollkornbrötchen mit Salami."

Ich nickte und griff zögernd nach der angebotenen Tüte.

„Danke", sagte ich und warf Kim einen skeptischen Blick zu. Er tat, als bemerkte er es nicht und setzte sich wieder in Bewegung.

Wir gingen weiter und aßen ein paar Minuten lang schweigend unsere Brötchen.

Vor uns am Straßenrand tauchten drei Bänke auf, die in einem Halbkreis angeordnet waren. Wir setzten uns auf eine von ihnen und schauten auf den kleinen Campingplatz, der sich unter uns nahe des Strandes erstreckte.

Kim bot mir das letzte Brötchen an, doch ich lehnte ab. Achselzuckend griff er danach und warf die Papiertüte in den Mülleimer neben uns.

Ich beobachtete ihn von der Seite aus. Egal, wie sehr ich auch grübelte, ich wurde einfach nicht schlau aus ihm.

Vielleicht konnte ich jetzt, wo wir so gemütlich beisammen saßen, etwas aus ihm herausbekommen. Ich wagte einen kleinen Vorstoß. „Du kanntest den Bäcker aber ziemlich gut, stimmts?"

Kim zuckte abermals mit seinen Schultern und wich meinem Blick aus, während er in sein Brötchen biss.

Ich versuchte es anders. „Wie teuer waren die Brötchen eigentlich? Dann kann ich dir was dazutun."

„Ist doch egal", sagte Kim. Seine Stimme klang ein wenig gereizt, „Ich habe dich doch eingeladen, warum willst du dann den Preis wissen?!"

Mist. Wieso konnte er nicht einfach ehrlich sein? Was versuchte er zu verbergen?

„Nur so", entgegnete ich resigniert und fügte im Geiste hinzu - *Vielleicht wundert es mich auch einfach, dass du sie nicht bezahlen musstest!*

„Der Preis ist unwichtig!", ergänzte Kim noch einmal und schaute mich dabei offen an.

149

Ich zögerte. Eigentlich wollte ich nicht so direkt sein, aber er zwang mich ja regelrecht dazu. „Ich habe gar nicht gesehen, dass du die Brötchen bezahlt hast!", gestand ich und wappnete mich innerlich auf seine Reaktion, wie auch immer die ausfallen würde.

Kim schwieg einen Moment lang und ein seltsamer Ausdruck lag in seinen azurblauen Augen.

Ich atmete tief ein. Hatte ich jetzt schon wieder zu viel gesagt?!

Schließlich lächelte er leicht. Seine Augen jedoch blieben wachsam, als er mir erklärte - „Der Bäcker und ich sind gute Freunde. Er schuldete mir noch was."

Damit schien dieses Thema für ihn beendet. Er wandte seinen Blick dem Himmel entgegen und beobachtete eine große Wolke, die langsam über uns vorüberzog.

Ich spürte, dass da noch mehr war - viel mehr. Kim erzählte mir nicht die Wahrheit, zumindest nicht alles. Erst hatte Herr Petersen so komisch reagiert und jetzt dieser Bäcker.

Alle schienen hier besser Bescheid zu wissen als ich.

Irgendetwas stimmte nicht. Dass Kim ein Geheimnis mit sich herumtrug, über das er nicht sprechen wollte, ahnte ich ja bereits.

Aber wer wusste sonst noch davon? Ich war verwirrt und auch etwas verunsichert. Ich wollte Kim helfen. Spürte er das denn nicht? Wieso bloß machte er es mir dann so verdammt schwer?

„Glaubst du an das Schicksal?", fragte ich vorsichtig, einen neuen Versuch wagend. Ich wandte meinen Blick dabei dem Meer zu und beobachtete ein paar Möwen, die an den flachen Stellen, des sich nähernden Wassers, nach Futter jagten.

Es dauerte lange, ehe Kim antwortete. Seine Stimme klang seltsam gepresst.

„Nein", sagte er entschieden, „Schicksal ist nichts weiter als ein Wort, bedeutungslos! Wenn es anders wäre, gäbe es nicht so viel Leid in unserer Welt."

Ich wusste nicht recht, was ich darauf antworten sollte. Obgleich er vielleicht nicht ganz unrecht damit hatte, schockierte mich die Härte in seinen Worten.

Ich musste daran denken, dass ich früher auch nicht an Schicksal geglaubt hatte. Seit meinem ersten Zusammenstoß mit dem Boten, sah das allerdings anders aus.

„Meinst du denn nicht, dass es irgendwie geplant ist, was uns in unserem Leben passiert? Dass wir einem bestimmten Weg folgen?", vorsichtig schaute ich zu Kim hinüber.

Er schnaubte. Seine Stimme klang verärgert, verbittert. „Wenn mein Leben wirklich einem bestimmten Weg folgt, dann ist der verdammt beschissen!"

Geschockt starrte ich Kim an. Mit einer solchen Aussage hatte ich nun wirklich nicht gerechnet. Zu einer gescheiten Antwort fehlten mir irgendwie die Worte.

Schließlich seufzte er und unsere Blicke trafen sich. Ein dünnes Lächeln umspielte seine Mundwinkel, als Kim mir in die Augen sah. In seinem Blick lag eine tiefe, fast greifbare Traurigkeit.

„Hattest du in deinem Leben schon einmal richtig große Angst? Ich meine wirklich große?"

Ich zögerte. Dachte über seine Worte nach und versuchte, den Sinn seiner Frage zu erfassen.

„Ich weiß nicht", gab ich ehrlich zu, „Vielleicht... Keine Ahnung."

Kims Blick wanderte stumm hinaus aufs Meer. Mit einem Mal schien er so weit von mir entfernt und zugleich war er mir unglaublich nah.

„Ich kenne diese Angst. Ich spüre sie jeden Tag."

„Warum?", meine Stimme war kaum mehr als ein Flüstern, „Wovor hast du Angst?"

Kim seufzte und schloss für einen Moment die Augen. Als er sie wieder öffnete, wirkte sein Blick wieder klar. Er schüttelte leicht den Kopf.

„Du würdest es nicht verstehen."

„Doch!", beharrte ich, aber Kim verneinte.

„Es ist kompliziert, ich will dich damit nicht belasten."

„Aber-", ich spürte, wie meine Chance verstrich.

„Du bist noch so jung", stellte Kim plötzlich mit beinahe wehmütiger Stimme fest, „Wie alt bist du? 15 Jahre?"

„16!", korrigierte ich ihn.

„Zu jung, um sich über all dies Gedanken machen zu müssen." Kim lächelte, doch seine Augen blieben hart.

„Ich bin nicht zu jung. Gedanken machen, worüber?", fragte ich, „Du bist doch kaum älter als ich!"

„Ich bin 18!", entgegnete Kim und schüttelte abermals den Kopf, „Du bist zu jung für all das hier. Geh'! Geh' zurück in dein Hotel und genieße deinen Urlaub!"

Fassungslos starrte ich ihn an.

War das alles? Schickte er mich jetzt schon wieder weg?

Ich fühlte mich wie benommen. Mein Mund bewegte sich, doch es kamen keine Wörter heraus. Ich wusste nicht, was ich sagen oder wie ich ihm meine Gefühle erklären sollte. War ich zu weit gegangen? Schon wieder? Ich wollte doch nur erfahren, was ihn so quälte. Warum bloß stieß er mich jedes Mal weg?

„Jetzt habe ich Angst", gestand ich schließlich mit bebender Stimme.

Kim zögerte. Ich spürte seinen Blick auf mir.

„Warum?", fragte er vorsichtig.

Ich begegnete seinem Blick. „Ich habe Angst, dich zu verlieren..."

„Anna-"

„Kim!", ich fiel ihm ins Wort und versuchte, all meinen Gefühlen irgendwie Ausdruck zu verleihen.

„Ich weiß, ich kenne dich kaum und ich verstehe vieles auch nicht. Aber ich mag dich wirklich unheimlich gern und ich will das zwischen uns nicht kaputtmachen! Du bist mir nicht egal und ich will dir helfen, unwichtig, was das für mich bedeuten mag."

Nun war es Kim, der mich fassungslos anstarrte. „Weißt du, was du da sagst?"

„Ja, das weiß ich!", rief ich und sprang auf, „Ich will nicht, dass du mich immer wegstößt! Ich weiß, dass du irgendwelche Probleme hast, und ich bin davon überzeugt, dass ich dir helfen kann - ich *weiß* es einfach!"

Ich zwang mich, meine Stimme wieder ruhiger klingen zu lassen. „Ich kann zwar nichts ungeschehen machen, was dir passiert ist, aber vielleicht kann ich dir helfen, dass es jetzt besser wird - wenn du mich lässt."

Kim schluckte. Was ich gesagt hatte, hatte ihn sichtlich aus der Fassung gebracht. Langsam setzte ich mich wieder hin und wartete. Mein Blick wanderte über Kims Gesicht. Ich versuchte, seine Gefühle zu deuten.

Er schloss die Augen. Mit einem Mal wirkte er so verloren. Ich musste unwillkürlich an den Traum der vergangenen Nacht zurückdenken. Mir wurde schwer ums Herz. Ein paar Minuten saßen wir so da. Schweigend. Nebeneinander. Jeder von uns gefangen in einem Netz aus Sorgen und Gedanken.

Als Kim seine Augen wieder öffnete, sah ich ein paar Tränen in ihnen glitzern. Sofort wischte er sie mit dem Handrücken fort. Er atmete geräuschvoll aus.

„Wenn ich dir wirklich so viel bedeute, dann...", Kim brach ab und sein Blick begann meinen zu durchbohren.

„Ich werde dir wehtun!" Er sagte dies mit einer solchen Gewissheit, dass mir unwillkürlich ein Schauer über den Rücken jagte.

„Das ist mir egal." Ich schluckte schwer gegen den Kloß in meinem Hals an. Blickte Kim dabei unverwandt in die Augen.

„Ich bin nicht der, für den du mich hältst", gab dieser leise zu bedenken. „Mein Leben ist kompliziert."

„Auch das ist mir egal!", meine Stimme klang deutlich sicherer, als ich mich selbst im Moment gerade fühlte.

Kim blickte zum Meer hinüber. Ich beobachtete, wie seine wilden, schwarzen Locken im Wind tanzten. Erneut bemerkte ich die tiefe Traurigkeit in seinem Blick. „Wenn ich es dir sage, wenn du die ganze Wahrheit kennst, wirst du mich sowieso verlassen...", entgegnete er beinahe tonlos.

„Nein!", meine Antwort war raus, noch ehe ich nachdenken konnte, und Kim blickte mich überrascht an.

„Nein", sagte ich erneut, diesmal weit weniger laut. „Ich habe doch schon gesagt, dass ich dir helfe, egal, was passiert!"

Kim seufzte. „Du. Kannst. Mir. Nicht. Helfen!" Er klang müde und frustriert.

„Ich gebe nicht auf, bevor ich es nicht probiert habe!", erklärte ich mit Nachdruck in der Stimme und versuchte zu lächeln, „Es gibt immer einen Weg und das werde ich dir auch beweisen."

Kim zog eine Grimasse. Die Traurigkeit in seinem Blick schwand. „Du gibst wohl niemals auf, was?"

Ich schüttelte entschieden den Kopf, „Nicht, wenn mir jemand wirklich wichtig ist."

„Ich habe noch nie jemanden getroffen wie dich."

In Kims Stimme schwang ein Hauch von Bewunderung mit.

Einem Impuls folgend sprang ich auf. „Hast du Lust, etwas Verrücktes zu machen?"

„Etwas Verrücktes?", fragte Kim verwirrt.

„Na ja...", ich grinste unsicher, „Es ist nicht direkt verrückt, aber es macht bestimmt Spaß."

Und es bringt uns beide auf andere Gedanken. - fügte ich im Geiste hinzu.

155

„An was hattest du dabei gedacht?" Er schaute so skeptisch drein, dass ich kichern musste. „Ach sei kein Frosch!"

Etwa zwei Stunden später standen wir gemeinsam mit vielleicht 30 anderen Touristen auf einem an die zwanzig Meter langen Ausflugsboot.

Das Schiff war weiß mit roten Akzenten zu beiden Seiten des Rumpfes. Es war nicht riesig, doch ich war sofort hellauf begeistert!

Zuvor hatte ich mich schon darüber informiert gehabt. Im Hotel ebenso wie im Café hatten überall Infozettel über dieses Boot gelegen. Schon zu Beginn meines Urlaubs war mir die Idee gekommen, bei einer Tour mitzufahren. Doch dann waren Kim und ich einander begegnet und der Gedanke lag erst einmal auf Eis. Durch Kims trübe Stimmung und den Wunsch, ihn aufzuheitern, war es mir wieder in den Sinn gekommen. Ein Glück nur, dass es heute zeitlich passte.

Das Schiff fuhr zwar fast täglich raus aufs Meer. Jedes Mal aber zu anderen Zeiten und mit unterschiedlichen Routen, je nach Stand des Hochwasser-Pegels.

Der Kapitän, ein älterer Mann mit weißem Haar, kurzem Vollbart und einer schicken blauen Uniform, begrüßte uns, als wir gemeinsam mit den anderen Fahrgästen an Bord kamen.

Souverän lenkte er das Schiff ins offene Meer hinaus. Vorbei an dem rot-weißen Leuchtturm, der vom Strand aus so viel kleiner gewirkt hatte und in Wahrheit doch beeindruckend weit in den Himmel ragte.

Während der Fahrt erzählte der Kapitän allerhand Geschichten über den Hafen, das Meer ebenso wie über den Ort und dessen Entstehung. Ein paar seiner Erzählungen wirkten auf mich allerdings etwas unwirklich.

Kim grinste breit und erklärte, dass man ihm nicht alles glauben dürfte, wäre doch viel Seemannsgarn dabei. Mir gefielen seine Geschichten trotzdem sehr.

Ich stand an der Reling und hielt mein Gesicht in den frischen Wind. Die Wellen klatschten rhythmisch an den Rumpf des Schiffes und über uns hörte man einige Möwen kreischen, die uns auf unserer Tour folgten. Die Atmosphäre hier war wirklich etwas Besonderes und unter anderen Umständen hätte ich die Fahrt sicher in vollen Zügen genossen. Stattdessen schaute ich nun immer wieder verstohlen zu Kim hinüber. Ich wollte ihn unbedingt auf andere Gedanken bringen. Erleichtert stellte ich fest, dass es zu klappen schien.

Kim entspannte sich von Minute zu Minute mehr und allmählich blitzte das mir wohlbekannte Funkeln wieder in seinen Augen auf.

„Ich wohne schon mein ganzes Leben hier, aber ich bin echt noch nie mit diesem Schiff gefahren!", gestand er mir und grinste dabei wie ein kleiner Junge.

Ich strahlte und freute mich über seine plötzlich unbeschwerte Art. „Ich bin schon einmal mit einem sehr viel größeren Schiff gefahren", entgegnete ich stolz.

„Echt?"

„Meine Eltern und ich haben vor etwa acht Jahren mal eine Kreuzfahrt gemacht."

„Eine Kreuzfahrt?", Kim bekam große Augen, „Wohin?"

Unter seinen überraschten Blicken wurde mir das Ganze nun doch etwas peinlich.

„In die Karibik", gestand ich zögernd.

„Dann muss das hier für dich ja total langweilig sein", überlegte Kim.

„Nein!", beeilte ich mich zu sagen, „Ganz im Gegenteil!"

Als Kim mich nur fragend anschaute, wurde mir schnell klar, dass ich es ihm erklären musste. „Meine Eltern haben sehr viel Geld und deshalb bin ich damit aufgewachsen, dass es immer nur Luxusurlaube gab. Aber das heißt nicht, dass es auch immer so toll für mich war... Ich war damals erst acht Jahre alt. Die Fahrt dauerte zehn Tage und war furchtbar langweilig. OK, der Pool war ganz in Ordnung und es gab eine Art Kinderbetreuung, in der sie viel mit uns gemacht haben, aber na ja."

„Hast du denn nicht so viel mit deinen Eltern unternehmen können?", Kim sah mich überrascht an.

„So viel nicht", ich zuckte missmutig mit den Schultern, als sich ein paar vereinzelte Erinnerungen in mein Gedächtnis stahlen, „Meine Eltern wollten ja auch ihre freie Zeit genießen. Ich glaube, sie haben das Schiff mit der Kinderbetreuung ganz bewusst ausgewählt." Ich lachte, obwohl mir gerade gar nicht nach Lachen zumute war.

Kim schaute mich nachdenklich an. Ich konnte seinen Blick nicht deuten, doch es fühlte sich an, als würde er mich mit seinen Augen durchleuchten. In meinem Magen begann es wieder zu kribbeln und ich beeilte mich, das Thema in andere Bahnen zu lenken. Ein Versuch, der leider nicht den gewünschten Erfolg brachte, da meine Zunge im Folgenden von meinen Gefühlen und nicht meinem Gehirn gesteuert wurde.

„Dieser Urlaub jetzt ist mit Abstand der schönste, den ich je gemacht habe!" Ich strahlte.

„Meinst du? Warum?", Kim sah mich skeptisch an und brachte mich damit in Erklärungsnot. So langsam dämmerte mir, dass sich unser Thema erneut in die falsche Richtung entwickelte.

Ich lächelte unsicher. „Na ja, zum einen kann ich endlich selbst entscheiden, was ich machen will und zum anderen... ähm...", ich brach den Satz ab, doch ich ahnte, dass er mich so einfach nicht davonkommen lassen würde. Meine Wangen wurden heiß und ich beeilte mich, in eine andere Richtung zu schauen, damit Kim es nicht sehen konnte.

Wie erwartet, ließ er nicht locker. Ich hatte es ja bereits befürchtet. Warum hatte ich ausgerechnet dieses Thema jetzt anschneiden müssen?

„Und zum anderen?", hakte Kim nach. Seine Stimme hatte einen fordernden Klang angenommen.

Ich fuhr mir nervös durchs Haar und vermied es, ihn anzusehen.

„Ich hätte dich sonst wohl nie kennengelernt...", murmelte ich leise.

„Anna...", Kim zögerte und ich zwang mich, ihn nun doch anzusehen.

Er schaute mir tief in die Augen und es lag ein Ausdruck in seinem Blick, den ich nicht deuten konnte.

Langsam machte er einen Schritt auf mich zu. Er streckte seine Hand aus und strich mir eine widerspenstige Strähne hinters Ohr. Dabei berührte er federleicht meine Wange. Ein Schauer jagte durch meinen Körper und mein Herz begann sofort schneller zu schlagen. Ich wusste nicht, wie ich mich verhalten sollte. Seine Nähe machte mich furchtbar nervös, doch zugleich wünschte ich mir auch, er würde mir viel häufiger nahe sein. Mich berühren. In diesen wenigen Augenblicken kam es mir stets vor, als würde die Zeit langsamer verstreichen. Mein Verstand setzte aus und mein Körper reagierte vollkommen eigenständig. So auch jetzt.

Ich fühlte mich verloren, wie ein Ertrinkender auf dem offenen Meer.

Sein Blick hielt meinen gefangen und ganz langsam kamen wir einander näher. Ich spürte Kims warmen Atem in meinem Gesicht und schloss intuitiv die Augen. Fast konnte ich seine Lippen schon auf meinen spüren, als Kim plötzlich völlig unerwartet laut zu fluchen begann!

Ich öffnete meine Augen und sah, wie eine Möwe einen Halbkreis direkt über unseren Köpfen flog, um sich im nächsten Moment wieder zu ihren Artgenossen zu gesellen. Kurzfristig verstand ich nicht, weshalb Kim sich so derart aufregte, doch dann entdeckte ich den Grund. Ein dicker, weiß-grauer Möwenschiss prangte auf seiner Stirn!

Ziemlich umständlich war Kim damit beschäftigt, ein Taschentuch aus seiner Hosentasche zu zerren. Er versuchte, dabei möglichst nicht an sich hinunter zu schauen, damit ihm die Hinterlassenschaften der Möwe nicht noch weiter durchs Gesicht liefen. Die Grimasse, die er dabei zog, war unbezahlbar!

Kurzfristig hatte ich ihn verwirrt angestarrt, doch inzwischen war es um mich geschehen. Meine aufgestaute Nervosität wegen des bevorstehenden Kusses, Kims lustiger Anblick und die Tatsache, dass er sich gerade so dermaßen ekelte, entluden sich in einem großen, unkontrollierbaren Lachkrampf!

Ich lachte so sehr, dass mir Tränen in die Augen stiegen.

Kim hatte sich inzwischen soweit wie möglich gesäubert und blickte mich strafend an.

Ich schaute zu ihm hinüber und versuchte, mich zusammenzureißen. Je wütender Kim mich anstarrte, umso mehr musste ich allerdings lachen. Ich konnte einfach nicht damit aufhören und prustete immer wieder von Neuem los.

Kims Blick verdunkelte sich und seine azurblauen Augen blitzten drohend.

„Lachst du mich etwa aus?" Der warnende Ton seiner Stimme entging mir nicht.

Ich biss mir in die Wange und atmete tief durch. Dabei schaute ich hinaus aufs Meer, um mich abzulenken. Meine Augen wanderten wie von selbst zurück zu Kim und ich musste schon wieder grinsen, als sich unsere Blicke kreuzten.

Kim schnaubte und einen kurzen Moment lang befürchtete ich, ich hätte ihn tatsächlich gekränkt. Er verschränkte die Arme vor der Brust und schüttelte missbilligend den Kopf.

In seinen Augen blitzte es erneut und ein herausforderndes Grinsen umspielte seine Mundwinkel. „Eigentlich sollte ich dich mal so richtig durchkitzeln, damit du einen Grund zum Lachen hast!"

Ich schluckte und wich erschrocken zwei Schritte zurück. Kims freches Grinsen wurde noch eine Spur breiter.

„Aha - erwischt!"

Als er einen Schritt auf mich zu machte und drohend seine Hände nach mir ausstreckte, wich ich erneut zurück. Kim lachte. „Hast du jetzt etwa Angst vor mir?!"

Ich zog eine Grimasse und blickte ihn finster an. Ehe ich jedoch etwas erwidern konnte, hörten wir die Stimme eines kleinen Mädchens, das begeistert rief: „Seehunde! Da sind Seehunde!"

Sofort schauten alle Touristen auf der linken Seite des Schiffes über die Reling.

Kim ergriff meine Hand, ehe ich einen klaren Gedanken fassen konnte, und zog mich mit sich.

Gespannt suchten wir gemeinsam mit den anderen die Wasseroberfläche ab. Nach ein paar Minuten entdeckten wir tatsächlich zwei Seehunde, die in einiger Entfernung ihre Köpfe aus dem Wasser streckten. Sie beobachteten unser Schiff offensichtlich ebenso interessiert wie wir sie.

Ich strahlte und auch Kim lächelte begeistert. Während wir noch an der Reling standen und aufs Meer hinausblickten, spürte ich plötzlich, wie er seine Arme um mich legte. Sein Kopf ruhte auf meiner Schulter. Mein Herz machte vor Überraschung einen kleinen Sprung und die Schmetterlinge in meinem Magen tanzten.

Kim verstand es, mich in wenigen Sekunden zur Weißglut zu treiben. Er konnte mich mit nur einem Blick um den Verstand bringen. Die Gefühle jedoch, die er jetzt in diesem Moment in mir auslöste, waren intensiver als alles, was ich jemals zuvor empfunden hatte.

Der restliche Nachmittag verging schnell. Ich genoss jede Minute, die ich mit Kim auf dem Schiff verbringen konnte, und freute mich zu sehen, wie er mehr und mehr aufblühte. Er konnte so lustig sein, wenn er mal für ein paar Stunden nicht über seine Probleme nachdachte. Das Leben war viel zu schön, um immerzu Trübsal zu blasen. Das würde ich ihm schon noch irgendwie klarmachen.

Am frühen Abend brachte Kim mich nach Hause. Wir gingen schweigend den Weg entlang über den grasbewachsenen Deich und genossen die letzten warmen Sonnenstrahlen.
Ich musste plötzlich an den verpatzten Kuss denken und die Schmetterlinge in meinem Bauch breiteten ihre Flügel aus.
Würde er es noch einmal versuchen?
Nervös warf ich einen Blick zu Kim hinüber. Der hing allerdings gerade wieder seinen eigenen Gedanken nach.
Was geht wohl in seinem Kopf vor? - überlegte ich und musste unweigerlich an den Boten und meine eigentliche Mission denken. Wieder war ein Tag verstrichen und wieder hatte ich nicht erfahren, was Kim tatsächlich quälte.
Ich versuchte, diese Gedanken aus meinem Kopf zu verbannen und bemerkte enttäuscht, dass wir die Eingangstür des Hotels inzwischen erreicht hatten. Der gemeinsame Spaziergang hätte ruhig noch ein wenig länger andauern können.

„Wir sind da", stellte ich unnötigerweise fest.

„Ja", antwortete Kim - ebenso unnötig. Danach schwiegen wir wieder.

Verstohlen schaute ich zu ihm hinüber. Die romantische Stimmung von heute Nachmittag wollte sich einfach nicht erneut einstellen.

„Ich denke, ich sollte jetzt gehen", sagte Kim leise.

Meine Hoffnung war mit einem Mal dahin. „Musst du wirklich schon?"

Ich konnte die Enttäuschung in meiner Stimme nicht verbergen und Kim sah mich verwundert an.

„Wir könnten noch etwas unternehmen", schlug ich halbherzig vor und lachte unsicher.

Kim schüttelte leicht den Kopf. „Heute nicht mehr."

Zögernd lächelte er. „Der Tag heute mit dir hat mir echt Spaß gemacht."

„Mir auch", gab ich zu und erwiderte sein Lächeln, „Sehen wir uns morgen?"

Ein besorgter Ausdruck huschte über Kims Gesicht. In der nächsten Sekunde strahlten seine Augen jedoch so voller Wärme, dass auch mir warm ums Herz wurde.

„Ja", sagte er schlicht und tat etwas, womit ich nicht gerechnet hatte. Er kam auf mich zu, nahm mich zärtlich in seine Arme und hauchte einen federleichten Kuss auf meine Stirn. „Danke", flüsterte er leise an meinem Ohr.

Ich stand bewegungslos da und blickte ihn an. Diese kleine Geste hatte mich tief berührt.

Ohne ein weiteres Wort des Abschieds ging Kim langsam die Einfahrt entlang und Richtung Dorf davon.

Ich blieb noch eine ganze Weile an der Tür stehen und schaute ihm nach. Tief in meinem Herzen spürte ich, dass er mich nun nicht mehr wegstoßen würde. Auch ich hatte etwas in ihm berührt. Ich ahnte, – nein, ich wusste –, dass er sich mir öffnen würde. Vielleicht nicht morgen oder auch nicht in den nächsten Tagen - aber sicher bald...

11. KAPITEL

„DAS GEHEIMNIS?"

Am Dienstagmorgen erwachte ich schon beim ersten Sonnenstrahl, der durch mein Fenster fiel. Seit Beginn meines Urlaubs hatte ich nicht mehr so tief und traumlos geschlafen. Ich fühlte mich ausgeruht und sprühte nahezu vor Energie.

Heute wird bestimmt ein schöner Tag! - sagte ich zu mir selbst, während ich mein Spiegelbild im Badezimmer angrinste. Ich machte mich fertig und ging nach unten.

Im Speisesaal angekommen suchte ich mir wie immer einen der kleineren Zweiertische aus. Aufgrund der frühen Uhrzeit war nur ein weiterer Tisch besetzt. Dort saß ein älteres Paar und warf sich liebevolle Blicke zu.

Unwillkürlich musste ich lächeln.

„Moin, Anna!"

Als ich aufschaute, erblickte ich Tinas fröhliches Gesicht.

Noch während ich ihr wie automatisch einen guten Morgen wünschte, fiel mir unser vergessenes Treffen wieder ein.

Scheiße!

Erschrocken starrte ich sie an. „Oh, nein! Es tut mir leid, ich habe es komplett verpeilt!"

Tina grinste schief und meinte. „Ich vergesse hin und wieder auch Termine. Ist ja kein Weltuntergang."

„Na ja, ist trotzdem Mist!", sagte ich zerknirscht, „Es tut mir echt leid..."

166

Tina kicherte ausgelassen. „Das sind erste Anzeichen für beginnendes Alzheimer! Du solltest dich vorsehen...", sie zwinkerte mir fröhlich zu und lockerte die Stimmung zwischen uns damit direkt wieder auf.

„Eigentlich vergesse ich nie Termine oder Verabredungen. Wenn ich im Moment nur nicht so abgelenkt wäre", ich seufzte.

Unsere Blicke trafen sich und Tina zog fragend eine Augenbraue hoch. Sofort bereute ich, was ich soeben gesagt hatte. Verlegen wich ich ihrem Blick aus.

„Sieh mal einer an..." Sie grinste und tippte sich dabei ans Kinn, „Woran könnte es denn wohl liegen, dass du in letzter Zeit so *abgelenkt* bist?!"

„Ähm..." Ich spürte, dass ich rot wurde, und räusperte mich energisch, „Ist doch ganz egal."

Tina schürzte ihre Lippen und bedachte mich mit einem Blick, der soviel sagte wie:

Ich habe dich durchschaut!

„Ein Junge." Es war definitiv eher eine Feststellung als eine Frage und ich nickte ergeben.

Tina sah sich rasch um. Als sie sich sicher war, dass sie im Moment gerade nicht gebraucht wurde, setzte sie sich zu mir an den Tisch.

„Erzähl schon! Wie sieht er aus? Ist er nett? Habt ihr euch schon geküsst? Kenne ich ihn womöglich?"

Entgeistert starrte ich sie an. Ich mochte sie wirklich sehr, aber ich konnte ihr doch unmöglich von Kim erzählen. Andererseits...

Vielleicht kannte sie ihn ja tatsächlich und konnte mir etwas über ihn verraten, was ich noch nicht wusste?!

Ich beschloss, dass ich nichts zu verlieren hatte, und erzählte ihr ein paar Details.

Tina hörte aufmerksam zu, doch nachdem ich Kims Namen erwähnt hatte, wurde sie zunehmend stiller.

„Was ist los mit dir?", fragte ich schließlich, als mir ihr Schweigen auffiel.

„Ich weiß nicht...", sagte Tina ausweichend und schaute auf ihre Hände, „Ich bin mir nur nicht sicher, ob dieser Kim so eine gute Wahl ist."

„Wie meinst du das?" Ich spürte, wie sich ein ungutes Gefühl in meinem Magen auszubreiten begann.

„Er... ist etwas... *seltsam*", entgegnete sie zögernd.

Als ich Tina weiterhin fragend anblickte, seufzte sie schließlich und sah mir direkt in die Augen.

„Ich weiß nicht viel, OK?! Kim kennt hier im Ort wohl so ziemlich jeder. Er ist freundlich, keine Frage. Manchmal ist er vielleicht etwas frech - aber er ist nie unverschämt. Den älteren Leuten hilft er sogar oft."

„Wo liegt dann das Problem?", fiel ich Tina leicht gereizt ins Wort. Irgendwie gefiel mir nicht, dass sie negativ über ihn dachte, und ich spürte das unbändige Verlangen in mir, ihn verteidigen zu müssen. Dabei wusste ich doch ganz genau, dass etwas mit ihm nicht stimmte. Außerdem hatte er nicht sogar selbst gesagt, dass er mir wehtun würde? Dass er nicht gut für mich wäre und sein Leben kompliziert sei?

Ich schob diese Gedanken beiseite und zwang mich, mich wieder auf Tina zu konzentrieren, als diese weitersprach.

„Kim ist schon ein wenig seltsam. Er gibt nie etwas von sich Preis. Er hat nicht einen einzigen Freund hier im Ort. Er geht auch nicht mehr zur Schule, hat keine Ausbildung angefangen und arbeitet auch nicht."

„Echt nicht?" Verwundert sah ich sie an. „Aber wovon lebt er denn dann?"

„Na ja... Von dem, was ihm die Leute so geben", entgegnete Tina und zuckte leicht mit den Schultern, „Er schnorrt sich so durch."

Da erinnerte ich mich wieder an die Sache mit den Brötchen vom gestrigen Vormittag.

Natürlich! Das passte perfekt. Ich war schockiert.

„Weißt du, warum er nichts macht?", fragte ich Tina. Sie zögerte. „Du weißt, ich wohne noch nicht so lange hier. Ein paar der Leute hier im Ort wissen vielleicht mehr, aber ich fürchte, du wirst nichts aus ihnen herausbekommen."

„Warum denn nicht?" Verwirrt schaute ich auf.

„Ich denke, sie helfen ihm alle ja nicht grundlos. Irgendetwas muss da mal vorgefallen sein. Keiner spricht darüber, aber viele scheinen was zu wissen."

Tina sprach aus, was mir auch schon aufgefallen war. Geheimnisse konnte man hier auf dem Land offensichtlich gut für sich behalten. Ich schwieg.

„Tina!" Jemand vom Küchenpersonal schaute um die Ecke und stemmte seine Hände in die Hüften. „Schon Zeit für die Mittagspause?!"

„Oje. Ich komme schon!" Hastig sprang Tina auf. Ehe sie zurück in die Küche lief, warf sie mir aber noch einen besorgten Blick zu.

„Ich weiß nicht, was mit diesem Kim los ist und warum alle so ein Geheimnis darum machen. Aber bitte sei vorsichtig! Versprochen?"

Ich nickte und schaute Tina hinterher, wie sie schnellen Schrittes den Speisesaal verließ. Innerlich fühlte ich mich wie benommen. Ich war meinen Fragen keinen Schritt nähergekommen. Aber Sorgen machte ich mir von Minute zu Minute mehr. Ich musste unbedingt etwas aus Kim herausbekommen. Irgendwie musste ich es schaffen, dass er mir nicht mehr andauernd auswich.

Ich beschloss, gleich nach dem Frühstück aufzubrechen und Kim ein weiteres Mal zu suchen. Diesmal würde ich ihn zur Rede stellen. Ich würde ihn einfach mit dem konfrontieren, was ich bereits wusste, und ließe seine Ausreden gar nicht erst zu. Soweit der Plan.

Als ich den letzten Schluck meines Kaffees trank, spürte ich wieder dieses nervöse Kribbeln in meinem Bauch. Wieso musste das alles so verflucht kompliziert sein? Ich wollte ihn zur Rede stellen, doch zugleich fürchtete ich mich vor seiner Antwort mehr und mehr.

Nach dem Frühstück machte ich mich sogleich auf den Weg. Ich musste Kim finden, ehe mich der Mut vollends verließ. Aber wo sollte ich ihn suchen? Er konnte doch praktisch überall hier in der Nähe sein. Ich konnte also entweder planlos durch die Gegend laufen wie tags zuvor, oder aber ich versuchte, logisch an die ganze Sache heranzugehen.

Nach einigem Kopfzerbrechen, beschloss ich, erst einmal alle Orte abzugehen, an denen wir schon einmal gemeinsam gewesen waren. Ich kannte Kim einfach noch zu wenig, um ihn besser einschätzen zu können.

Zuerst besuchte ich den Strand. Dort hatte ich Kim ja bisher am häufigsten angetroffen - doch leider Fehlanzeige.

Als Nächstes versuchte ich es im Dorf beim Bäcker. Vielleicht wollte er sich wieder etwas zum Frühstück besorgen?! - Leider hatte ich auch mit dieser Idee kein Glück.

Nachdem ich zwei Stunden später noch immer keine Spur von Kim gefunden hatte, beschloss ich entnervt, eine Pause einzulegen. Nicht weit von mir entfernt entdeckte ich die drei Holzbänke, auf denen wir gestern gesessen und gefrühstückt hatten. Ratlos ließ ich mich auf die mittlere von ihnen fallen und schaute gedankenverloren über den kleinen Campingplatz, der nur einige Meter unterhalb dieser Bänke begann. Dazwischen lag nur eine breite, grüne Wiese, auf der im Moment drei kleinere Kinder Fangen spielten.

Ich lächelte.

Als Kind wollte ich auch immer so gern einmal Camping-Urlaub machen. In meiner Klasse hatten damals die Eltern zweier Kinder einen Wohnwagen besessen und manche von ihnen trafen sich in den Sommermonaten in dem ein oder anderen Garten zum Zelten.

Zu solchen Treffen war ich nie eingeladen worden. Warum wusste ich nicht. Für meine Eltern wäre es zudem kein passender Ausflug gewesen. Zu viel Dreck, zu viele Kriechtiere. Bei dem Gedanken daran verdrehte ich die Augen. Noch nie in meinem Leben hatte ich einen Wohnwagen von innen gesehen.

Ich seufzte und schaute den Kindern zu, die fröhlich lachend zum Campingplatz zurückliefen. Da entdeckte ich eine Frau, die ein Tuch mit einem Baby darin um ihren Bauch trug. Die Frau winkte den Kindern zu, als diese sich näherten. „Bald essen wir. Papa wirft schon den Grill an!", hörte ich sie rufen.

Ich schnupperte. Tatsächlich roch es nach glühender Holzkohle. Neben dem kleinen Wohnwagen sah ich Rauch aufsteigen. Ein paar Minuten beobachtete ich die Familie noch, bis mich plötzlich die Stimme eines Mannes aus meinen Gedanken riss.

„Hey, Kleine!"

Verwundert schaute ich auf und blickte in das Gesicht des Bäckers, den ich tags zuvor in der Bäckerei hatte mit Kim sprechen sehen.

Er grinste. „Moin! Du bist doch die Freundin von Kim, oder?"

„Hallo", grüßte ich zurück. Nur mit Mühe konnte ich die Überraschung überspielen, die ich in diesem Moment empfand. Hatte Kim mich tatsächlich als seine Freundin vorgestellt? Ich war sprachlos. Aber schon mit dem nächsten Atemzug kam mir ein ganz anderer Gedanke. Vielleicht wusste dieser Mann, wo ich Kim finden konnte.

„War Kim heute vielleicht schon einmal bei Ihnen?" fragte ich deshalb.

Er dachte kurz nach, dann nickte er, „Ja, heute Morgen. Schon ganz früh. Suchst du ihn?"

„Ja!", erwiderte ich, „Wissen Sie, wo ich ihn finden kann?"

Der Bäcker schüttelte leicht seinen Kopf und dachte nach. „Es ging ihm heute nicht so gut, da ist er bestimmt zu Hause."

Zu Hause...?

„Können Sie mir denn vielleicht auch sagen, wo er wohnt?", versuchte ich es weiter und kassierte dafür einen skeptischen Blick.

„Ihr jungen Leute seid schon komisch irgendwie. Nennt euch Pärchen und wisst nicht einmal, wo der jeweils andere wohnt?!", der Bäcker gluckste belustigt, ehe er seinen Weg fortsetzte, „Diese Frage kann ich dir leider nicht beantworten. Vielleicht solltest du deinen Freund bei Gelegenheit mal selbst danach fragen!"

Ich sah dem Mann nach und runzelte nachdenklich die Stirn. Warum ging es Kim nicht gut? Langsam begann ich mir wieder Sorgen zu machen.

Plötzlich schoss mir eine Idee durch den Kopf - *Der Deich!*

Ich hatte überall nach Kim gesucht, bloß dort noch nicht. Sofort machte ich mich auf den Weg. Ich hoffte sehr, dass ich ihn endlich finden würde. Falls er stattdessen wirklich zu Hause im Bett lag, hatte ich schlechte Karten. Doch diesen einen Versuch wollte ich noch wagen.

Zehn Minuten später erreichte ich mein Ziel.

Das Glück schien heute wohl doch auf meiner Seite zu sein.

Schon von Weitem konnte ich Kims Silhouette erkennen. Er saß im Schatten der großen Linde, unter der wir vor einigen Tagen unsere Döner gegessen hatten. Ich lief los. Aber je geringer der Abstand zwischen uns wurde, umso mehr sank auch meine Entschlossenheit.

Sollte ich ihn wirklich schon wieder auf sein Geheimnis ansprechen, auf seine Ängste? Was, wenn er erneut davonlief?

Als die Entfernung zwischen uns nur noch etwa 20 Meter betrug, verlangsamte ich meine Schritte.

Kim hatte mich natürlich schon längst entdeckt. Er blickte mir entgegen, machte aber keine Anstalten aufzustehen.

Als ich mich ihm weiter näherte, erkannte ich auch den Grund dafür. Ein kleines, schwarzes Fellbündel lag eingekuschelt auf seinem Schoß. Zuerst dachte ich, es wäre ein kleiner Hund, doch dann wurde mir klar, dass es sich um ein Lämmchen handelte.

Fasziniert trat ich näher. Wie ich die beiden so zusammen sah, wurde mir augenblicklich warm ums Herz und all meine Bedenken verflogen. Ich wollte das junge Tier nicht erschrecken. „Hi", flüsterte ich daher und setzte mich mit Bedacht neben Kim. Sofort war es um mich geschehen. Ich konnte meinen Blick nicht mehr von diesem flauschigen, kleinen Bündel abwenden.

Kim grinste breit und zog vielsagend die Augenbrauen hoch. „Es scheint tatsächlich zu stimmen."

„Was denn?", fragte ich verwirrt.

„Dass alle Mädels auf kuschelige Tierbabys stehen."

Überrascht starrte ich ihn an. Wie immer fiel mir keine schlagfertige Antwort ein. Kim beobachtete mich mit einem süffisanten Grinsen.

Da war es wieder! Dieser Moment. Kims Blick. Die Art, wie seine Augen meine fixierten, reichte aus, um mich vollkommen aus dem Konzept zu bringen. Jedes Mal, wenn er das tat, spürte ich die Hitze in meinen Wangen und das Kribbeln in meinem Bauch. So auch jetzt. Das Schlimmste dabei war, dass ich mehr und mehr ahnte, dass er ganz genau wusste, wie er diese Reaktion bei mir provozieren konnte. Er tat es mit voller Absicht und das Blitzen in seinen Augen machte deutlich, dass er es zu genießen schien, wie ich mich unter seinen Blicken wand.

Wie zum Beweis und als hätte er soeben meine Gedanken gelesen, begann Kim zu lachen. Das schwarze Fellknäuel auf seinem Schoß erzitterte kurz, blieb aber ruhig liegen.

„Es rennt ja gar nicht weg", stellte ich verblüfft fest und hoffte, damit seine Aufmerksamkeit wieder von mir ablenken zu können.

Kim kraulte das Lämmchen zärtlich hinter den Ohren und löste allein mit dieser Geste einen leichten Schauer in mir aus. „Es ist eine Flaschenaufzucht", erklärte er mit sanfter Stimme, „Seit gestern darf es mit den anderen am Deich grasen. Aber es ist trotzdem noch sehr verschmust." Er grinste mich an. „Willst du es mal streicheln?"

„Meinst du, es hat wirklich keine Angst?", fragte ich zögernd. Gleichzeitig spürte ich bereits den drängenden Wunsch, dieses entzückende Fellbündel wirklich einmal anzufassen.

Kim grinste mich verschmitzt an. „Na, komm schon. Warum sollte es Angst vor dir haben? Du tust ihm doch nichts."

175

Zögernd streckte ich meine Finger nach dem kleinen, wuscheligen Körper aus. So wie es auf Kims Schoß lag, wusste ich gar nicht, wo überhaupt sein Köpfchen war.

Kim ergriff sanft meine Hand und legte sie langsam auf dem Lämmchen ab. Ich hielt ganz still und genoss das Gefühl des unglaublich weichen und warmen Körpers unter meinen Fingern, der sich bei jedem Atemzug leicht hob und senkte.

„Ich kann seinen Herzschlag fühlen", flüsterte ich und strahlte Kim an, „Es rast so schnell."

Plötzlich hob das Lämmchen seinen Kopf. Seine großen, dunklen Knopfaugen beäugten mich neugierig. Lächelnd beobachtete ich, wie es sich langsam und umständlich erhob, um dann auf seinen viel zu dünn wirkenden Beinchen zu den anderen Schafen zurückzustaksen.

Eine Ziege kam meckernd auf das Kleine zugelaufen und begann es ausgiebig abzulecken.

Verwundert beobachtete ich das ungleiche Paar.

„Was macht denn die Ziege dort?"

„Das ist seine Ziehmutter", erklärte Kim, „Nachdem seine eigene Mutter bei der Geburt gestorben ist, hat sie das Lämmchen adoptiert."

„Und das geht so einfach?", fragte ich überrascht.

Kim lachte. „Na sicher. Der alte Hofhund des Bauern auf der anderen Seite des Dorfes hat sich vor einigen Jahren sogar mal einer Schar Gänseküken angenommen, nachdem deren Mutter von einem Fuchs gerissen worden war. Sie sind ihm überallhin gefolgt, ganze drei Monate lang."

„Echt?", ich bekam große Augen und konnte mir ein Kichern nicht verkneifen, „Das sah sicher total lustig aus!"

Ich spürte, wie Kim mich schweigend beobachtete. Schon wieder. Trotz der warmen Sonne bekam ich eine Gänsehaut.

„Warum bist du hierhergekommen?", fragte er nun unvermittelt und wechselte damit wieder einmal derart spontan unser Thema, dass ich innerlich ins Straucheln geriet. Seine Frage klang belanglos, doch ich bezweifelte sehr, dass sie auch so gemeint war.

„Ich habe dich gesucht", gestand ich daher wahrheitsgemäß.

„Und warum?", hakte Kim nach.

Eigentlich hatte ja *ich ihm* Fragen stellen wollen...

Ich seufzte.

„Der Bäcker hat gesagt, dass du vielleicht krank bist. Da habe ich mir Sorgen gemacht."

Ich warf Kim einen Seitenblick zu und bemerkte, dass er heute tatsächlich blasser wirkte als sonst. „Wie fühlst du dich?"

„Mir geht es sehr gut!"

Kims Stimme klang scharf, fast schneidend, und machte deutlich, dass er keine weiteren Fragen dulden würde. Unwillkürlich zuckte ich zusammen.

Er bemerkte meine Reaktion und sein Blick wurde sogleich weicher. „Tut mir leid. Ich bin heute wohl etwas gereizter als sonst." Er lächelte versöhnlich.

„Macht nichts", entgegnete ich leise. Das ungute Gefühl in meinem Magen war wieder da und ich überlegte fieberhaft, wie ich ihn dazu bringen konnte, mir mehr zu verraten.

„Woran denkst du?" Kim beobachtete mich sehr genau, seine Augen wachsam auf mich gerichtet. Wie ein wildes Tier, das überlegte, ob es fliehen sollte oder nicht, kam es mir unwillkürlich in den Sinn.

Ich zuckte unsicher mit den Schultern.

„Ich habe nur über ein paar Dinge nachgedacht", antwortete ich ausweichend.

„Und über welche?", hakte Kim erneut nach. Sein Blick schien meinen regelrecht zu durchbohren. Unmöglich, mich ihm länger zu entziehen. Aber vielleicht musste ich das ja auch gar nicht. War das nicht meine Chance, das Thema endlich anzuschneiden?

„Ich habe über dich nachgedacht", gestand ich deshalb.

„Über mich?" Kim gab sich verwundert.

Ich nickte unsicher und vermied es, ihn anzusehen. „Ich weiß, dass dich etwas beschäftigt, aber du sagst mir nie, was es ist. Ich spüre, dass dich etwas belastet, aber du lässt mich dir nicht helfen..."

Ich zwang mich, ihm in die Augen zu schauen. Kims Blick hatte sich verdunkelt. Er sagte nichts.

Hoffentlich ist er nicht schon wieder sauer! - schoss es mir sogleich durch den Kopf.

Kim dachte lange nach, ehe er mir antwortete. „Ich habe dich gebeten zu gehen, aber du bist trotzdem geblieben. Habe ich eine Chance, dass du aufhörst, mir diese Fragen zu stellen?", seine Stimme klang beinahe flehend.

„Ich muss es wissen, Kim!", beharrte ich und legte dabei mehr Kraft in meine Stimme, als ich im Augenblick tatsächlich besaß.

Kim seufzte und schaute zu Boden. „Das ist alles nicht so leicht."

„Ich weiß." Ich lächelte vorsichtig. „Das hast du schon häufiger gesagt."

„Verstehe mich bitte richtig, ich habe damit abgeschlossen. Aber es ist schwer für mich, mit jemand anderem darüber zu reden." Sein Blick wirkte gequält.

„Wenn du wirklich damit abgeschlossen hättest, dann würde es dich nicht mehr so sehr belasten." Ich brauchte Mut, diesen Satz auszusprechen und noch mehr Kims durchdringenden Blick zu ertragen.

„Du hast absolut keine Ahnung..." Seine Stimme drückte einen derart tiefen Schmerz aus, dass ich schlucken musste.

„Dann erkläre es mir endlich, damit ich es verstehe!", rief ich verzweifelt und sprang auf. Ich konnte einfach nicht länger still sitzen.

„Ich bin nicht so wie andere Jungs, kapierst du das nicht? Du hast definitiv etwas Besseres verdient!" Auch Kim sprang jetzt auf.

Ich konnte spüren, dass er diesen Satz nur mit viel Mühe herausbrachte. Geschockt starrte ich ihn an.

„Ich will nichts *Besseres* - ich will *dich*!"

Endlich hatte ich es ausgesprochen. Mein Herz raste. Wie würde er jetzt darauf reagieren?

Kim starrte mich an. Die Gefühle, die sich in diesem Moment in seinem Blick widerspiegelten, konnte ich nicht deuten. „Meinst du das ernst?"

Ich sagte nichts, ergriff stattdessen seine Hände. Sie waren eiskalt.

179

„Ich lebe nicht in einer so heilen Welt wie *du*", sagte Kim nun, und ich hörte die Trauer und Wut in seiner Stimme, die er bei diesen Worten zu unterdrücken versuchte. Langsam setzte er sich wieder auf die Bank. Ich folgte ihm.

„Ich war fünf Jahre alt, als meine Eltern gestorben sind."

Kim ließ diesen Satz auf mich wirken. Beobachtete schweigend meine Reaktion.

„Was?!" Sogleich füllten sich meine Augen mit Tränen.

„Oh, Kim, das tut mir so leid!" Ich ergriff seine Hände erneut und drückte sie leicht.

Er nickte abwesend. Sein Blick leer.

„Ich bin durch mehrere Heime gewandert und dann mit 12 Jahren hier oben in einem Kinderheim für Schwererziehbare gelandet." In seinen Augen loderte bei diesen Worten eine Flamme auf. Sofort fragte ich mich, was er wohl in seinem Leben schon alles durchgemacht haben musste. Mir wurde schwer ums Herz.

„Schwererziehbar? Hast du deshalb so oft wechseln müssen?", fragte ich vorsichtig.

Kim zuckte gleichgültig mit den Schultern. „Ich war eben allen zu schwierig. Ein anstrengendes Kind, das immer Ärger machte und das keiner wirklich mochte..." Kim grinste geringschätzig, seine Augen waren kalt wie Eis. Ich kannte diesen Blick bereits von ihm und ein Schauer jagte über meinen Rücken, als ich an jenen Tag zurückdachte.

„Das Kinderheim hier im Nachbarort war das erste, in dem sie mich freundlich aufgenommen haben. Es störte sie nicht, dass ich öfters mal über die Stränge schlug. Hier durfte ich so sein, wie ich war. Im Laufe der Jahre wurde es immer leichter für mich und am Ende habe ich sogar einen ganz guten Schulabschluss hinbekommen." Erneut zuckte Kim mit den Schultern, als ob es ihm mit einem Mal unangenehm wurde, darüber zu sprechen.

Tief bewegt hatte ich Kim gelauscht. In seinem Leben musste er schon so vieles ertragen. Aber dennoch hatte er sich nie unterkriegen lassen und am Ende die Kurve gekriegt. Wieso bloß sprach er jetzt immer so negativ von seinem Leben? Die Zeit im Heim lag hinter ihm. Es gab viele Leute hier im Ort, die ihm wohlwollend gesonnen waren. Da musste noch mehr sein. Es musste einen Grund dafür geben, weshalb er wollte, dass ich ihm fernblieb.

Er hatte mir einen Teil seiner Vergangenheit offenbart, doch indes hatten sich eine Menge neuer Fragen vor mir aufgetan. Fragen, die ich unbedingt klären musste, wollte ich endlich hinter sein Geheimnis blicken.

„Dann hast du doch eigentlich am Ende auch irgendwie Glück gehabt", stellte ich zögernd fest, als Kim nicht mehr weitersprach.

„Ja, *Glück* gehabt...", entgegnete er lakonisch und lächelte bitter.

„Da ist noch mehr, stimmts?" Vorsichtig tastete ich mich voran. Ich ahnte, dass wir noch nicht bei seinem eigentlichen Problem angelangt waren.

Kim atmete tief aus und schloss für einen Moment seine Augen. So, wie er es immer tat, wenn er mit sich rang, wie viel er mir erzählen konnte oder wollte.

181

„Ich kann dir nicht mehr sagen." Seine Stimme klang endgültig. Er wich meinem Blick aus und schaute über den Deich. Der Wind spielte in seinem lockigen, dunklen Haar.

„Warum nicht?" Ich konnte seine tiefe Trauer und Unsicherheit fast körperlich spüren. Warum bloß vertraute er mir nicht die ganze Wahrheit an? Was konnte ich noch tun, um ihn zu überzeugen?

„Ich will dir doch helfen!", setzte ich an, wurde aber jäh von ihm unterbrochen.

„Das weiß ich, aber...", Kim zögerte, „Du musst auch *mich* verstehen."

„Wie soll ich dich verstehen, wenn ich kaum etwas über dich weiß?" Ich spürte, wie ein paar Tränen in meinen Augen brannten. Wütend blinzelte ich sie fort.

„Du weißt inzwischen schon mehr als die meisten in meinem Dorf!", entgegnete Kim mit Nachdruck. Seine Augen blitzten, doch schließlich seufzte er. Augenblicklich wurden seine Züge weicher. „Bitte versteh' mich doch. Ich meine es nicht böse. Am liebsten würde ich dir gar nichts mehr sagen, aber da du nicht bereit bist zu gehen, wirst du es irgendwann sowieso erfahren..."

„Wie meinst du das?" Bei diesen Worten breitete sich ein flaues Gefühl in meinem Magen aus.

Kim schüttelte entschieden den Kopf. Er klang traurig und gequält. „Bitte zwing mich nicht, es dir heute zu sagen."

„Aber warum denn nicht?", auch meine Stimme war inzwischen kaum mehr als ein dünnes Flüstern. Ich fühlte, dass ich der Wahrheit näher war als jemals zuvor.

„Ich weiß nicht, wie...", gestand Kim schließlich mit brüchiger Stimme. Plötzlich und völlig unerwartet sah ich Tränen in seinen Augen schimmern.

Tief berührt schluckte ich all meinen Frust hinunter und beschloss, ihn nicht länger zu drängen. Natürlich kannte ich sein Geheimnis nach wie vor nicht. Doch in diesem Moment hatte Kim etwas viel Wichtigeres mit mir geteilt. Er hatte mir seine tiefsten Gefühle offenbart und sich damit verwundbar gemacht. Nichts deutete mehr auf den unnahbaren Jungen hin, der mich so viele Male von sich gestoßen hatte. Ein unbändiges Gefühl der Verbundenheit flammte in mir auf und ich rutschte nahe an Kim heran.

„Du musst nichts mehr sagen, wenn du nicht willst", flüsterte ich und kuschelte mich eng an ihn, dabei atmete ich tief den Duft seines Aftershaves ein und genoss die Wärme, die sich langsam zwischen uns auszubreiten begann.

Wie wir so beisammen saßen kam mir die Zeit wie eine Ewigkeit vor. Ich genoss die Nähe zwischen uns und auch Kim entspannte sich sichtlich. Er hatte langsam sogar wieder ein wenig mehr Farbe im Gesicht.

Zögernd löste ich mich von ihm und blickte ihn fragend an.

Kim erwiderte meinen Blick, lächelte zärtlich.

„Zeigst du es mir?", fragte ich sanft.

Skeptisch zog er seine Stirn in Falten und schwieg.

„Das Kinderheim, zeigst du es mir?", bat ich erneut.

„Warum willst du es unbedingt sehen?" Kim zögerte.

Ich musste lächeln. Er wirkte richtig süß, wenn er so unsicher war.

Schließlich seufzte Kim und ich konnte spüren, wie jegliche Bedenken von ihm abfielen. Sein Blick hellte auf.

„Ich möchte einfach gern wissen, wo du die letzten sechs Jahre gelebt hast."

„Einverstanden", gab Kim schließlich nach und nickte leicht, ehe er sich langsam erhob. Als er mich kurz darauf wieder ansah, umspielte ein leises Lächeln seine Mundwinkel.

„Hast du Lust, eine Runde Fahrrad zu fahren?"

Eine Stunde später hatten wir uns bei einem Radverleih zwei Fahrräder ausgeliehen und machten uns auf den Weg in den Nachbarort.

Der frische Wind hatte auch die letzte Wolke am Himmel fortgeblasen und der Sommer zeigte sich heute von einer seiner schönsten Seiten.

Ich war seit vielen Jahren nicht mehr Fahrrad gefahren. In den ersten Minuten kämpfte ich daher mit ziemlichen Gleichgewichtsproblemen. Kim ließ diese Gelegenheit natürlich nicht ungenutzt verstreichen und lief zu neuer Hochform auf, indem er mich unentwegt mit Sprüchen wie - „Vielleicht hätten wir dir besser ein Rad mit Stützrädern ausleihen sollen!" - aufzog.

Ich versuchte gute Miene zum bösen Spiel zu machen und beschloss ihm seine Sprüche bei nächster Gelegenheit heimzuzahlen.

Je länger wir fuhren, desto übermütiger wurde Kim. Seine Sorgen schienen für den Moment vergessen. Ich freute mich sehr darüber, ihn endlich wieder so ausgelassen zu sehen, und ließ ihn daher gewähren.

Gerade hatte ich mich endlich an mein Rad gewöhnt und es so einigermaßen unter Kontrolle, als Kim plötzlich dicht neben mir fuhr.

„Na, alles klar bei dir?", er grinste und ein freches Blitzen tauchte in seinen Augen auf.

Ich nickte unsicher. Die Nähe zu ihm machte mich plötzlich wieder nervös und ich versuchte, mich auf den Weg vor uns zu konzentrieren, um nicht erneut ins Straucheln zu geraten.

„Du musst endlich lockerer werden beim Fahren!", grinste er und pikste mir spielerisch in die Rippen.

Erschrocken quietschte ich auf und verriss dabei meinen Lenker. Doch noch ehe ich stürzen konnte, griff Kim blitzschnell zu, um mein Rad in der Waage zuhalten. Langsam kamen wir zum Stehen.

„Hey!", rief ich aufgebracht und funkelte ihn böse an, „Das war voll gefährlich!"

„Ach, was!", er grinste amüsiert, „Jetzt sei doch kein Spielverderber!"

„Spielverderber?", echote ich, „Ich bin fast gestürzt!"

„Aber auch nur fast!", verteidigte sich Kim, „Ich hätte schon nicht zugelassen, dass dir etwas passiert." Sein Grinsen war einem zerknirschten Schmunzeln gewichen. Er sah mich mit einem derartigen Hundeblick an, dass ich nicht länger ernst bleiben konnte. Ich schüttelte kichernd den Kopf. „Du Spinner!"

Kim zwinkerte mir ausgelassen zu und setzte sich wieder in Bewegung. Langsam folgte ich ihm.

In weniger als der Hälfte der Zeit, die ich vergangene Woche zu Fuß gebraucht hatte, erreichten wir den nächstgelegenen Ort.

Wir fuhren eine Weile an der Hauptstraße entlang. Ich erkannte das kleine Restaurant wieder, in dem ich zu Mittag gegessen hatte.

Kim schaute sich um, fuhr langsamer. Lag das Heim hier mitten im Ort?

Schließlich blieb er nachdenklich stehen und bedeutete mir, es ihm gleichzutun. Ein schmaler Pfad führte rechts der Straße ab und mündete ein paar Meter weiter in einem holprigen, unebenen Waldweg.

„Ab hier müssen wir wohl zu Fuß weiter. Dort entlang geht es wesentlich schneller, als wenn wir den langen Weg an der Hauptstraße nehmen", erklärte Kim und schaute mich fragend an, „Einverstanden?"

„Klar. Wieso nicht?" Ich stieg von meinem Rad ab und streckte mich.

Ich gehe eh lieber zu Fuß! - dachte ich und rieb mir meinen schmerzenden Hintern.

Etwa 100 Meter neben dem kleinen Weg stand ein hölzernes Bushäuschen an der Straße. Dort waren vier Fahrradständer angebracht. Wir ketteten unsere Räder fest und nahmen den Weg durch den schattigen Wald.

Hier im Unterholz war es merklich kühler und überall ragten dicke Wurzeln aus dem Boden hervor. Ich hatte Mühe, nicht zu stolpern, während ich Kim folgte. Dieser wusste offensichtlich ganz genau, wohin er wollte. Kreuz und quer führte er mich durch den immer dichter werdenden Wald. Einen Weg gab es hier schon lange nicht mehr und ich hatte bereits völlig die Orientierung verloren.

„Ist es noch weit?", fragte ich nach einer Weile.

„Nicht mehr weit", Kims knappe Antwort machte mich stutzig. Er wirkte irgendwie angespannt. Ich wischte diesen Gedanken eilig beiseite, denn vor uns lichtete sich der Wald.

„Da vorne ist es." Kim wies mit seinem ausgestreckten Arm leicht nach links.

Ich folgte seinem Blick und entdeckte in einiger Entfernung ein großes, rot-braun verklinkertes Haus. Mit den vielen weiß-gerahmten Fenstern und dem hellroten Dach wirkte es direkt einladend auf mich.

Sieht gar nicht aus wie ein typisches Kinderheim. - überlegte ich und unwillkürlich schoss mir das Bild eines düster wirkenden, alten Hauses durch den Kopf. Ein Klischee untermalt mit der Erinnerung an den letzten Horrorfilm vermutlich. Ich lachte mich in Gedanken selbst aus.

Wir standen hier am Waldrand, die Nachmittagssonne im Rücken und hörten um uns herum ein paar Vögel singen.

Das Kinderheim und uns trennte einzig ein großes Maisfeld. Wie eine Mauer stand es zwischen uns und unserem Ziel. Unschlüssig blickte ich zu Kim hinüber. Ich konnte spüren, wie sehr er mit sich rang.

Wir standen schweigend da. Mit jeder Minute wurde ich unruhiger. Kims Blick hingegen blieb unergründlich.

„Sollen wir hinübergehen?", fragte ich schließlich, doch er schüttelte rasch den Kopf.

„Nein, lieber nicht."

„Warum denn nicht?", ich sah ihn verwirrt an, „Ich dachte, du hast dich mit ihnen so gut verstanden."

„Schon, aber...", Kim runzelte nachdenklich die Stirn, ehe er erneut seinen Kopf schüttelte, „Nein... So ist es besser."

Die Art, wie er diesen Satz sagte, duldete keine Gegenwehr. Ich seufzte. Eigentlich hatte ich mir das hier anders vorgestellt.

Eine große, dunkle Wolke schob sich vor die Sonne und mit einem Mal wurde es merklich kühler. Die Stille zwischen uns drohte mich zu erdrücken und ein ungutes Gefühl breitete sich erneut in meinem Innern aus. Ich warf Kim einen verstohlenen Seitenblick zu. Er schien meine Gegenwart völlig vergessen zu haben. Starrte nur unentwegt gedankenverloren zu seinem ehemaligen Zuhause hinüber.

Wieder ahnte ich, dass es hier noch um etwas anderes ging, weshalb er seine alten Betreuer nicht antreffen wollte. Egal, was wir taten, worüber wir sprachen, immer wieder stießen wir auf jene unsichtbare Wand, die sein Innerstes wie einen geheimen Schatz einschloss. Wann bloß würde er die Tür in dieser Wand für mich öffnen?

Plötzlich kam mir ein Gedanke. „Kim?", fragte ich vorsichtig.

„Hm?" Er schaute mich an, seine Augen jedoch blickten durch mich hindurch.

„Du hast hier gewohnt, bis du 18 Jahre alt wurdest, richtig?"

„Hm", sagte er noch einmal.

„Wo wohnst du denn seitdem?" - Dieser Satz holte Kim ins Hier und Jetzt zurück.

Er öffnete seinen Mund, um etwas zu sagen, und schloss ihn sogleich wieder. Zweifelnd blickte er mich an. Ich hielt seinem Blick stand, wartete und überlegte, ob ich ihn mit dieser Frage womöglich überfahren hatte.

„Ich habe eine Ein-Zimmer-Wohnung bei uns im Ort", antwortete Kim schließlich. Ein seltsamer Ausdruck huschte über sein Gesicht, als er den tieferen Sinn meiner Frage begriff. „Dachtest du, ich wäre *obdachlos*?"

Ich erschrak über die Härte in seiner Stimme. „Nein! Natürlich nicht!", log ich.

Tatsächlich war mir eben genau dieser Gedanke in den Sinn gekommen. Jetzt schämte ich mich dafür.

Kim schnaubte verächtlich und verschränkte seine Arme vor der Brust. Die Dominanz, die er mit dieser Geste ausstrahlte, erdrückte mich irgendwie. In diesem Moment wünschte ich mir den übermütigen, frechen Kim zurück, der für jeden Spaß zu haben schien. Seine dunkle, aufbrausende Art verunsicherte mich nach wie vor und zeigte mir wieder einmal sehr deutlich auf, wie wenig ich doch bisher über ihn wusste.

„Lass uns gehen", seine Stimme knapp und schneidend jagte einen Schauer über meinen Rücken, „Du hast alles gesehen."

Ich seufzte. Tief in meinem Herzen spürte ich, dass es heute wenig Sinn machte, ihn weiter auszufragen oder zu drängen. Ich gab mich geschlagen und folgte ihm schweigend den steinigen Weg zurück zu unseren Rädern.

Während der Rückfahrt wollte die lockere Stimmung zwischen uns nicht mehr aufkommen. Was war geschehen? Kim hing seinen eigenen Gedanken nach und schien kaum noch Notiz von mir zu nehmen.

Er hatte mir einen Teil seiner Vergangenheit offenbart. Doch eben diese Vergangenheit stand nun genau zwischen uns. Meine Gedanken kreisten unaufhörlich nur um ihn. Ich wagte nicht, ihn noch einmal auf das Kinderheim anzusprechen. Tief in mir hatte sich eine Frage festgesetzt. Eine Frage, auf die ich im Augenblick noch keine Antwort fand.

War Kim heute tatsächlich einen Schritt auf mich zugegangen, oder hatte er sich in Wahrheit sogar noch weiter von mir entfernt...?

In dieser Nacht träumte ich wieder einen merkwürdigen Traum. Doch diesmal war er anders.

Ich lief - nur mit meinem Nachthemd bekleidet - barfuß durch einen dunklen Wald. Einige vereinzelte Sterne blitzten zwischen den dichten Baumkronen hindurch und erhellten mir den Weg zu meinen Füßen. Selbst im Traum erkannte ich diesen Pfad, den ich am Tag mit Kim genommen hatte.

Als ich die Lichtung am Maisfeld erreichte, hielt ich inne. Zögerte. Die vielen Fenster des Kinderheims leuchteten hell. So schnell meine Beine mich trugen, rannte ich weiter. Bahnte mir einen Weg durch das mannshohe Feld und landete schließlich nur wenige Meter vor dem großen Haus, das jetzt im Licht der Sterne seltsame, dunkle Schatten warf.

Im Schutz des Feldes blieb ich stehen und wartete.

Mein Blick wanderte an den erleuchteten Fenstern empor und von irgendwoher vernahm ich das helle Lachen eines Kindes.

Einer Bewegung folgend wandte ich meinen Blick zu dem untersten Fenster auf der linken Seite. Ein hagerer Junge trat dicht an die Scheibe heran und schaute nach draußen. Sein trauriger Blick verlor sich in der Dunkelheit und seine großen, azurblauen Augen füllten sich mit Tränen.

Ich spürte, wie sich mein Herz vor Mitgefühl schmerzlich zusammenzog. Die Einsamkeit, die dieses Kind umgab, war beinahe mit Händen greifbar.

In diesem Moment erinnerte ich mich wieder daran, dass ich diesen Jungen schon so oft in meinen Träumen gesehen hatte.

„Kim...", flüsterte ich tonlos und mit einem Mal jagte ein eisiger Schauer der Erkenntnis über meinen Rücken.

Ja, ich hatte ihn in meinen Träumen gesehen, in den Träumen, seit meiner ersten Nacht hier am Meer und in jenen Träumen aus meiner längst vergessenen Kinderzeit...

12. KAPITEL

„HERZ AN HERZ"

Mit einem lauten Schrei erwachte ich. Ich saß in meinem Bett und klammerte mich mit zitternden Händen an der Decke fest. Es dauerte einen Augenblick, ehe ich begriff, wo ich war.

Was war das denn eben?! - Traum, Wirklichkeit und der Anflug einer Erinnerung mischten sich zu einem konfusen Durcheinander, das ich für den Moment nicht mehr durchblicken konnte.

Mit meinen Händen fuhr ich nervös durch meine vom Schlaf wirr abstehenden Haare. Allmählich wurde mein Atem langsamer, mein Herzschlag beruhigte sich. Ich versuchte, einen klaren Gedanken zu fassen.

Hatte ich das eben wirklich nur geträumt...?

Ich schaute mich langsam um und mein Blick wanderte zu der großen Fensterfront hinüber. Der Himmel hatte begonnen, sich zu verfärben. Die Schatten der Nacht verblassten und mit ihnen die Erinnerung an meinen Traum.

So sehr ich mich auch bemühte, ich war nicht mehr in der Lage, mich an alle Details zu erinnern. Da waren Bilder. Ich sah das unschuldige, traurige Gesicht eines Jungen vor mir.

Kim! Ich habe Kim gesehen... - schoss es mir erneut in den Sinn. Ich seufzte. Zu viele Gedanken kreisten in meinem Kopf herum und machten mir das rationale Denken immer schwerer.

Wie war es möglich, dass ich von Kim als Kind geträumt hatte, wenn ich ihn damals doch überhaupt noch nicht kannte? Hatte meine Fantasie mir an dieser Stelle vielleicht einfach nur einen Streich gespielt? Aber es war so erschreckend real gewesen. Kim als knapp zwölfjähriger Junge. In den anderen Träumen hatte ich ihn doch auch gesehen. Damals war er sogar noch deutlich jünger gewesen. Wie konnte das bloß möglich sein...? Ergab das Ganze so überhaupt einen Sinn?!

Ich ließ meinen Blick erneut nach draußen wandern und versuchte, mich zu sammeln. Ein einzelner Vogel begann leise zu singen und kündigte den Beginn eines neuen Tages an.

Wieso bloß spürte ich ein solch beklemmendes Gefühl in mir?

Ich konnte nicht länger in meinem Bett liegen bleiben. Rastlos stand ich auf und trat an meine Balkontür heran. Die Stimme des Vogels war lauter geworden.

Ich zog meinen Bademantel über und trat ins Freie. Ein frischer Wind fegte mir durchs Gesicht, bereit die Schatten der Nacht zu vertreiben. Ich atmete tief ein und schloss für einen Moment die Augen.

„Annastasia..."

Erschrocken zuckte ich zusammen, als ich den warmen Windhauch hinter mir spürte.

Zitternd atmete ich aus, ehe ich mich langsam umwandte.

Der Bote stand direkt hinter mir. Mit unergründlicher Miene starrte er mich aus seinen eisblauen Augen an.

„Habe ich dich erschreckt?", diese Frage war rein rhetorischer Natur, das spürte ich.

„Etwas", entgegnete ich daher knapp und schaute das magische Wesen fragend an.

Langsam begann ich mich unter seinem intensiven, durchdringenden Blick zu winden.

Was wollte er denn jetzt schon wieder von mir?

Wie, als habe er meine Gedanken gelesen, antwortete er.

„Ich bin gekommen, um dich an deine Aufgabe zu erinnern", die Stimme des Boten war leise und doch mit solch starker Ausdruckskraft, dass sich in meinem Innern etwas nervös zusammenzog.

„Meine Aufgabe?" Ich zögerte. Unruhig begann ich mit den Bändern meines Bademantels zu spielen. „Ich dachte, ich sollte herausfinden, was mit Kim los ist. Er hat es mir gestern erzählt - dass er im Kinderheim aufgewachsen ist, meine ich." Natürlich spürte ich, dass da noch sehr viel mehr war. Aber ohne jegliche Anhaltspunkte tappte ich vollkommen im Dunkeln. Ich wusste nicht, ob ich dieser Kreatur von meinen Gefühlen erzählen sollte, daher schwieg ich.

Der Bote schaute mich lange und abwartend an. Seine blauen Augen funkelten leicht und sein buschiger Schwanz zuckte unentwegt hin und her.

„Wie schade, ich hatte mehr von dir erwartet."

„Was soll das denn heißen?", fragte ich aufgebracht und spürte eine unterschwellige Wut in mir aufsteigen. „Ich habe getan, was du wolltest! Erzähl mir endlich, worum es hier überhaupt geht!"

„Du hast es wirklich noch nicht verstanden, oder?"

Die Stimme des Boten nahm einen seltsamen Klang an.

Ich wusste nicht, was ich darauf erwidern sollte.

Er lächelte kalt.

„Ich werde dir nicht sagen, was du hören möchtest, denn es ist nicht meine Aufgabe, dies zu tun. Genauso wenig, wie ich dir helfen werde, solltest du Hilfe benötigen."

Zutiefst verunsichert blickte ich ihn an. „Das verstehe ich nicht. Warum sagst du mir das? Weshalb willst du mir nicht helfen, wenn du doch genau weißt, worum es hier geht?!"

„Ich kann dir nicht helfen - ich bin nur ein Bote." Seine Stimme hatte einen selbstgefälligen Ton angenommen.

„Wenn du Kims Seele noch immer retten möchtest, dann musst du dich beeilen...!"

„Ich muss mich beeilen?" Besorgt sah ich auf.

Der Bote nickte kaum merklich. Sein silbernes Fell bewegte sich leicht im Wind und viele glitzernde Funken wurden dabei aufgewirbelt, die seinen Körper wie einen warmen, magischen Schimmer umspielten.

„Die Zeit ist unerbittlich. Sie bleibt für niemanden stehen."

Mit diesen Worten verschwand der Bote ebenso plötzlich, wie er gekommen war, und ließ mich ohne eine Antwort, dafür aber mit vielen, weiteren Fragen allein und ratlos zurück.

Kurz nachdem das mystische Wesen wieder verschwunden war, begann es zu regnen.

Eigentlich hatte ich nach dem Frühstück Kim suchen und erneut mit ihm reden wollen. Aber bei diesem Wetter...?

Es goss den ganzen Tag über in Strömen. Fast glaubte ich, der Bote selbst hätte mir dieses Wetter geschickt, nur um mich zu verhöhnen. Wie sollte ich so mit Kim Kontakt aufnehmen? Ich wusste noch immer nicht, wo genau er wohnte und bei diesem Regen lief er garantiert nicht den ganzen Tag draußen herum.

Missmutig saß ich in meinem Zimmer und dachte nach.

Schließlich entschied ich mich dazu, mir die Zeit mit Postkartenschreiben zu vertreiben. Immer noch besser, als Trübsal zu blasen, dachte ich mir, und vielleicht konnte ich mich damit ein wenig ablenken.

Diese Aufgabe war allerdings schnell erledigt – zu schnell. Rastlos tigerte ich durch mein Zimmer, bis mir die Hotelbroschüre wieder in den Sinn kam. Gab es hier im Gebäude nicht irgendwo einen Pool?

Ich liebte das Wasser und ich liebte es, zu schwimmen. Vielleicht konnten mich ein paar Runden auf andere Gedanken bringen und meinen Verstand wieder klarer werden lassen.

Besser als hier im Zimmer verrückt zu werden... - schoss es mir durch den Kopf.

Eilig packte ich alles zusammen, was ich brauchte, und ging hinunter zum Empfang.

Wie erhofft, traf ich dort Herrn Petersen an. Er lächelte mir schon von Weitem freundlich zu.

„Hallo, Anna. Wie kann ich Ihnen helfen?"

„Hallo, Gerke!", ich legte die Postkarten vor ihm auf den Tresen und blickte ihn fragend an, „Kann ich die bei Ihnen abgeben?"

„Selbstverständlich", er nickte schnell, „Ich kümmere mich persönlich darum."

„Super! Vielen Dank", ich lächelte.

„Möchten Sie etwas unternehmen?" Herr Petersen deutete auf meine große Sporttasche und ich grinste.

„Ich wollte unbedingt mal den Pool hier ausprobieren. Bei diesem Wetter kann man ja nicht viel anderes machen."

„Natürlich, eine ausgezeichnete Idee. Wissen Sie, wie Sie dorthin gelangen?"

„Ich glaube schon", stirnrunzelnd versuchte ich, mich an den kleinen Plan aus meinem Zimmer zu erinnern, „Ich werde ihn schon finden."

„Schön", Herr Petersen lächelte freundlich, doch ein seltsamer Ausdruck huschte über seine Züge. Es schien, als wolle er noch etwas hinzufügen, entschied sich dann allerdings dagegen. Meine Neugier war sofort geweckt. Diesen Blick hatte ich vorgestern schon einmal bei ihm bemerkt. An diesem Tag hatte er Kim und mich zum ersten Mal zusammen gesehen. *Kim...*

„Ist sonst noch etwas?", fragte ich daher und schaute dem Portier prüfend ins Gesicht.

Wie befürchtet schüttelte Herr Petersen eilig den Kopf. „Nein, Anna. Ich wünsche Ihnen einen schönen Nachmittag!"

Ich seufzte. Was sollte ich jetzt sagen? Konnte ich ihn direkt auf Kim ansprechen? Es war nicht zu übersehen, dass die beiden einander kannten. Ich musste es einfach versuchen.

„Gerke... Sie wissen, dass Kim und ich befreundet sind?" Ich zögerte.

Herr Petersen nickte unverbindlich.

Meine Hände glitten nervös in die Taschen meiner Jeans und wieder heraus.

„Ich weiß, dass ihn etwas bedrückt, aber er hat bisher noch nicht mit mir darüber gesprochen..."

Der Portier schaute mich einen Moment lang schweigend an. Seine Gesichtszüge blieben so ausdruckslos, dass ich seine Gedanken nicht einmal erahnen konnte. Sicher hätte er einen hervorragenden Poker-Spieler abgegeben.

„Bitte verzeihen Sie, Anna...", sagte er schließlich, „Ich kann Ihre Sorge durchaus verstehen, doch ich fürchte, dass ich Ihnen an dieser Stelle nicht weiterhelfen kann. Ich bin mit Kim sehr gut bekannt. Wenn er sich Ihnen nicht anvertrauen möchte, dann wird er gute Gründe dafür besitzen. Ich kann Ihnen da wirklich nichts zu sagen. Tut mir sehr leid."

Wieder ein Rückschlag!

Ich seufzte resigniert und schenkte Herrn Petersen ein freundliches Lächeln. „Schon OK. Ich kann Sie ja verstehen."

Enttäuscht wandte ich mich ab und schulterte die Sporttasche.

„Anna?" Die Stimme des Portiers riss mich aus meinen Gedanken. Ich drehte mich noch einmal zu ihm um. In seinen Augen lag eine Wärme, die mich überraschte.

„Seien Sie bitte nicht zu hart zu ihm. Kim hat es, weiß Gott nicht leicht. Wenn er Ihnen nichts sagen möchte, dann allein, um Sie zu schützen. Sie bedeuten ihm sehr viel, das weiß ich."

„Wirklich?" Ich war über die plötzlich offene Art des Portiers überrascht. Zugleich wunderte es mich, dass er und Kim offensichtlich über mich gesprochen zu haben schienen.

Eine halbe Stunde später hatte ich die ersten Bahnen im Wasser hinter mich gebracht und lag auf einer Liege, um mich auszuruhen.

Seltsamerweise war ich heute die Einzige, die den hauseigenen Pool benutzte. Ein Privat-Pool ganz für mich allein.

Ich hatte meine Augen fest geschlossen und dachte nach. So viele Puzzle-Teile lagen vor mir, doch ich war nicht in der Lage, sie zusammenzusetzen...

Die Zeit saß mir im Nacken, aber ich kam Kims Rätsel nicht einen Schritt näher - im Gegenteil. Je mehr kleine Details ich erfuhr, umso weiter schien ich mich von der eigentlichen Lösung des Ganzen zu entfernen.

Ich seufzte frustriert.

Warum bloß musste alles derart kompliziert sein...?

„Hübscher Bikini!" Diese freche Stimme kannte ich doch!

Erschrocken schaute ich auf und starrte direkt in Kims grinsendes Gesicht. Seine azurblauen Augen blitzten.

„Hi", stammelte ich überrascht und spürte, wie ich unter seinen Blicken sogleich rot wurde.

Sein Grinsen wurde daraufhin noch eine Spur breiter und er setzte sich betont langsam ans untere Ende meiner Liege.

„Woher weißt du, dass ich hier bin?", fragte ich und schaffte es zu meinem Ärger nicht, den nervösen Unterton aus meiner Stimme zu verbannen. Wieso bloß brachte mich seine Gegenwart schon wieder derart durcheinander?!

Vielleicht, weil ich hier gerade halb nackt vor ihm liege?! - verhöhnte ich mich in Gedanken selbst und vermied es, ihm in die Augen zu sehen.

„Ich wollte dich besuchen und Gerke war so nett, mir zu verraten, wo ich dich finden kann", schmunzelte Kim sichtlich amüsiert.

„Oh, ach so." Eine geistreichere Antwort wollte mir im Augenblick nicht einfallen. Ich räusperte mich verlegen.

„Mache ich dich etwa nervös?" Sein Mund verzog sich zu einem spöttischen Grinsen und jagte mir damit einen Schauer über den Rücken.

Als ob das nicht schon schlimm genug wäre, strich Kim behutsam eine feuchte Haarsträhne hinter mein Ohr. Eine kleine Berührung, die mir beinahe die Luft zum Atmen raubte.

„Lass uns schwimmen gehen", flüsterte er sanft.

Ich nickte benommen. Unfähig, irgendetwas anderes zu tun.

Jetzt erst fiel mir die Badehose auf, die er trug. Er streifte das graue T-Shirt ab und warf es achtlos auf meine Liege. Seine blauen Augen leuchteten derart intensiv, dass ich schlucken musste.

Als wir uns erhoben, ergriff Kim zärtlich meine Hand und jagte damit ein regelrechtes Feuer durch meinen Körper. Mein Herz raste.

Kaum waren wir im Wasser, beschloss ich, erst einmal etwas Abstand zwischen uns zu bringen. Seine plötzliche Nähe brachte mich derart aus dem Gleichgewicht, dass ich nicht mehr wusste, wie ich mich verhalten, – was ich denken – sollte.

Ich schwamm los. Kims Blicke folgten mir. Ich konnte die Enttäuschung in ihm regelrecht spüren, als ich ihn wortlos am Beckenrand zurückließ. Eine Weile verharrte er dort. Ließ mich dabei jedoch nicht eine Sekunde aus den Augen.

Ich zog wortlos meine Bahnen an ihm vorbei, versuchte mir dabei mit Mühe ein Grinsen zu verbeißen. Es war ein merkwürdiges Gefühl, beim Schwimmen von ihm beobachtet zu werden. Seine Blicke machten mich nervös, doch zugleich gefiel es mir auch irgendwie. Mein Verstand hatte seine normale Tätigkeit bisweilen noch nicht wieder aufgenommen, stattdessen kämpfte ich nach wie vor mit dem heftigen Kribbeln in meinem Bauch.

Schließlich, ich war eben wieder an Kim vorbeigeschwommen, setzte auch er sich mit langen Zügen in Bewegung. Er folgte mir und hatte mich schon nach wenigen Sekunden eingeholt. Dabei schwamm er so dicht an mir vorüber, dass ich seine Nähe durch das Wasser hindurch spüren konnte. Er wendete am Beckenrand und kam zurück.

Aufgrund seiner wesentlich schnelleren Schwimmzüge holte er mich ein ums andere Mal ein. Zog dabei derart dicht an mir vorbei, dass ich Mühe hatte, weiter zu schwimmen, ohne ihn aus Versehen zu berühren.

Irgendwann holte Kim mich ein weiteres Mal ein. Diesmal zwickte er mich in die Seite und blieb mit mir auf gleicher Höhe.

„Hey", er grinste mich herausfordernd an.

Ich war bei seiner Berührung erschrocken zusammengezuckt. Das Ganze erinnerte mich stark an unsere gestrige Fahrradtour. Mit Mühe versuchte ich ihn zu ignorieren.

„Sprichst du jetzt etwa nicht mehr mit mir?" Seine Stimme klang gespielt beleidigt und ich konnte mir ein Grinsen nicht länger verkneifen.

„So gefällst du mir schon besser!"

Kim ließ sich hinter mir zurückfallen und zog spielerisch an einem meiner Beine.

Ich erschrak, wandte mich blitzschnell um und entzog es ihm. Kims Augen blitzten spöttisch. Ich entschied, dass es Zeit für eine kleine Revanche war, und bespritzte ihn mit einer Ladung Wasser, woraufhin Kim sich erneut auf mich stürzte.

Was als heftiges Knistern zwischen uns begonnen hatte, endete in einer wilden Wasserschlacht! Wir alberten miteinander herum und lachten wie kleine Kinder.

Ich hatte noch nie zuvor so viel Spaß beim Schwimmen gehabt!

Erschöpft hielt ich mich schließlich am Beckenrand fest. Kim wartete dicht neben mir und grinste siegessicher. „Ich habe gewonnen!", erklärte er triumphierend.

„Von wegen!", japste ich und zog einen Schmollmund.

Zur Antwort schnippte Kim eine kleine Wasserfontäne in meine Richtung.

Ich schirmte mein Gesicht mit meiner rechten Hand ab und musste unwillkürlich grinsen. „Ich wusste gar nicht, dass du so ausgelassen sein kannst!"

Für den Bruchteil einer Sekunde hatte ich das Gefühl, einen dunklen Schatten über Kims Gesicht huschen zu sehen. Er fing sich jedoch sofort wieder und seine Augen wurden weicher. „Das liegt allein an *dir*", raunte er und zwinkerte mir verschwörerisch zu.

Sein Blick und der Klang seiner Stimme jagten sofort eine heftige Gänsehaut über meinen Körper. Ich wusste nicht, was ich darauf antworten sollte, und wandte stattdessen rasch meinen Blick von ihm ab. Noch nie war mir ein Junge derart nahegekommen.

„Frierst du?" Ich hörte die Sorge in Kims Stimme und zwang mich, ihn wieder anzusehen.

Langsam schüttelte ich meinen Kopf. Ich wollte erklären, dass es an ihm lag, doch irgendwie war es mir peinlich. Wie so oft wusste ich plötzlich nicht mehr, wie ich mit meinen Gefühlen umgehen sollte, und schwieg.

„Ich glaube, dir ist doch kalt...", flüsterte Kim mit rauer Stimme und fuhr sanft mit seinen Fingerspitzen über die Gänsehaut an meinem Oberarm. Ich zuckte zurück und spürte, wie die Hitze in meine Wangen schoss.

Kim blickte mich fragend an. Ich sah, dass er nachdachte. Offensichtlich spürte er, dass sich etwas zwischen uns verändert hatte. Die ausgelassene Stimmung von eben war verflogen. An ihre Stelle war etwas anderes getreten. Ein Gefühl, so intensiv, das ich es für den Moment weder beschreiben noch begreifen konnte. Ein Gefühl, das mich schier um den Verstand zu bringen drohte.

Endlich fand ich meine Stimme wieder. „Mir ist wirklich kalt", log ich und vermied es, Kim anzusehen. „Ich gehe jetzt duschen."

So schnell ich konnte, kletterte ich aus dem Becken heraus und lief Richtung Umkleiden davon. Nur unter größter Selbstbeherrschung schaffte ich es, mich nicht noch einmal umzudrehen.

Kim blieb allein im Pool zurück. Ich konnte seinen fragenden Blick in meinem Nacken spüren.

Vor den Umkleiden bog ich zielgerichtet zu den Duschen ab. Wahllos suchte ich mir eine von ihnen aus und drehte das Wasser voll auf. Ich stellte mich unter den Strahl, schloss meine Augen und versuchte, meinen Kopf freizubekommen.

Eigentlich hatte ich hierherkommen wollen, um mich auf andere Gedanken zu bringen. Oder zumindest, um in Ruhe über alles nachdenken zu können.

Stattdessen hatte ich Kim getroffen. Genaugenommen hatte er mich ja sogar gesucht.

Das Herumalbern im Wasser hatte mir so viel Spaß gemacht und dennoch trieb er mich auf seine Art schier in den Wahnsinn.

Ich sehnte mich nach seiner Nähe und doch reichte ein Wort, ein Blick, eine Berührung aus, dass ich keinen klaren Gedanken mehr fassen konnte.

Ich seufzte und stellte das Wasser eine Spur kälter.

Als ich einige Zeit später die Umkleidekabinen wieder verließ, wartete Kim am Eingang zum Hotelbereich auf mich. Lässig lehnte er neben der Tür und beobachtete mich mit forschender Miene. Ich wusste nicht, was in seinem Kopf vorging, und das machte mich augenblicklich wieder nervös.

„Hi", sagte ich leise und zögerte.

Sein Blick nahm mich sofort gefangen. Seine schwarzen Locken fielen ihm noch feucht in die Stirn und bildeten wieder einmal einen perfekten Kontrast zu seinen leuchtend blauen Augen.

Ich stand keine zwei Meter von ihm entfernt, wagte nicht, mich zu bewegen.

„Hab' ich was falsch gemacht?", der unsichere Klang seiner Stimme ließ mich überrascht innehalten.

„Nein!", antwortete ich schnell, „Ich weiß auch nicht, was heute mit mir los ist", flüsterte ich und fuhr mir nervös durchs Haar.

Kim schaute mich noch einen Moment lang schweigend an, dann drückte er sich von der Wand ab und kam langsam auf mich zu.

Er hob seine Hand, zögerte und warf mir einen fragenden Blick entgegen. Als ich nichts erwiderte, schob er sanft eine feuchte Haarsträhne hinter mein Ohr – wie zuvor am Pool. Dieselbe Geste, die dasselbe Kribbeln in meinem Magen auslöste.

Ich versuchte, meine Gefühle irgendwie unter Kontrolle zu bekommen und brach unseren Blickkontakt.

„Wollen wir noch eine Runde spazieren gehen? Die Sonne scheint jetzt wieder."

Ich hatte Kim noch nie so vorsichtig im Umgang mit mir erlebt und wusste nicht, was ich davon halten sollte.

Am liebsten hätte ich – *Ja!* - geschrien, doch ich spürte irgendwie, dass ich Zeit zum Nachdenken brauchte. „Ich würde lieber auf mein Zimmer gehen", antwortete ich deshalb.

„OK", Kim ließ seine Hand sinken, „Ich bringe dich hin."

Er klang enttäuscht.

Ich nickte nur. Zu mehr war ich im Augenblick nicht in der Lage. Kim bestand sogar darauf, meine Sporttasche zu tragen.

Je näher wir meinem Zimmer kamen, desto unruhiger wurde ich wieder. Alles zwischen uns war heute irgendwie anders. Lag es vielleicht daran, dass Kim meine Nähe plötzlich nicht nur zuließ, sondern sie regelrecht suchte? Meine Gefühle fuhren Achterbahn und ich fand die Notbremse nicht mehr.

Wir erreichten mein Zimmer. Unruhig spielte ich mit der Schlüsselkarte in meinen Händen und vermied es, Kim anzusehen.

Dieser stellte meine Tasche auf dem Boden ab. Sein Blick durchbohrte mich. Ich konnte ihn auf mir fühlen, obgleich ich noch immer auf meine Hände starrte.

„Ich habe doch etwas falsch gemacht", stellte er schließlich fest.

Entschieden schüttelte ich den Kopf.

„Warum bist du dann plötzlich so... merkwürdig drauf?"

Ich seufzte tief und zwang mich, ihm wieder in die Augen zu sehen.

Sein Blick drückte ehrliche Verzweiflung aus. Ich zögerte. Ging es ihm am Ende gerade vielleicht genauso wie mir?

„Du hast nichts falsch gemacht", gestand ich zögernd, „Ich bin einfach... verunsichert."

„Verunsichert?"

„Immer wenn ich zu dir wollte, hast du mich weggestoßen. Jetzt lässt du meine Nähe plötzlich zu und..."

„...Und du hast Angst, dass ich dich wieder wegstoße", beendete Kim meinen unausgesprochenen Satz.

Ich nickte leicht und bemerkte, wie er mit seinen eigenen Gefühlen zu kämpfen begann.

„Ich wollte dich nie wegstoßen, es ist nur... Ich habe Angst, etwas falsch zu machen."

Zweifelnd sah ich ihn an.

Sein Blick verdunkelte sich, als er weitersprach. „Ich habe dir schon einmal gesagt, dass es sehr schwierig ist, mit mir befreundet zu sein."

„Jetzt stößt du mich schon wieder weg", flüsterte ich und kämpfte innerlich gegen meine aufkommenden Tränen an.

„Nein!" Überrascht beobachtete ich, wie jegliche Farbe aus Kims Gesicht wich.

„Ich versuche nur, dir etwas zu erklären." Er zögerte und vergrub seine Hände in den Hosentaschen. „Ich kann mit Menschen nicht so gut umgehen. Mit Mädchen schon gar nicht. Aber ich will nicht, dass du mir aus dem Weg gehst! Ich möchte in deiner Nähe sein. Auch wenn das bedeutet, dass...", Kims Stimme klang gequält und er schloss für einen

Moment seine Augen. Er atmete tief durch und ich konnte sehen, wie sehr er mit sich rang. Als er seine Augen wieder öffnete, sahen sie mich so voller Angst an, dass sich mein eigenes Herz schmerzlich zusammenzog.

Mit großer Mühe beendete er seinen Satz. „Ich möchte, dass wir zwei zusammen sind, auch wenn das bedeutet, dass ich dir mein Geheimnis anvertrauen muss."

Einem inneren Impuls folgend legte ich meinen Zeigefinger auf seine Lippen. „Du musst es mir nicht sofort sagen", flüsterte ich. Natürlich wusste ich, dass die Zeit drängte. Doch ich spürte auch, wie schwer es ihm fiel, überhaupt so ehrlich zu mir zu sein. Ich wollte ihn nicht zwingen. Ich wusste jetzt, dass er es mir schon bald erzählen würde. Machten da ein paar Stunden einen Unterschied?

Kim lächelte dankbar und ehe ich wusste, wie mir geschah, beugte er sich zu mir hinunter. Sanft umfasste er mein Gesicht mit seinen Händen. Mir stockte der Atem. Ich ahnte, was jetzt kommen würde, und ganz langsam schloss ich meine Augen.

Als seine Lippen sich zärtlich auf meine legten, fühlte ich mich, als könnte ich schweben.

Die Emotionen, die in diesem Moment auf mich einstürzten, waren überwältigend. Mein Kopf schien wie leer gefegt und das Feuer, das er vorhin schon einmal entfacht hatte, loderte wieder...

Bisher hatte ich mich immer davor gefürchtet, dass Kim mich irgendwann vielleicht küssen wollen würde. Jetzt jedoch, in diesem Augenblick, fühlte es sich genau richtig an. Dieser Moment war perfekt...

Ich erwiderte seinen Kuss und genoss die Berührung seiner samtweichen Lippen. Kim war so sanft, so vorsichtig. Zuvor hatte ich mir einen Kuss von ihm sehr viel ungestümer vorgestellt. Ich seufzte, als er zärtlich mit den Fingern über meine Wange fuhr. Wir standen so nah beieinander, dass ich glaubte, seinen Herzschlag hören zu können.

Ich wusste, dass dies weit mehr als ein einfacher Kuss zwischen uns war. Kim legte all seine Gefühle und all die unausgesprochenen Worte, die noch zwischen uns standen, in diesen einen Kuss.

Ohne dass er etwas sagen musste, konnte ich die tiefe Liebe spüren, die er für mich empfand und ich hoffte, dass es ihm ähnlich ergehen würde.

All die Zweifel, die mich zuvor so verrückt gemacht hatten, schwanden und plötzlich spürte ich, dass wir gemeinsam alles schaffen konnten. Welches Geheimnis ihn auch immer quälen mochte, gemeinsam würden wir einen Weg finden. Gemeinsam würden wir einander Halt und Kraft geben...

Langsam trennten wir uns wieder und schauten einander tief in die Augen.

Ich kuschelte mich eng an seine Brust und spürte, wie Kim seine Arme um mich legte.

„Ich habe mich in dich verliebt, Anna", flüsterte er an meinem Ohr.

„Und ich habe mich in dich verliebt...", erwiderte ich sanft und genoss die tiefe Verbundenheit, die sich in diesem Augenblick zwischen uns zu bilden begann.

13. KAPITEL

„VERLORENE TRÄUME"

Am folgenden Morgen erwachte ich mit einem Lächeln im Gesicht. Ich fühlte mich so wohl, dass ich am liebsten laut singend durch mein Zimmer gehüpft wäre! Verwarf diesen Gedanken aber direkt wieder und entschied mich stattdessen für eine heiße Dusche.

Im Anschluss daran verließ ich mein Hotelzimmer und ging nach unten. Ich freute mich schon sehr auf ein üppiges Frühstück.

Im Foyer wurde ich von Herrn Petersen abgefangen, der wie beinahe zu jeder Tageszeit hinter dem Tresen der Rezeption stand und auf alles und jeden ein Auge zu haben schien.

„Guten Morgen, Anna!", grüßte er lächelnd, sichtlich erfreut mich zu sehen.

„Guten Morgen!" Ich freute mich ebenfalls und trat näher an den Tresen heran. „Danke, dass Sie Kim gestern zu mir geschickt haben."

Herr Petersen nickte unverbindlich. „Dann hat er Sie also angetroffen. Sehr schön."

„Ja", ich deutete zum Speisesaal hinüber, „Ich werde dann jetzt mal Frühstücken gehen."

„Warten Sie bitte noch einen Augenblick", Herr Petersen griff hinter sich in eines der vielen Postfächer und zog einen kleinen weißen Umschlag hervor. Ich erkannte meinen Namen auf dem Papier, als er ihn mir reichte.

„Den hat Kim heute Morgen bei mir für Sie hinterlegt", sagte er mit Nachdruck und warf mir einen vielsagenden Blick zu.

„Danke." Überrascht griff ich nach dem Umschlag.

Kim war hier gewesen? So früh schon? In meinem Bauch begann es sofort zu kribbeln. Aufgeregt wendete ich den Brief ein paarmal in meinen Händen, geradeso, als ob er mir dadurch etwas über seinen Inhalt verraten könnte.

Etwas abseits des Foyers stand eine kleine Sitzgruppe, bestehend aus mehreren Polstersesseln und einem ovalen hölzernen Couchtisch mit einem hübschen Blumenarrangement. Hier war ich für den Moment ungestört.

Langsam setzte ich mich. Der Umschlag ruhte in meinen Händen. Ich zögerte und runzelte nachdenklich die Stirn. Was war geschehen? Warum schrieb er mir?

Unruhig rutschte ich in dem teuren Polstersessel hin und her, während ich den Umschlag vorsichtig öffnete und einen dünnen weißen Zettel daraus hervorzog.

Meine liebe Anna,
ich hoffe, du hast gut geschlafen?
Wenn du gefrühstückt hast, habe ich eine
Überraschung für dich!
Bitte komm zu unserem Baum am Deich.
Ich werde dort auf dich warten...
dein Kim
P.S.: Ich hab dich lieb...

Unser Baum? - Natürlich wusste ich, welche Stelle er meinte. Am liebsten wäre ich sofort dorthin gerannt! Mit Mühe hielt ich mich selbst davon ab. Sicher wäre ich zu früh dort, wenn ich jetzt schon gehen würde. Ich wollte Kim die Überraschung unter keinen Umständen verderben.

Hastig faltete ich den Brief zusammen und steckte ihn gemeinsam mit dem Umschlag in die Tasche meiner Jeans. Mein Herz machte einen Sprung, wenn ich an Kim dachte. Was hatte er bloß vor?

So schnell wie heute frühstückte ich sonst nie.

Im Anschluss daran machte ich mich direkt auf den Weg.

Kurz darauf erreichte ich den Deich. Von hier aus waren es etwa 500 Meter bis zu dem Baum, unter dem wir schon mehrere Male gemeinsam gesessen hatten.

Schon von Weitem erkannte ich Kim. Er trug einen kleinen Rucksack bei sich und grinste geheimnisvoll.

„Hi!", rief ich und drückte ihm zaghaft einen Kuss auf die Wange.

„Nicht so schnell!", Kim schlang seine Arme um meine Taille und zog mich schwungvoll nahe zu sich heran. Sein Kuss war lang und leidenschaftlich. Ich fühlte, wie meine Knie weich wurden und war froh, dass er mich hielt. Langsam ließ er wieder von mir ab. Seine Augen funkelten und ich lächelte verlegen, während die Schmetterlinge in meinem Magen tanzten.

„Was hast du da drin?", fragte ich neugierig, als ich wieder klar denken konnte. Kim lachte jedoch nur und schüttelte seinen Kopf.

„Keine Chance! Das ist Teil deiner Überraschung! Aber zuerst...", er zog ein kleines Taschenmesser aus dem Seitenfach seines Rucksacks und warf mir einen vielsagenden Blick entgegen, „Zuerst möchte ich diesen Baum hier offiziell zu *unserem* Baum machen."

„Was hast du vor?", fragte ich und starrte erst das Messer und danach Kim verwirrt an.

„Na, was wohl?!", er grinste breit. „Ich will unsere Initialen in den Stamm ritzen."

„Oh, OK." Damit hatte ich nun wirklich nicht gerechnet. *Wie süß von ihm!* - dachte ich und lächelte.

„Schadet dem Baum das nicht?", fragte ich trotzdem.

„Ach, Quatsch! Die Rinde wächst an dieser Stelle wieder zu. Kein Problem!", entgegnete er und zuckte mit den Schultern.

Eine Viertelstunde später hatte Kim sein Werk vollendet und wir schauten gemeinsam auf die große Umrandung eines Herzens, in dessen Mitte unsere Anfangsbuchstaben eingeritzt waren und darunter stand: **für immer**

„Oh, Kim! Das ist wirklich eine schöne Überraschung!"

Ich schmiegte mich in seine Arme und strich zärtlich mit meinen Fingerspitzen über die Rinde des Baumes.

Kim küsste mein Haar. „Das war nur Teil eins meiner Überraschung.", flüsterte er sanft, „Für Teil zwei müssen wir ins Dorf und von dort aus mit dem Bus fahren."

„Wohin?" Neugierig blickte ich ihn an.

Ich bemerkte, wie Kim zu Boden schaute. Seine Gedanken trugen ihn weit fort und etwas an seinem Gesichtsausdruck zeigte mir deutlich, dass er gerade definitiv nicht an den Nachmittag mit mir dachte.

„Kim?" Vorsichtig berührte ich seine Schulter und er schreckte auf.

„Was hast du gesagt?", fragte er verwirrt und lächelte mich zärtlich an. Ein kleiner, misslungener Versuch, so zu tun, als wäre nichts gewesen.

Ich runzelte die Stirn.

„Ich wollte nur wissen, wohin wir fahren", antwortete ich und warf Kim einen skeptischen Blick zu. „Ist alles in Ordnung mit dir?"

Kim schüttelte kurzfristig den Kopf, dann nickte er jedoch. Er lächelte noch immer, seine Augen allerdings reflektierten etwas anderes. „Natürlich! Du wirst dich noch ein wenig gedulden müssen." Er setzte seinen Rucksack wieder auf und fasste mich bei der Hand. „Komm."

Irgendetwas stimmte hier gerade nicht, und obgleich er mir sagte, es sei alles in Ordnung, ahnte ich, dass er log. Da ich allerdings nicht die geringste Ahnung hatte, was Kim beschäftigte, musste ich mich für den Moment wohl oder übel mit seiner Aussage zufrieden geben.

Über eine Stunde waren wir mit dem Bus unterwegs. Es ging vorbei an vielen Feldern, kleineren Ortschaften und ein paar Wäldern. Immer weiter ins Landesinnere.

Ich genoss die lange Fahrt und kuschelte mich eng an Kim, der seinen Arm um meine Taille gelegt hatte, und gedankenverloren mit einem Knopf an meiner gelben Bluse spielte.

Seine Fingerspitzen strichen dabei immer wieder federleicht über meinen Bauch.

Ich musste kichern. „Das kitzelt!"

Kim küsste mich auf die Stirn und raunte zärtlich in mein Ohr, sodass keiner der anderen Fahrgäste etwas hören konnte. „Ich liebe es, wenn du lachst."

„Du spinnst!", flüsterte ich ebenso leise zurück und kicherte erneut. Unsere Blicke trafen sich und Kim schaute mich so voller Zärtlichkeit an, dass mein Herz sofort schneller schlug. Von mir aus hätten wir auch einfach den ganzen Tag über in diesem Bus sitzen können...

Am frühen Nachmittag erreichten wir unser Ziel. Wir waren in einer Stadt angekommen, deren Namen ich nicht kannte. In der Nähe des Rathausplatzes drückte Kim auf den Stopp-Knopf und der Bus kam an der nächsten Haltestelle mit quietschenden Bremsen zum Stehen.

Wir stiegen aus und schauten uns um. Wären die meisten Häuser nicht verklinkert gewesen, hätte ich auf den ersten Blick wahrscheinlich nicht erkannt, dass wir uns noch immer in Friesland befanden. Wir hätten auch ganz woanders sein können.

„Mist." Kim schüttelte frustriert den Kopf und seufzte.

„Was ist los?", fragte ich verwundert und schaute ihn an.

„Ach, ich hab mich mit dem Fahrplan vertan. Wir hätten noch ein Stück weiterfahren müssen. Willst du auf den nächsten Bus warten oder sollen wir laufen?"

„Oh, ist es denn sehr weit?", fragte ich vorsichtig, doch Kim verneinte.

„Ich denke vielleicht zwei Kilometer noch. Aber der nächste Bus kommt erst in knapp einer Stunde."

„Also laufen wir!", entschied ich sofort, „So lange warten will ich nämlich nicht!"

Kim grinste. „Dann mal los!"

Die Art, wie er das sagte und seine Stimmlage verrieten mir sofort, dass *er* lieber gewartet hätte. Warum ließ er dann mich entscheiden?

Das Wetter heute war perfekt für einen Spaziergang. Es war nicht zu heiß und die Sonne strahlte vom Himmel. Ich fühlte mich so wohl und genoss jede Minute, die ich mit Kim verbringen konnte.

Je länger wir liefen, umso schweigsamer wurde er jedoch. Seine Schritte wurden kürzer, sein Tempo mit der Zeit immer langsamer.

Ich versuchte, ihn aufzuziehen, um das merkwürdige Schweigen zwischen uns zu brechen.

„Hey, schon keine Puste mehr?" Ich grinste und zwickte ihn in die Seite.

Kim lächelte gequält. „Ach, was! Mit dir nehme ich es immer auf!"

Skeptisch beobachtete ich ihn.

Warum konnten Jungs nie zugeben, wenn sie müde wurden?

In der Nähe stand eine Bank. „Komm, wir setzen uns einen Moment", schlug ich sogleich vor, doch Kim blieb stur.

„Ich brauche keine Pause!"

„*Ich* möchte mich aber ausruhen", entgegnete ich entschieden und setzte mich schnell.

Kim blickte mich einen Moment lang verwundert an. Er zuckte mit den Schultern, gab nach und setzte sich zu mir. Sein Gesicht wirkte irgendwie blasser als heute Morgen.

Er fasste sich an die Stirn und rieb sich die Augen. Hatte er vielleicht Schmerzen?

„Was ist mit dir?" Sanft berührte ich seine Hand, doch er zog sie fort. Die Ahnung, dass etwas mit ihm heute nicht stimmte, verwandelte sich langsam, aber sicher in Sorge.

„Alles OK?", fragte ich erneut.

„Klar! Warum auch nicht?", Kim wich meinen Blicken aus und erhob sich langsam, „Wir sollten jetzt wirklich weitergehen, sonst kommen wir ja nie an!"

Er ging los, ohne sich noch einmal zu mir umzudrehen. Ich folgte ihm und versuchte, mir aus seinem Verhalten einen Reim zu machen. Das ungute Gefühl breitete sich immer weiter in meinem Magen aus.

Er log mich an, bloß warum? Ich nahm mir fest vor, das im Laufe des Tages herauszufinden.

Schließlich, nachdem wir den Fußmarsch hinter uns gebracht hatten, erreichten wir unser Ziel.

„Ein Zoo?!" Überrascht starrte ich erst das große Schild über dem Eingangstor und danach Kim an.

„Ja", er lächelte, „Ich dachte, du stehst bestimmt auf so was. Tierbabys und so..."

„Oh, Kim! Das ist eine tolle Idee!", quietschte ich und freute mich so sehr, dass ich ihm spontan in die Arme sprang.

Lachend hielt er mich fest und wirbelte mich einmal im Kreis, ehe er mich wieder losließ.

Seine merkwürdige Stimmung schien für den Moment verflogen zu sein.

In den folgenden Stunden hatte ich so viel Spaß wie lange nicht mehr.

Ich konnte nicht sagen, wie viele Jahre seit meinem letzten Zoobesuch vergangen waren.

Begeistert lief ich von einem zum anderen Gehege und fühlte mich plötzlich wieder wie ein kleines Kind. Kim folgte mir und schien sich offensichtlich ein bisschen über mein Verhalten zu amüsieren.

Am späten Nachmittag legten wir eine weitere Pause ein. Unter einem schattigen Baum ließen wir uns nieder und Kim öffnete seinen Rucksack. Ich staunte nicht schlecht, als er mehrere Dosen mit Obst und belegten Broten hervorholte.

„Wo hast du das denn alles her?"

„Geklaut." Grinsend beobachtete Kim meine Reaktion. Als ich ihn mit großen Augen anstarrte, fing er an zu lachen.

„Nee! Gekauft und selbst belegt. Was denkst du eigentlich von mir?"

Wir mussten beide lachen. Ich kuschelte mich eng an Kim und genoss die Wärme seines Körpers neben mir. Seit einer Ewigkeit hatte ich mich nicht mehr so frei gefühlt wie bei ihm.

Ich musste an meine strengen Eltern denken und daran, dass sie so einen Tag wie heute vermutlich als völlige Zeitverschwendung angesehen hätten. Kim wirkte immer so stark und selbstbewusst. Ich bewunderte ihn dafür. Wieso bloß konnte ich nicht ein bisschen mehr sein wie er?

Ich lauschte den Vögeln, die über unseren Köpfen im Baum umher turnten, und dachte darüber nach, dass mein Urlaub hier nicht ewig dauern würde. In wenigen Wochen würde ich mein Abitur beginnen und die ersten Schritte in Richtung Studium und der Firma meines Vaters antreten. Noch immer zweifelte ich daran, ob ich das alles tatsächlich wollte. Diese Art der Arbeit. Dieses Leben, welches meine Eltern schon von Kindesbeinen an für mich geplant hatten.

Gab es denn wirklich keinen anderen Weg?!

„Lass uns weitergehen", sagte Kim schließlich und brachte meine düsteren Gedanken damit zum Schweigen. Er erhob sich. „Wir haben noch gar nicht alles gesehen."

Langsam stand ich nun ebenfalls auf und brachte unseren Müll in einen der vielen Abfalleimer, die hier überall am Wegesrand standen.

Als ich mich wieder umdrehte, hielt ich erschrocken in der Bewegung inne. Kim hatte sich an dem dicken Stamm des Baumes abgestützt. Sein Gesicht angespannt und schmerzverzerrt.

Er ging zwei Schritte, taumelte leicht, fing sich dann wieder.

Sofort rannte ich zu ihm. „Was ist mit dir?", fragte ich erschrocken und wollte ihn stützen.

„Ach, nichts!", entgegnete Kim und schaute ein wenig genervt. Mein besorgter Blick entging ihm nicht und er seufzte. „Ich habe heute ein paar Kreislaufprobleme, weiter nichts. Muss wohl am Wetter liegen."

Ich wusste, dass er log, doch ich ahnte nicht, weshalb.

„Wir fahren lieber wieder nach Hause!", schlug ich daher vor, doch Kim schüttelte entschieden den Kopf. „Du hast noch gar nicht alle Tiere gesehen! Wir bleiben noch."

„Aber..."

„Anna! Es geht mir gut!" Kim lachte, doch dieses Lachen erreichte seine Augen nicht.

Er ergriff meine Hand und zog mich einfach mit sich.

„Los, lass uns endlich weitergehen!"

Ich folgte ihm, wenn auch zögerlich. Vorerst beschloss ich, es dabei zu belassen, doch ich würde ihn definitiv im Auge behalten.

Wenig später standen wir vor einem großen Freigehege, das ein paar Löwen bewohnten. Die majestätischen Tiere lagen faul in der Sonne und dösten.

Wir schauten ihnen eine Weile zu und ich bemerkte, wie Kims Züge weicher wurden.

„Sind sie nicht wunderschön?", fragte er, und seltsamer Wehmut lag in seiner Stimme.

„Ja", antwortete ich schlicht und nickte, „Sind Löwen deine Lieblingstiere?"

„Ja, Löwen, Tiger... - eigentlich alle Großkatzen!", erklärte Kim und lächelte breit, „Schon als kleiner Junge wollte ich immer-", er brach den Satz ab und mit einem Mal sah er irgendwie traurig aus.

„Was wolltest du immer?", fragte ich verwundert über sein Zögern.

„Ich wollte immer Tierpfleger werden. Am liebsten wollte ich mich um die Großkatzen kümmern. Einmal ein Löwen-

oder Tigerbaby im Arm halten ist bis heute mein größter Traum!"

„Ein schöner Traum." Ich blickte Kim liebevoll an. In seinen Augen schimmerten Tränen. Was war heute bloß los mit ihm?

Da er nicht von selbst weitersprach, hakte ich vorsichtig nach. „Warum hast du bisher noch keine Ausbildung zum Tierpfleger angefangen? Du könntest deinen Traum wahr werden lassen!"

Kim schüttelte traurig den Kopf. „Nein. Mein Traum wird für immer ein Traum bleiben."

„Warum?" Als ich keine Antwort bekam, legte ich tröstend meine Hand auf seine. Sie war eiskalt.

Wir beobachteten die Löwen noch eine Zeit lang. Kim schien tief in Gedanken versunken zu sein, und ich fragte mich, ob er mir je erzählen würde, weshalb er seinen Traum derart früh aufgegeben hatte.

Nach Kims merkwürdigem Verhalten bei den Großkatzen wollte ich nach Hause fahren. Ich spürte, dass etwas mit ihm ganz und gar nicht stimmte.

Aber warum wollte er es mir nicht erzählen?

Ich wurde aus diesem Jungen einfach nicht schlau.

„Sollen wir jetzt zu den Kängurus gehen?", fragte Kim. Seine Stimme klang so unbeschwert, dass ich es ihm vermutlich abgekauft hätte, hätte ich ihm nicht in sein blasses Gesicht gesehen.

„Kim, ich will nach Hause fahren!", sagte ich deshalb entschieden.

221

„Aber wir haben noch so viel Zeit! Der Zoo schließt erst gegen 20.00 Uhr."

„Nein, ich will gehen!", erklärte ich abermals und versuchte, so streng wie möglich zu schauen, „Du bist müde, ich bin müde - das macht doch keinen Sinn mehr."

„Ich bin nicht müde", ereiferte sich Kim. Ich konnte mir ein kleines Grinsen nicht verkneifen. "Du klingst, wie ein Vierjähriger!" Entschieden ergriff ich seine Hände und zog ihn ein Stückchen hinter mir her, „Na, komm schon!"

Ich lächelte ihn an und klimperte gespielt verführerisch mit meinen Wimpern. Jetzt musste auch Kim grinsen. „Na schön. Überredet."

Wir ließen den Zoo hinter uns. Von hier aus waren es nur drei Straßen bis zur nächsten Bushaltestelle. Den ganzen Weg zurück wollten wir diesmal nicht laufen.

Kim ging ein paar Schritte hinter mir und wurde allmählich langsamer. Ich konnte schon die Bushaltestelle sehen, als ich plötzlich ein Keuchen vernahm.

Überrascht wirbelte ich herum und erstarrte, als ich sah, wie er sein Gleichgewicht verlor.

Als Kim zusammenbrach, erreichte ich ihn nur knapp.

Erschrocken versuchte ich, ihn zu stützen, und taumelte unter seinem Gewicht. Zum Glück war Kim für seine Größe ziemlich leicht, so schaffte ich es schließlich, mich langsam mit ihm auf dem Boden niederzulassen.

Ein Mann mittleren Alters kam vorbei und schaute uns neugierig zu. Noch immer außer mir vor Schreck fuhr ich ihn an. „Rufen Sie sofort einen Krankenwagen! Los, machen Sie schon!"

Aus dem Augenwinkel heraus nahm ich wahr, wie der Mann sein Handy zückte.

Kim schaute zu mir auf, sein Gesicht vor Schmerz verzerrt. „Oh, Anna, ich..."

„Scht. Schon gut", flüsterte ich. Nur mit größter Mühe konnte ich das Zittern in meiner Stimme zurückhalten.

„Ich bin bei dir."

Als ich dies sagte, entspannte er sich und mit Schrecken sah ich, wie Kim das Bewusstsein verlor.

Von irgendwoher drangen die schrillen Sirenen eines Krankenwagens an meine Ohren. Ich kniete auf dem kalten Bürgersteig und hielt Kims Kopf auf meinem Schoß. Als ich nach seiner Hand griff, spürte ich wieder, wie furchtbar kalt sie war.

Tief in mir breitete sich eine dunkle Vorahnung aus.

Es ist zu spät... Jetzt ist alles zu spät...

14. KAPITEL

„ANGST"

Die Zeit, in der die Sanitäter Kim untersuchten und ihn schließlich auf eine Trage legten, zog wie im Zeitraffer an mir vorüber. Ich konnte nicht denken und nichts fühlen. Es war, als wäre ich in einem Albtraum gefangen. Alles geschah direkt vor meinen Augen und ich konnte doch nichts tun.

Ein Sanitäter kam zu mir und fragte mich, ob mit mir alles in Ordnung sei. Ich zitterte inzwischen am ganzen Körper, nickte nur stumm auf seine Frage. Er nahm mich bei der Hand und führte mich zu einer kleinen Bank unweit des Krankenwagens. Ich setzte mich hin und er leuchtete mir kurz mit einer kleinen Taschenlampe in die Augen.

„Sie haben vermutlich einen leichten Schock. Bleiben Sie bitte erst einmal hier sitzen." Der Sanitäter ging und kam kurz darauf mit einer Decke zurück, die er mir über die Schultern legte. Trotz dieser Decke ließ die Kälte in meinem Innern nicht nach.

Eine Weile verstrich. Ich sah zu, wie sie Kim, der noch immer kaum ansprechbar war, in den Krankenwagen schoben und die Türen verschlossen.

Ein anderer Sanitäter kam zu mir hinüber. „Wir bringen ihren Freund jetzt ins Krankenhaus."

„Wie gehts ihm?", fragte ich mit brüchiger Stimme.

„Er ist soweit stabil. Mehr können wir jetzt hier nicht für ihn tun. Wissen Sie schon, wie Sie ins Krankenhaus kommen, möchten Sie vielleicht mit uns fahren?"

Ich nickte dankbar. Als ich mich erhob, schwankte ich leicht. Meine Beine fühlten sich an wie mit Pudding gefüllt.

Der Sanitäter packte mich am Oberarm und führte mich zum Krankenwagen hinüber.

Die kurze Fahrt ins Krankenhaus nahm ich kaum wahr. Meine Gedanken kreisten immer wieder um die vergangenen Stunden. Dieser Tag war so wunderschön gewesen. Wir hatten so viel Spaß zusammen gehabt. Wieso bloß musste es jetzt derart enden? Ich liebte Kim inzwischen so sehr, dass ich den Gedanken daran, dass es ihm schlecht gehen könnte, einfach nicht ertrug. Was war los mit ihm? Warum war er zusammengebrochen? Hätte ich etwas tun können? Ich hatte doch gespürt, dass es ihm nicht gut gegangen war.

Als wir die Notaufnahme erreichten, holte ich tief Luft.

Ich musste jetzt stark sein - ganz gleich, was kommen würde!

Ich musste stark sein, allein für ihn.

In der Notaufnahme erwartete man uns bereits. Es ging alles sehr schnell. Sie schoben Kim durch eine Glastür. Brachten ihn fort, ehe ich noch einmal mit ihm sprechen konnte. Die Sanitäter, die uns hergebracht hatten, verließen das Gebäude und gingen zurück zu ihrem Krankenwagen.

Ich bekam Angst. Was geschah jetzt mit ihm? Warum sagte mir niemand etwas?

225

Diese Angst gab mir neue Kraft. Zielgerichtet steuerte ich die Glastür an, die sich kurz zuvor hinter Kims Trage geschlossen hatte.

Eine Krankenschwester eilte herbei und hielt mich mit sanfter Gewalt zurück.

„Warten Sie! Sie dürfen da nicht reingehen!"

Ich starrte die junge Frau fassungslos an. „Ich will doch bloß wissen, was sie mit ihm machen!" Meine Stimme zitterte.

In ihren braunen Augen regte sich nichts. Es waren die Augen einer Frau, die schon so manches gesehen hatten. Mit ruhiger Stimme redete sie auf mich ein. „Sie werden ihn jetzt behandeln, danach wird es ihm sicher besser gehen." Unwillkürlich stellte ich mir die Frage, wie oft sie diesen und ähnliche Sätze wohl schon zu Angehörigen gesagt hatte und in wie vielen Fällen eben jene Sätze letztendlich nichts als leere Worte waren.

„Wann kann ich denn zu ihm?", fragte ich daher und versuchte, all die dunklen Vorahnungen im Keim zu ersticken, die sich jetzt so unerbittlich in meine Seele bohrten.

„Später", die Krankenschwester lächelte knapp – ein Lächeln, das ihre Augen nicht erreichte - und schob mich langsam, aber bestimmt in Richtung eines kleinen, mit Glasscheiben abgetrennten Raumes. „Setzen Sie sich erst einmal hier in den Wartebereich. Man wird Ihnen Bescheid geben, sobald sich etwas Neues ergeben hat."

Sie drückte mich sanft auf einen der Stühle. Ich ließ es geschehen.

„Gibt es jemanden, den wir für Sie anrufen sollen?"

Ich schüttelte matt den Kopf. Die Schwester zögerte kurz, nickte dann aber. „Falls Sie sonst noch etwas brauchen, melden Sie sich einfach."

Als ich wieder allein war, schaute ich mich langsam um. Das Wartezimmer war kalt und steril eingerichtet. Die Stühle, die an allen vier Wänden ringsherum standen, waren hart und unbequem.

Weiß. - war das Einzige, was ich in diesem Moment denken konnte - *Alles hier ist weiß.*

Ich spürte ein dumpfes Gefühl in meinem Magen aufsteigen. Irgendwie war mir schlecht. Ich zog meine Knie eng an meinen Körper und versuchte nachzudenken.

Sollte ich doch jemanden anrufen? Meine Eltern vielleicht? Aber was würden sie tun, wenn ich ihnen sagte, dass ich in einer fremden Stadt, deren Namen ich nicht einmal kannte, im Krankenhaus saß und darauf wartete, dass es meinem Freund besser ging? Einem Freund, von dessen Existenz ich ihnen bislang überhaupt nichts erzählt hatte.

Ich atmete tief durch, schloss die Augen und versuchte, mich zu entspannen. Meine Gedanken kehrten indes unaufhörlich zu Kim zurück. Immer wieder sah ich, wie er vor meinen Augen zusammenbrach. Ich konnte nichts gegen diese Bilder tun, die sich so hartnäckig in mein Hirn eingebrannt hatten.

Von Minute zu Minute wurde ich unruhiger, bis ich die Warterei schließlich nicht länger aushielt. Ich musste herausfinden, was hier vor sich ging – jetzt!

Entschlossen sprang ich auf und lief den Gang zurück, aus dem ich zuvor gekommen war.

Hinter einer großen Glasscheibe ein paar Meter entfernt, entdeckte ich die Krankenschwester von vorhin. Sie sprang auf, als sie mich kommen sah und stellte sich mir erneut pflichtbewusst in den Weg.

„Bitte setzen Sie sich wieder!", mahnte sie, zwar mit ruhigem Tonfall, doch mit einem Ausdruck in ihrem Gesicht, der keinen Widerspruch duldete.

„Ich will mich nicht setzen!", rief ich trotzig, „Ich will zu Kim! Sofort!" Ich spürte, wie mir Angst und Verzweiflung die Kehle zuschnürten.

Aus dem Augenwinkel heraus sah ich, dass sich noch eine weitere Person in dem kleinen Raum befand, die sich nun ebenfalls erhob. Ich wandte den Blick und schaute direkt in das strenge Gesicht der Stationsschwester. Sie war für eine Frau ziemlich groß und sehr breitschultrig gebaut. Ihre Statur hätte wohl selbst einen erwachsenen Mann eingeschüchtert, – zumindest mit diesem Gesichtsausdruck.

„Was ist denn hier los?", fragte sie barsch, „Auf meiner Station gibt es kein Geschrei!"

„Sie möchte offensichtlich zu dem jungen Mann, der vorhin eingeliefert wurde", beeilte sich die andere Krankenschwester zu erklären.

Die Stationsschwester baute sich zu ihrer vollen Größe auf und stemmte ihre Hände in die Hüften. „Sind sie seine Schwester?"

Ich schüttelte eilig den Kopf.

„Seine Cousine?"

Abermals verneinte ich.

„Irgendwie anderweitig verwandt?"

Als ich zum dritten Mal meinen Kopf schüttelte, stieß die Stationsschwester ein genervtes Schnauben aus. „Wenn Sie nicht mit ihm verwandt sind, dann kann ich Sie auch nicht zu ihm lassen oder Ihnen irgendwelche Auskünfte geben."

„Was? Wieso nicht?" Fassungslos starrte ich sie an. Damit hatte ich nun überhaupt nicht gerechnet.

„Aber ich *muss* zu ihm!", flehte ich. Ich ahnte, dass ich mit meiner aufbrausenden Art hier nicht weiterkommen würde.

Die Stationsschwester schüttelte nun ihrerseits den Kopf. Ihr Blick blieb ausdruckslos.

Mir sank der Mut. Die Energie, die ich eben in meiner Sorge und Angst noch hatte aufbringen können, war verpufft. Tränen brannten in meinen Augen und ich begann erneut zu zittern. Die beiden Frauen bekamen jetzt offensichtlich doch ein wenig Mitleid mit mir. Sie wechselten ein paar Blicke. Die Stationsschwester trat zu mir in den Gang hinaus. Behutsam legte sie einen Arm um meine Schultern und führte mich sanft, aber bestimmt zurück in den Wartebereich.

„Gibt es wirklich niemanden, den wir für dich anrufen könnten?"

Unschlüssig zuckte ich mit den Schultern. Ich war so durcheinander, dass mir gar nicht bewusst wurde, dass sie nun vertrauter zu mir sprach.

Ich wollte Nein sagen, da fiel mir plötzlich Tina ein.

Kurzfristig öffnete ich meinen Mund, um ihn direkt wieder zu schließen, als mir bewusst wurde, dass wir noch keine Handynummern ausgetauscht hatten.

Die Stationsschwester schaute mich offen an. „Wo wohnst du, Kind?"

„Im Strandgut Hotel", antwortete ich tonlos und sie nickte. „Ich kümmere mich darum."

Ich wusste nicht, wie lange ich nun schon im Wartebereich saß. Mein Zeitgefühl hatte ich längst verloren.

Plötzlich hörte ich jemanden. Schnelle Schritte hallten auf dem Linoleum-Boden wider und verrieten die Ankunft von mehr als einer Person.

Wie betäubt hob ich langsam meinen Kopf und schaute Tina und Herrn Petersen direkt ins Gesicht.

„Oh, Anna!" Tina lief mir entgegen und nahm mich fest in ihre Arme. Herr Petersen folgte ihr. Tröstend legte er mir seine Hand auf die Schulter.

Ich sah ihn an und erkannte die tiefe Sorge, die sich in seinem Gesicht abzeichnete. „Haben Sie schon mit ihm sprechen können?", fragte er sanft.

Ich schüttelte leicht den Kopf. „Sie lassen mich nicht zu ihm."

Herr Petersen atmete tief aus und nickte schließlich. „Bin gleich zurück", sagte er lakonisch und ging.

Ich fragte mich, was er wohl vorhatte. Am liebsten wäre ich ihm gefolgt.

Stattdessen umarmte Tina mich ein weiteres Mal. Ich ließ es stumm geschehen. Ihre Nähe gab mir Kraft. Ein Gefühl, das mir in den vergangenen Stunden irgendwie abhandengekommen war.

„Er ist einfach zusammengebrochen." Meine Stimme war kaum mehr als ein dünnes Flüstern. Die Tränen in meinen Augen ließen sich nicht länger aufhalten.

„Ich weiß", entgegnete Tina schlicht und streichelte mir beruhigend über den Rücken, während ich meinen Gefühlen endlich freien Lauf lassen konnte.

Einige Minuten verstrichen. Sie kamen mir wie Stunden vor. Wieder hallten Schritte durch den Krankenhausflur. Am Eingang des Wartebereichs erschien Herr Petersen, dicht gefolgt von der Stationsschwester.

„Anna?" Sein Blick suchte meinen und in seinen Augen lag ein Ausdruck, den ich nicht deuten konnte. Meine Intuition schlug sofort Alarm und ich wurde wieder nervös.

Oh, Gott, Kim, – was ist mit ihm?! - war alles, was ich denken konnte.

Hastig sprang ich auf. „Ja?"

„Sie können jetzt zu ihm", sagte er ernst.

Kein Lächeln. Keine Erklärung.

Ich nickte stumm und wappnete mich auf das, was gleich auch immer kommen mochte. Als Tina sich ebenfalls erheben wollte, schüttelte Herr Petersen sogleich den Kopf. „Anna sollte allein gehen." Der unterschwellige Tonfall seiner Stimme duldete keinerlei Widerspruch.

Tina runzelte argwöhnisch die Stirn, ließ sich allerdings kommentarlos zurück auf ihren Stuhl sinken.

Die Stationsschwester bedeutete mir, ihr zu folgen und gemeinsam gingen wir den Weg zurück zum Eingangsbereich und von dort in Richtung der Fahrstühle. Wir fuhren zwei Stockwerke nach oben.

Die ganze Zeit über blieb ich stumm. Mein Herz raste und meine Kehle fühlte sich so trocken an, als hätte ich seit Tagen nichts mehr getrunken.

„Dein Freund wird nun stationär behandelt", erklärte mir die Stationsschwester.

Ich nickte schweigend. Musste mich beeilen, um mit ihren schnellen, ausladenden Schritten mithalten zu können.

Wir durchquerten mehrere Glastüren und gingen einen weiteren hellen Gang hindurch. Hier sah es gar nicht mehr so steril aus wie im restlichen Krankenhaus. Überall an den Wänden hingen eingerahmte Zeichnungen und bunte Landschaftsbilder.

Von irgendwoher drang fröhliches Kinderlachen an meine Ohren.

Schließlich blieben wir vor einer der Zimmertüren stehen. Kims Zimmer.

„Pass auf, dass er sich nicht aufregt", sagte die Stationsschwester und hob mahnend ihren Zeigefinger. „Er braucht jetzt viel Ruhe."

Mit diesen Worten ließ sie mich allein.

Hier stand ich nun. In den vergangenen Stunden hatte ich mir nichts sehnlicher gewünscht, als endlich zu Kim durchgelassen zu werden. Jetzt hatte ich es geschafft und wagte nicht, die Tür zu öffnen.

Mit wild pochendem Herzen klopfte ich schließlich zaghaft an.

Keine Antwort.

Als ich auch auf meinen zweiten Versuch hin keine Reaktion erhielt, öffnete ich zögernd die Tür. Ich musste schlucken. Mein Herz tat einen entsetzten Sprung, als ich Kim erblickte.

In diesem Krankenhausbett wirkte sein schlanker Körper noch viel zerbrechlicher als sonst. Sein Gesicht hob sich kaum von den weißen Laken ab und die tiefen Ringe unter seinen Augen ließen ihn wesentlich älter wirken, als er eigentlich war.

Müde hatte er den Blick zur Tür gewandt, als hätte ich ihn soeben geweckt.

Als er begriff, dass ich es war, huschte ein Schatten über sein Gesicht. In seinen blauen Augen blitzte – Furcht?!

„Hi", sagte ich leise und blieb mitten im Zimmer stehen. Das zweite Bett neben seinem war leer.

„Hi", entgegnete er und rang sich ein schwaches Lächeln ab. „Du kannst ruhig näherkommen. Ich beiße nicht."

Ich runzelte nachdenklich die Stirn. Selbst in seinem jetzigen Zustand versuchte er sich nach außen hin selbstbewusst zu geben. Doch nur ein Blick in seine Augen entlarvte ihn als Lügner.

Zögernd trat ich dicht an sein Bett heran und ließ mich langsam auf dem Rand nieder. Schweigend sahen wir einander an, bis Kim schließlich die Stille brach.

„Was haben sie dir über mich erzählt?" Der besorgte Ton in seiner Stimme entging mir nicht.

„Nichts", antwortete ich wahrheitsgemäß, „Sie wollten mir nichts sagen, weil ich nicht mit dir verwandt bin." Unruhig zuckte ich mit den Schultern. „Wenn Gerke nicht gewesen wäre, dann wäre ich jetzt vermutlich noch immer unten im Wartebereich. Wie auch immer er es geschafft hat, sie zu überzeugen."

„Gerke ist auch hier?", fragte Kim und riss überrascht die Augen auf.

Ich nickte. „Ja und Tina auch."

„Tina? Ach, die aus dem Restaurant." Kim schüttelte kaum merklich seinen Kopf, „Was wollen die denn jetzt hier?!"

„Sie haben sich Sorgen um dich gemacht, so wie ich auch. Außerdem wusste ich überhaupt nicht, was ich tun sollte, nachdem du hierhergebracht worden bist!" Meine Stimme wurde lauter als beabsichtigt. Kim zuckte leicht zusammen und starrte mich verblüfft an.

Ich wurde rot und fügte etwas leiser hinzu. „Ich hatte große Angst um dich! Warum hast du mir nicht gesagt, dass du dich so schlecht fühlst? Wir hätten das mit dem Zoo auch an einem anderen Tag machen können."

„Nein", erwiderte Kim leise. „Ich wollte unbedingt mit dir dorthin gehen. Ich liebe diesen Zoo, ich war schon sehr oft dort. Allein", fügte er mit ernster Miene hinzu. Sein Blick verfinsterte sich. Ich spürte wieder dieses flaue Gefühl in meinem Magen. Da war noch mehr. Viel mehr. All die unausgesprochenen Worte standen zwischen uns.

Quälten ihn und mich.

„Warum gerade heute?"

Kim wich meinem Blick aus, kaum dass ich diese Frage gestellt hatte. Sah auf seine Hände, die sich fest an die weißen Laken klammerten.

Wie die Hände eines Ertrinkenden auf einem sinkenden Schiff suchte auch er irgendwo verzweifelt nach Halt.

„Ich hatte Angst, wir schaffen es nicht mehr, zusammen dorthin zu gehen", flüsterte er. Seine Worte klangen wie der Beginn eines Geständnisses.

„Aber warum sollten wir das denn nicht schaffen?"

Schon im gleichen Atemzug, mit dem ich diese Frage gestellt hatte, fürchtete ich mich vor seiner Antwort.

„Mir läuft die Zeit davon." Kim sagte dies so leise, dass ich ihn kaum verstand.

„Wie meinst du das?", meine Stimme klang fordernder, als ich mich im Augenblick gerade fühlte. Ein grauenhafter Verdacht machte sich in meinem tiefsten Innern breit und raubte mir jede Luft zum Atmen.

Endlich sah Kim mir wieder in die Augen. Sein Blick wirkte gequält, ruhelos und unendlich müde.

„Ich. Habe. Krebs."

Er sprach sehr leise und doch hallten die Worte in meinem Kopf wider, als wenn er sie geschrien hätte.

Ich spürte, wie meine Hände zu zittern begannen. Meine Knie waren so weich, dass ich nicht hätte aufstehen können, selbst wenn ich es gewollt hätte. Ich öffnete meinen Mund, um etwas zu sagen, doch meine Stimme gehorchte mir nicht.

All meine Hoffnungen, Gefühle, Ängste - alles vermischte sich und stürzte mit geballter Kraft auf mich ein, riss den Boden unter meinen Füßen fort und ließ mich fallen...

Tränen rannen über mein Gesicht, sodass ich kaum noch etwas sah.

Nein... Nein, das kann nicht sein! - war alles, was ich denken konnte.

Ich schüttelte langsam, aber entschieden den Kopf. Meine Augen noch immer fest auf Kim gerichtet.

„Das glaube ich dir nicht! Das *kann* ich nicht glauben!"

„Wenn du mir nicht glauben willst, kannst du auch Gerke fragen", entgegnete Kim leise. Tränen schimmerten nun auch in seinen Augen.

„Er weiß Bescheid?"

Hatte ich nicht schon geahnt, dass er etwas wusste? - dachte ich bitter.

Kim nickte leicht. „Er weiß es schon seit einer ganzen Weile."

„Wie lang weißt *du* es denn schon?", fragte ich mit rauer Stimme, um Fassung bemüht.

„Seit dem letzten Winter." Seine Stimme klang traurig und dünn.

„Aber... aber es gibt doch Behandlungsmethoden bei so etwas!" Ich nahm kaum wahr, dass ich mit jedem Wort, das ich sagte, lauter wurde. „Du darfst doch nicht einfach aufgeben!"

„Ich gebe nicht auf!" Jetzt war es Kim, der seine Stimme erhob. Seine Augen funkelten zornig. „Ich habe gekämpft, Annastasia! Sieben verdammte Monate lang! Du hast keine Ahnung, wie beschissen es mir in dieser Zeit ging!"

„Vielleicht kann man noch etwas anderes tun", schlug ich kleinlaut vor. Irgendetwas musste es doch noch geben. Kim winkte ab. Erschöpft ließ er sich zurück in die Kissen sinken. Der kleine Wutausbruch hatte ihm mehr Kraft abverlangt, als er im Augenblick gerade besaß. „Wir haben alles versucht. Sie nennen es *austherapiert*." Kim verzog seinen Mund so, als ob es ihm Schmerzen bereiten würde, dieses Wort auch nur auszusprechen. Er seufzte und schaute mir direkt ins Gesicht. In seinen Augen ahnte ich zu lesen, dass er sich tatsächlich aufgegeben hatte. Sollte es wirklich so sein, konnte ich das unter keinen Umständen akzeptieren!

Ich atmete tief ein. Zwang mich, seinem Blick standzuhalten und ignorierte das wilde Pochen meines Herzens, das inzwischen zu einem unerträglichen Rauschen in meinen Ohren angeschwollen war. „Was für einen Krebs hast du?", fragte ich tonlos.

„Gehirntumor – Endstadium", antwortete Kim einsilbig.

„Warum hast du mir nicht schon viel früher davon erzählt?" Trotzig wischte ich die Tränen fort, die sich noch immer unaufhaltsam ihren Weg über meine Wangen bahnten. Kim seufzte und brach unseren Blickkontakt, indem er aus dem gegenüberliegenden Fenster starrte. „Ich wollte es. Glaub' mir, ich wollte es wirklich, aber... Ich wusste nicht, wie ich es anfangen sollte und... und ich wollte dich damit auch nicht belasten, verstehst du?! Außerdem... außerdem will ich kein Mitleid mehr!" Seine Augen blitzten kurz drohend auf. Er zögerte. Ein kaltes Lächeln erschien in seinem Gesicht. „Es wäre so viel leichter gewesen, wenn du mich einfach in Ruhe gelassen hättest. Ich wollte, dass du dich von mir fernhältst, aber du bist trotzdem nicht gegangen!"

Die Art, wie er dies sagte, das Blitzen in seinen Augen und sein geringschätziges Lächeln verletzten mich zutiefst. Ich spürte, wie sich ein unsichtbarer Graben zwischen uns auftat. Ein Graben, den keiner von uns zu überwinden imstande war...

Neue Tränen brannten in meinen Augen. Die vergangenen Stunden hatte ich mir mehr Sorgen um Kim gemacht als jemals in meinem Leben um einen anderen Menschen zuvor. Ich wäre bereit gewesen, alles für ihn zu riskieren. Ihm zu helfen, wie immer das auch aussehen mochte. Doch was tat er? Rechtfertigte seine Lügen damit, dass er mir gesagt hatte, ich hätte gehen sollen?! Dass er mich gewarnt hatte, mich nicht auf ihn einzulassen?!

Ich sprang auf. Meine Hände zu Fäusten geballt. Nicht aus Wut, sondern aus schierer Verzweiflung.

„Du willst, dass ich gehe?", rief ich und schaute Kim dabei direkt ins Gesicht.

Er begegnete meinem Blick und seine Augen glühten. Trotzig reckte er sein Kinn empor. „Ist wohl besser." Seine Stimme klang leise, kalt.

Ich hingegen zuckte zurück, als hätte ich mich verbrannt.

Dieser Satz und die Art, wie belanglos er ihn aussprach, schnitt tiefer in mein Herz hinein, als ein Messer es je gekonnt hätte. Das war endgültig zu viel. Ich konnte nicht mehr. Heute hatte ich definitiv mehr erlebt und mehr ertragen müssen, als ich auszuhalten imstande war. Ich gab mir auch keine Mühe mehr, Kim zu verstehen. Dazu fehlte mir im Moment die Kraft.

„Du hast gesagt, du stößt mich nicht mehr weg. Du hast gelogen!" Meine Stimme versagte. Tränen verschleierten meinen Blick. Ich wollte ihm noch einmal in die Augen sehen, doch Kim drehte seinen Kopf weg von mir.

Eine einzelne Träne lief über seine Wange. Er ignorierte sie - ebenso wie mich.

Hilflos stand ich einige Sekunden vor seinem Bett, wandte mich schließlich ab und stürzte aus dem Raum hinaus.

Ich muss hier weg! - war alles, was ich jetzt noch denken konnte.

Auf einer Bank im Eingangsbereich warteten Tina und Herr Petersen auf mich. Tina erhob sich zuerst, als sie mich kommen sah. „Anna?" Erschrocken blickte sie mir ins Gesicht. „Was ist los mit dir? Was ist passiert?"

Herr Petersen hob eine Hand und brachte sie damit zum Schweigen. Ich starrte die beiden an, als ob sie allein für Kims Elend verantwortlich wären. Die Gefühle, die gerade in meinem Innern tobten, waren derart gewaltig, dass ich sie kaum noch kontrollieren konnte.

„Bringen Sie mich zurück!", schnauzte ich Herrn Petersen an.

Dieser nickte wortlos und ersparte mir damit jegliche Erklärungen. Über meinen unfreundlichen Tonfall sah er hinweg. Er sprach ein paar Worte zu Tina. So leise, dass ich sie nicht verstand. Tina nickte betreten und schwieg, obgleich ich sehen konnte, wie schwer es ihr fiel. Ihre Körperhaltung ließ erahnen, dass sie mich gern umarmen wollte, doch sie hielt sich zurück. Dafür war ich dankbar, denn im Augenblick war ich viel zu aufgewühlt, um eine derartige Nähe ertragen zu können.

Etwas in meinem Innern schrie und ich fürchtete mich davor, die Kontrolle zu verlieren.

Herr Petersen brachte uns mit seinem schwarzen Volvo zurück zum Hotel. Die Stimmung während der Fahrt war eisig. Keiner von uns sprach ein Wort. Der Portier konzentrierte sich nahezu pedantisch auf den fließenden Straßenverkehr. Tina schaute unentwegt auf ihre Hände. Ab und an stahl sich ein Blick in meine Richtung. Ich konnte ihn spüren, ebenso wie die Sorge, die in ihm mitschwang. Auch meine Gedanken kreisten, während ich aus dem Fenster in die dunkle Nacht hinausschaute. Die Lichter der Straßenlaternen zogen an uns vorüber. Ab und an ein beleuchtetes Haus.

Warum hatte Kim mir nichts von seiner schweren Krankheit erzählt? Er hätte von Anfang an ehrlich zu mir sein müssen! Bedeutete ich ihm wirklich so wenig?

Eigentlich durfte ich mich nicht beschweren. Wir kannten einander doch erst so wenige Tage. Unsere gemeinsame Zeit kam mir mit einem Mal wie Monate vor – eine halbe Ewigkeit. Die Lichter der Laternen verschwammen vor meinen Augen. Wütend wischte ich die Tränen fort. Ich fühlte mich, als würde ich innerlich explodieren. Weinen schien im Augenblick das einzige Ventil zu sein.

Jetzt, wo ich die ganze Wahrheit kannte, fühlte ich mich schwach. Ausgeliefert und verloren. Ich hatte so viele Gedanken und Energie darauf verschwendet, hinter Kims Geheimnis zu gelangen, ohne auch nur ein einziges Mal zu überlegen, ob ich es wirklich wissen wollte – wissen *sollte*. Im Grunde genommen hatte er recht, er hatte mich gewarnt.

Wäre es wirklich leichter für mich gewesen, wenn er mir früher die Wahrheit erzählt hätte? Zumindest hätte ich mich dann nicht in ihn verliebt, – obwohl...

Hätte mich das Wissen um seine Krankheit wirklich davon abgehalten? Ich konnte mir diese Frage nicht beantworten. Aber tief in meinem Innern spürte ich, dass sich ein Teil von mir noch immer danach sehnte, Kim nahe zu sein. Dieser dumme, bemitleidenswerte Teil meiner Seele wäre am liebsten sofort umgedreht und zurück ins Krankenhaus gefahren. Nur um Kim noch einmal in die Augen zu sehen. Noch einmal seine Stimme zu hören.

Ich seufzte tief und lehnte meine Stirn an das kalte Fensterglas. Es war vorbei. Er wollte mich doch ohnehin nie wiedersehen. Vermutlich hatte er nur mit mir gespielt, um seine letzten Tage nicht allein zu sein. Bei diesem Gedanken zog sich alles in mir schmerzlich zusammen und gab dem lodernden Feuer in meinem Innern neue Nahrung.

Als wir das Hotel erreichten, löste Tina zuerst das Schweigen. „Wenn du jemanden zum Reden brauchst, ruf mich an!" Ihren Blick beschwörend auf mich gerichtet, drückte sie mir einen kleinen Zettel mit ihrer Handynummer in die Hand und ließ es sich nicht nehmen, mich nun doch fest in ihre Arme zu schließen. „Ich bin immer für dich da, Süße. Egal, zu welcher Zeit!"

Ich nickte stumm. Zu mehr war ich im Augenblick nicht in der Lage.

Herr Petersen legte seine Hand auf meine Schulter wie er es schon im Krankenhaus getan hatte. „Es war falsch, dass er es Ihnen nicht schon früher gesagt hat, aber versuchen Sie auch, ihn zu verstehen." Er schaute mir tief in die Augen, sein Blick sprach Bände.

In meinem Zimmer angekommen knallte ich die Tür hinter mir zu und ließ mich langsam an ihr hinuntergleiten. Die Verzweiflung in mir brach sich Bahn und ein neuerlicher Tränenstrom ließ mich erzittern.

Mein Blick fiel auf mein Bett und ich entdeckte Kims Brief, den mir Herr Petersen am Morgen gegeben hatte. Immer wieder las ich die letzte Zeile „*P.S.: Ich hab dich lieb...*" - Was für eine Lüge!

Erneut wallte heiße Wut in mir auf und diesmal gewann sie die Oberhand. Ich schnappte mir den Brief und zerriss ihn in so viele kleine Stücke, wie ich nur konnte.

„Mistkerl!", rief ich und trat gegen den alten, eichernen Kleiderschrank. Knarrend gab die linke Tür nach. Der kaputte E-Book-Reader fiel heraus und landete direkt auf meinem Fuß.

Ich fluchte, als ich den stechenden Schmerz in meinem Knöchel spürte.

Vielleicht war es genau das, was ich in diesem Augenblick gebraucht hatte. Verzweifelt hatte ich versucht, meine Emotionen zu kontrollieren, und war dabei bloß immer tiefer in ihrem Strudel untergegangen. Was der Anblick des Briefes begonnen hatte, führte der plötzliche Schmerz in meinem Fuß zu Ende. Das Feuer in meinem Innern loderte nicht mehr, es explodierte! Ich ließ es geschehen.

Ich schrie, schrie, so laut ich konnte, bis meine Stimme brach. Wieder und wieder trat ich gegen die bereits geöffnete Tür meines Kleiderschrankes, bis das alte Scharnier mit einem Mal nachgab und zerbarst. Ich trat immer weiter zu, obgleich die Holztür längst mit lautem Poltern zu Boden gefallen war.

Schwer atmend sank ich schlussendlich neben meinem Kleiderschrank zu Boden. Das Feuer in meinem Innern war verraucht. Zurück blieb eine dumpfe Leere und das Gefühl totaler Machtlosigkeit.

Plötzlich nahm ich eine Bewegung in der Nähe meines Bettes wahr und blickte auf.

Der Bote stand dort und sah mich unverwandt an. Nicht die geringste Spur jeglicher Emotionen in seinen eisblauen Augen.

„Du hast es gewusst, nicht wahr?", stieß ich mühsam hervor. Die Wut kroch erneut in mir hoch und schnürte mir beinahe die Kehle zu. Am liebsten hätte ich dieses Wesen angeschrien, nur um seinem überheblichen Blick ein Ende zu setzen.

Mein Gegenüber nickte leicht. Seine Augen weiter auf mich gerichtet. Sein silbriger Schwanz zuckte und winzige Lichtblitze stoben empor, um sich überall in meinem Zimmer zu verteilen. „Ja, ich wusste es."

„Warum?" Meine Stimme zitterte und ich ballte meine Hände zu Fäusten. „Warum hast du mich nicht gewarnt?"

„Weil ich es nicht konnte."

„Das ist kein Grund!", rief ich und richtete mich mühsam auf.

„Ich konnte es nicht, weil ich dein Verhalten damit beeinflusst hätte", erklärte das mystische Wesen ungerührt.

„Beeinflusst?", echote ich und starrte ihn weiter wütend an. „Wie meinst du das?"

„Du und Kim, ihr seid durch euer Schicksal eng miteinander verbunden."

Mit einem Mal fühlte ich mich unendlich müde. Verzweifelt schüttelte ich den Kopf.

„Du willst doch, dass ich Kim helfe. Dass er gerettet wird. Du kennst doch bestimmt Mittel und Wege, das zu tun!", beschwor ich ihn.

„Ich habe dir schon einmal gesagt, dass ich dir nicht helfen werde, falls du Hilfe benötigst. Dies ist nicht meine Aufgabe."

„Ach, ja?", meine Stimmer zitterte vor unterdrückter Wut. Ich konnte nicht fassen, dass er sich tatsächlich weigerte, uns zu helfen, – Kim zu helfen. Wo er doch ganz offensichtlich der Einzige war, der noch etwas auszurichten vermochte. „Was ist denn dann deine *Aufgabe*?", zischte ich.

Das Wesen schaute mir tief in die Augen wie damals bei unserer ersten Begegnung. Sein Blick so stark und bodenlos, dass ich mich ihm nicht entziehen konnte.

Die Worte, die er nun zu mir sagte, ließen das Blut in meinen Adern gefrieren.

„Ich bin der Bote des Lichts - ich bringe den Tod."

15. KAPITEL

„WAHRE LIEBE"

Scheiße! - war alles, was ich in diesem Augenblick denken konnte.

„Du bringst *was*?!", meine Stimme klang unnatürlich schrill, sogar für meine Ohren.

Der Bote blickte mich an, noch immer vollkommen ungerührt. „Wenn ich erscheine, wird es für euch Menschen Zeit zu gehen."

Der Kloß in meinem Hals war so dick, dass ich nur noch mit Mühe schlucken konnte.

„Willst du damit sagen, dass... Kim wird wirklich...?"

Das Wesen nickte. „Schon sehr bald."

„Aber... ich verstehe das alles nicht!" Fassungslos ließ ich mich auf mein Bett sinken. Meine Beine wollten mich nicht länger tragen. Verzweifelt starrte ich den Boten an. „Wieso sollte ich Kim helfen, wenn du von Anfang nur dieses eine Ziel hattest?! Wenn du ihn von Anfang an holen wolltest?"

Die eisblauen Augen des Wesens funkelten leicht. Der erste Anflug einer Gefühlsregung seit Beginn unseres Gesprächs.

„Ich bin kein Monster, Annastasia! Für jeden Menschen ist es irgendwann einmal Zeit zu gehen. Das Schicksal entscheidet, wann dieser Moment gekommen ist. Ich begleite die Menschen nur und helfe ihnen, ihren Weg zu finden."

„Wirst du auch kommen, wenn ich irgendwann sterbe?", fragte ich leise. Mir stockte der Atem bei diesem Gedanken.

Der Bote nickte. „Ja."

„Werde ich dich sehen? Werde ich wissen, wenn es so weit ist?"

Diesmal schüttelte das Wesen langsam seinen Kopf. „Du wirst spüren, wenn deine Zeit gekommen ist, aber sehen wirst du mich nicht. Menschen bekommen mich nur sehr selten zu Gesicht."

Ich nickte benommen, versuchte das alles irgendwie zu verstehen. „Wieso hast du dich gerade mir gezeigt?"

„Weil ich nur so in der Lage war, dich um Hilfe zu bitten. Nur du vermagst es, Kim beizustehen."

„Aber wie?", fragte ich verzweifelt. Mein Herz schlug mir derweil bis zum Hals.

„Ich begreife einfach nicht, wie ich ihm helfen kann, wenn du sagst, dass sowieso alles zu spät ist!"

Der Kloß in meinem Hals wuchs zusehends, falls das überhaupt noch möglich war, und ein erneuter Tränenstrom brannte in meinen Augen.

„Du hast ihm bereits geholfen und du hilfst ihm in jedem weiteren Augenblick."

Darauf fiel mir keine Antwort ein. Verwirrt starrte ich den Boten an. Seine Augen blickten mir nun eine Spur fordernder ins Gesicht.

„Erinnere dich an deine Träume...!"

Ich runzelte nachdenklich die Stirn und wischte mir die Tränen fort. Wie in einer Vision blitzten Fragmente aus meinen Erinnerungen vor mir auf.

... Ich sah Kim als kleinen Jungen... Stand wieder barfuß in dem kalten dunklen Raum, der so unendlich groß gewirkt hatte... Sah das helle Licht vor mir und hörte den Jungen rufen, dass er genau dieses Licht so dringend suchte...

Erschrocken starrte ich den Boten mit weit aufgerissenen Augen an. Hatte *er* mir eben diese Bilder geschickt? Offensichtlich las er zumindest meine Gedanken, denn er lächelte wissend. „Im Schlaf hattest du Kontakt zu Kims Unterbewusstsein. Seine Träume, seine Ängste, seine verletzliche Seite. Dies alles verkörpert durch sein jüngeres Ich."

„Was ist das für ein Licht gewesen?"

„Das Licht der Liebe", antwortete der Bote und nickte. „Jeder Mensch sollte in seinem Leben zumindest einmal erfahren, was es bedeutet, jemanden von Herzen zu lieben oder selbst von Herzen geliebt zu werden. Das kann auch die Liebe eines Kindes gegenüber seiner Eltern sein. Die Liebe ist die stärkste und reinste Kraft, die es gibt. Kim jedoch hat diese Form der Zuneigung nie erfahren. Erst durch dich war es ihm vergönnt. Das war deine Aufgabe..."

Ich starrte zur großen Fensterfront hinüber. Im Augenblick wusste ich nicht mehr, was ich denken oder fühlen sollte. Zu viel prasselte in diesem Moment auf mich ein.

Ich hatte meine Aufgabe erfüllt, hatte alles getan, was ich konnte, und doch würde Kim sterben. Das war einfach nicht fair.

„Wieso bloß konntest du mir nicht zu Beginn schon die Wahrheit sagen?", meine Stimme kippte leicht, „Du hast mich benutzt und wissentlich ins offene Messer laufen lassen!" Ich schluckte die nächsten Tränen trotzig hinunter, denn ich wollte nicht schon wieder weinen.

„Du hast recht und dafür entschuldige ich mich", sagte der Bote schlicht und ließ mich verwundert aufblicken. „Doch hättest du es von Beginn an gewusst, du hättest dich anders verhalten. Du hättest ihn nicht geliebt, sondern nur Mitleid für ihn empfunden."

„Aber-" - der Bote schnitt mir das Wort ab.

„Tiefe, aufrichtige Liebe, nicht um seiner Krankheit, sondern um seiner selbst willen. Nur so konntest du seine Seele retten."

„Ja... und nun werde ich ihn verlieren...", flüsterte ich bitter und brach unseren Blickkontakt. Langsam ging ich zum Fenster hinüber. Schaute hinaus auf den Strand. Für all die Menschen dort unten ging deren Urlaub einfach weiter. Mein Urlaub hingegen war längst vorbei. Wie sollte ich mit all dem, was ich heute erfahren hatte, bloß umgehen?

„Manchmal sind Opfer für die Menschen, die man liebt, unausweichlich", sagte der Bote und riss mich damit aus meinen Gedanken. Ich sprach aus, was ich dachte, ohne auf seine Worte einzugehen.

„Ich glaube, ich habe schon als Kind von Kim geträumt. Ich hatte vor Kurzem so ein merkwürdiges Gefühl", gestand ich, ohne den Blick von der Welt da draußen abzuwenden, die mir mit einem Mal so unendlich weit entfernt erschien.

„Du hast schon früher von ihm geträumt, weil euer beider Schicksal miteinander verbunden war und ist - von Beginn an." Ich spürte die Blicke des Boten in meinem Rücken, drehte mich aber nicht zu ihm um.

„Vielleicht erinnerst du dich noch daran, was ich dir bei unserem ersten Zusammentreffen sagte?"

Ich nickte zögernd. Wie könnte ich das vergessen?

„Du sagtest zu mir, dass es mein Schicksal ist, dir zu helfen und dass ich mich schon längst entschieden hätte, dass alles schon viel früher begonnen hat. Ich habe es damals nicht verstanden", gestand ich. Meine Stimme zitterte jetzt nicht mehr. Die dumpfe Leere in meinem Innern war einer tiefen Erkenntnis gewichen und langsam – ganz langsam – formte sich ein Entschluss in mir.

„Verstehst du es jetzt?", fragte der Bote. Der fordernde Ton seiner Stimme entging mir nicht.

Ich nickte erneut, atmete dabei tief ein. „Was soll ich jetzt tun?" Diese Frage war rein rhetorischer Natur und dennoch beantwortete er sie mir und sprach damit aus, was ich in meinem Herzen bereits wusste.

„Sei für ihn da, Annastasia, und hilf ihm, so gut du kannst. Zeig ihm, dass du ihn liebst. Dann wird es für ihn leichter werden zu gehen, sobald seine Zeit gekommen ist."

In dieser Nacht schlief ich schlecht. Ich träumte von Kim und von unserem Streit. Mit Schuldgefühlen wälzte ich mich Stunde um Stunde im Bett herum und fand keine Ruhe.

Ich hätte nicht so schroff mit ihm umgehen dürfen. Das war mir jetzt klar. Doch meine Angst, ihn zu verlieren, die Hilflosigkeit im Krankenhaus und meine Wut darüber, dass er zu mir nicht ehrlich gewesen war - das alles war eindeutig mehr, als ich hatte ertragen können.

Jetzt lag ich hier in meinem Bett von Sorgen zerfressen und wünschte mir nichts sehnlicher, als bei Kim zu sein.

Ich nahm mir vor, am nächsten Tag wieder ins Krankenhaus zu fahren und noch einmal in Ruhe mit ihm zu sprechen. Egal, wie sehr es auch wehtun würde, ich hatte Kim und mir selbst geschworen, für ihn da zu sein. Schmerzlich erinnerte ich mich daran, wie er mich fortgeschickt hatte. An seine plötzlich kalte und abweisende Art. Ich hoffte so sehr, dass dies nur eine Schutzreaktion von ihm gewesen war. Wenn er es zuließe, würde ich ihm helfen und diesen letzten Weg mit ihm gemeinsam gehen.

Am folgenden Morgen fühlte ich mich wie gerädert. Rastlos tigerte ich in meinem Zimmer umher und zerbrach mir den Kopf darüber, was ich als Nächstes tun sollte.

Mein Blick fiel auf mein Handy, das neben dem Kleiderschrank an der Ladestation schlummerte.

„Ich bin immer für dich da, egal zu welcher Zeit..." - hatte Tina zu mir gesagt.

Ohne groß darüber nachzudenken, dass wir erst 06.00 Uhr morgens hatten, wählte ich ihre Nummer. Schon beim dritten Freizeichen wurde der Anruf entgegengenommen.

„Hallo?" Beim Klang ihrer Stimme spürte ich, wie all die Anspannung der vergangenen Stunden von mir abfiel. Ich atmete zitternd aus.

Auf der anderen Seite der Leitung hörte ich eine Bettdecke rascheln. Sofort wurde mir bewusst, dass ich sie geweckt haben musste.

„Es tut mir leid, ich...", setzte ich an, doch Tina kam mir zuvor.

„Ist alles OK bei dir?", fragte sie vorsichtig.

Langsam schüttelte ich den Kopf. Das Blut rauschte in meinen Ohren und ich wusste nicht, wie lang es mir noch gelingen würde, meine Tränen zurückzuhalten.

„Nein", gestand ich mit brüchiger Stimme.

„Oh, Süße..." Kaum hatte Tina dies gesagt, brach es aus mir heraus. Ich schluchzte hilflos und meine zitternden Hände suchten am Bettpfosten nach Halt, ehe ich mich langsam setzte.

„Bist du noch im Hotel?", fragte Tina unvermittelt und ich hörte, wie sie nun ihrerseits in ihrem Zimmer umherlief, „Pass auf, ich komme zu dir!"

„Musst du nicht gleich arbeiten?", schniefte ich und wischte mir mit dem Handrücken über die tränenfeuchten Augen.

„Ich habe heute Spätschicht. Aber selbst wenn...", erneut hörte ich Tina hantieren, „Ich lege jetzt auf, OK? Wir sehen uns gleich, Anna."

Ich musste nicht einmal 20 Minuten warten, bis es an meiner Zimmertür klopfte. Erneut atmete ich zitternd aus, ehe ich Tina öffnete. Sie lächelte, als sie sich an mir vorüber ins Zimmer schob. Ihr verständnisvoller und warmherziger Blick gaben mir Kraft und doch spürte ich sogleich einen neuerlichen Tränenstrom in mir aufsteigen.

Tina stellte etwas auf dem kleinen Tischchen ab, dann wandte sie sich mir erneut zu und nahm mich ohne ein weiteres Wort fest in ihre Arme.

Ich atmete tief durch, genoss ihre tröstende Nähe und gab meinen Gefühlen nach.

251

„Scht...", Tina strich mir beruhigend über den Rücken, „Lass es einfach raus. Du bist nicht allein damit."

Natürlich hätte sie auch sagen können - *„Alles wird wieder gut..."* - aber, dass dies eine Lüge gewesen wäre, wusste sie genauso gut wie ich.

Nach ein paar Minuten ließ das Zittern nach und auch die Tränen versiegten. Wir ließen einander los und Tina schaute mir offen in die Augen. „Hey", sie lächelte.

„Hey", schniefte ich und versuchte mich ebenfalls an einem, wenn auch gequälten Lächeln.

Tina trat hinüber an das kleine Tischchen. Als sie sich wieder zu mir umwandte, hielt sie in jeder Hand einen Coffee-to-go Becher und grinste mich an. „Mit einem Kaffee sieht vieles schon wieder ganz anders aus!"

Sie nickte mir aufmunternd zu. „Und, dann erzählst mir alles in Ruhe, OK?"

Dankbar nahm ich den angebotenen Kaffee entgegen und gemeinsam setzten wir uns auf mein Bett.

In der kommenden Stunde erzählte ich Tina alles, was mir möglich war. Ließ meinen Gefühlen dabei freien Lauf. Einzig die Begegnung mit dem Boten gestern Abend und den Teil mit dem vorherbestimmten Schicksal ließ ich dabei unter den Tisch fallen.

Tina hörte mir sehr aufmerksam zu. Ab und an fragte sie etwas oder nahm mich in den Arm, wenn ich vor lauter Tränen nicht mehr weitersprechen konnte. Es tat so gut, sich endlich einmal alles von der Seele zu reden.

„Was willst du jetzt tun?", fragte sie mich schließlich.

Ich zuckte unschlüssig mit den Schultern und schaute auf meinen leeren Kaffeebecher, den ich gedankenverloren in meinen Händen hin und her drehte.

„Ich werde zu ihm fahren und noch mal mit ihm reden. Ich *muss* noch mal mit ihm reden!", ergänzte ich mit Nachdruck, „Es ist nur..." Ich zögerte.

„Was ist los?" Tina blickte mich fragend an.

„Ich habe Angst, dass er mich nicht sehen will. Dass er mich fortschickt, bevor wir miteinander reden konnten."

„Das glaube ich nicht!" Tina sagte dies mit einer solchen Überzeugung in ihrer Stimme, dass ich überrascht aufschaute.

„Er liebt dich!"

Als ich große Augen machte, lächelte sie. „Nach allem, was du mir erzählt hast, gehe ich fest davon aus, dass seine Gefühle dir gegenüber sehr viel stärker sind, als du vielleicht ahnst."

Tina zögerte. Ein trauriges Lächeln umspielte ihre Mundwinkel. „Er hat vielleicht nicht den richtigen Weg gewählt, dir das zu zeigen. Aber dass er dich liebt, ist unübersehbar."

„Mag sein..." Ich versuchte zu lächeln, doch es gelang mir nicht. „Ich wünschte nur, wir hätten mehr Zeit."

Tina sah mich einen Moment lang schweigend an. Ihre Augen funkelten. „Dann solltet ihr euch die Zeit, die ihr jetzt noch habt, so schön wie möglich machen!"

Als sie meinen fragenden Blick bemerkte, stahl sich ein Lächeln auf ihre Lippen.

„Zerbrich dir nicht länger den Kopf über das, was du nicht beeinflussen kannst, und genießt die Tage, die ihr noch gemeinsam verbringen dürft! Und wenn", Tina ergriff meine Hand, ihren Blick dabei fest auf mich gerichtet, „wenn es so weit ist, dann sei einfach für ihn da. Damit hilfst du ihm mehr, als jeder Arzt es könnte."

Am späten Vormittag brachte Tina mich mit ihrem Wagen ins Krankenhaus.

Gedankenverloren schaute ich aus dem Seitenfenster. Zählte die Bäume am Straßenrand und schaute mir die Kühe an, die direkt hinter dem angrenzenden Radweg auf den Weiden grasten. Hinten am Horizont drehten sich die Windräder mit einer tröstlichen Beständigkeit und bis auf einige, wenige Wolken erstrahlte der Himmel in seinem schönsten Sommerblau.

Erst gestern hatten Kim und ich eben diesen Weg mit dem Bus zurückgelegt. Hatten gealbert und gelacht. War das wirklich erst 24 Stunden her?!

Ich seufzte. Wie gern würde ich die Zeit noch einmal zurückdrehen. Alles, was ich jetzt wusste, wieder vergessen.

Ich dachte an unsere allererste Begegnung und daran, wie frech Kim immer zu mir gewesen war. Unwillkürlich kamen mir seine azurblauen Augen in den Sinn und wie nur er es schaffte, mich mit einem einzigen Blick schier um den Verstand zu bringen.

Ein Lächeln umspielte meine Mundwinkel, als ich an unseren ersten Kuss zurückdachte und daran, wie zärtlich, weich und perfekt sich seine Lippen auf meinen angefühlt hatten.

Tränen stiegen in meinen Augen auf, doch diesmal unterdrückte ich den Drang zu weinen mit aller Macht.

Ich muss jetzt stark sein - sagte ich mir immer wieder, als Tinas Wagen um eine Kreuzung bog und die großen, kalten Umrisse des Krankenhauses vor unseren Augen erkennbar wurden.

Tina ließ mich am Haupteingang aussteigen. Sie bot an, mich zu begleiten. Als ich ablehnte, fragte sie kein zweites Mal. Sie lächelte wissend und drückte zum Abschied meine Hand. „Melde dich, falls ich dich wieder abholen soll!", rief sie mir noch zu beim neuerlichen Losfahren.

Ich nickte stumm, dankte ihr im Stillen und wandte mich mit pochendem Herzen der großen, runden Drehtür am Eingang des Hauptgebäudes zu.

Ich hatte gerade den Weg bis zu den Fahrstühlen hinter mich gebracht, als ich der Stationsschwester von gestern in die Arme lief. Überrascht blieb ich stehen.

„Hoppla, wen haben wir denn hier?", fragte diese und schenkte mir ein warmherziges Lächeln. Keine Spur mehr von der autoritären, einschüchternden Art, die sie gestern so demonstrativ an den Tag gelegt hatte.

„Hallo", grüßte ich einsilbig und überlegte zögernd, was ich zu ihr sagen sollte.

„Du möchtest zu deinem Freund, stimmts?", fragte sie und kam mir damit zuvor.

Ich nickte und rang mir ein leises Lächeln ab.

„Soll ich dich wieder zu ihm bringen?", bot sie freundlich an, doch ich lehnte ab.

„Ich denke, ich finde den Weg heute allein, danke."

„Alles klar", sie schaute mir noch einmal kurz, aber eindringlich in die Augen, „Wenn du mich brauchst, dann komm ruhig zu mir OK?"

Ich dankte ihr erneut und machte mich auf den Weg zu Kims Zimmer. Mit jedem Schritt wurde die Unruhe in meinem Innern größer und größer.

An der Zimmertür angekommen, zögerte ich.

Was, wenn er mich gar nicht sehen will? - schoss es mir abermals in den Sinn.

Ich wusste nicht, ob ich seinen gehässigen Blick und eine erneute Zurückweisung so einfach ertragen konnte. Ich schluckte schwer. Aber was, wenn es ihm gerade genauso erging wie mir? Wenn auch er sich nichts sehnlicher wünschte, als das gestern Gesagte ungeschehen machen zu können? Es half nichts. Ich musste es versuchen. Ich musste noch einmal mit ihm reden.

Zitternd atmete ich tief durch, dann klopfte ich an.

„Herein", Kims Stimme klang fester als gestern Abend. Ein Zustand, der mir augenblicklich einen Funken Hoffnung schenkte.

Mit pochendem Herzen öffnete ich die Tür und blieb zögernd an der Schwelle stehen.

Am Rande registrierte ich, dass das Bett neben ihm auch heute frei zu sein schien und schickte ein stummes Stoßgebet gen Himmel. Es wäre schwer geworden, offen mit ihm zu reden, wenn wir nicht allein gewesen wären.

„Darf ich reinkommen?", fragte ich vorsichtig. Innerlich darauf gefasst, dass er mich wegstoßen oder vielleicht sogar beleidigen würde. Mein Herz raste so sehr, dass ich glaubte, es würde jede Sekunde aus meiner Brust springen und hier vor mir auf dem Fußboden landen, wo Kim, wenn ihm der Sinn danach stand, nach Herzenslust darauf herumtrampeln konnte.

Dieser musterte mich indes argwöhnisch, nickte dann aber und setzte sich etwas weiter im Bett auf. Er sah besser aus, als gestern, stellte ich erleichtert fest. Hatte mehr Farbe im Gesicht.

„Wie gehts dir heute?", fragte ich leise und blieb neben seinem Bett stehen, unsicher, wie ich mich jetzt verhalten sollte.

„Besser", sagte Kim lakonisch und zuckte mit den Schultern. „Die Ärzte haben mir was gegen die Schmerzen gegeben. Das Zeug würde vermutlich sogar einen Elefanten umhauen!", witzelte er.

Ich schnaubte und konnte mir ein kleines Grinsen nicht verbeißen.

Kim bemerkte es. Mir entging das Flackern seiner Augen nicht, als er mich musterte.

Nervös trat ich von einem Bein auf das andere und überlegte, wie ich unsere Unterhaltung in Gang bringen konnte, ohne ihn zu überfallen.

„Du darfst dich ruhig setzen." Ich konnte Kims Grinsen förmlich hören. „Du machst mich nämlich schon ganz verrückt mit deinem Herumgezappel."

„Kim, es tut mir so leid!", platzte es plötzlich aus mir heraus, „Ich wollte nicht so gemein zu dir sein und ich wollte dich auch nicht einfach allein lassen..."

Als Kim nicht antwortete, fasste ich all meinen Mut zusammen und schaute ihm direkt in die Augen. Diese strahlten so voller Zärtlichkeit, dass ich meine Tränen nicht länger zurückhalten konnte. Ich wollte etwas sagen, wusste jedoch nicht, was.

„Es muss dir nicht leidtun", flüsterte Kim und streckte eine Hand nach mir aus, „Ich weiß, dass ich ein Arsch war. Ich habe dir viel zu lang etwas vorgemacht, weil ich mich gefürchtet habe, du würdest gehen, wenn du die ganze Wahrheit weißt. Selbst gestern, nachdem ich dir alles gesagt hatte, hielt ich es für das Beste, dich fortzuschicken, anstatt uns beide mit der Situation auseinanderzusetzen. Ich will nicht, dass du mich leiden sehen musst, dass du zusehen musst, wenn ich sterbe. Ich will dir nicht wehtun, weil... weil ich dich liebe, Anna!"

Langsam ließ ich mich neben ihm auf dem Bett nieder und lauschte gebannt seinem Geständnis, unfähig, auch nur einen klaren Satz herauszubringen. Die Tränen liefen noch immer über mein Gesicht. Ich schaffte es einfach nicht, damit aufzuhören.

Liebevoll strich Kim über meinen Arm und dann weiter hinauf, bis er mein Gesicht erreichte. Mit seinem Daumen wischte er mir die Tränen fort und lächelte mich – beinahe schüchtern – an. „Ich wünsche mir nichts sehnlicher, als dass du hier bei mir bist. Aber ich will dich auch nicht mit dem überfordern, was unweigerlich auf uns zukommen wird."

„Wenn du sterben wirst", flüsterte ich und führte damit seinen Gedankengang zu Ende.

Kim nickte leicht, strich dabei zärtlich über die Fingerknöchel meiner Hand.

„Ja. Ich werde sterben und ich habe eine Scheißangst davor."

Ich wusste nicht, was ich darauf erwidern sollte. Tatsächlich war ich mit diesem offenen Geständnis kurzfristig überfordert. Statt zu antworten wischte ich mir die restlichen Tränen fort, die noch immer so hartnäckig in meinen Augen brannten.

„Jetzt hör' schon auf zu weinen!" Dass Kims Tadel nicht ernst gemeint war, erkannte ich an seinem Lächeln und dem Funkeln in seinen azurblauen Augen.

Ich atmete tief ein und erwiderte es unsicher. Sein Blick bohrte sich in meinen. Intensiv wie beim ersten Mal. Augenblicklich spürte ich, wie sich mein Magen kribbelnd zusammenzog.

„Weißt du, ich habe mich schon in dich verliebt, als ich dich zum ersten Mal in der Bücherei sah", flüsterte Kim und ein zärtliches Lächeln zeichnete sich in seinen Mundwinkeln ab.

„Wirklich?", ich schaute überrascht ob dieser Ehrlichkeit und musste unweigerlich an jenen Tag zurückdenken, der mir inzwischen viel zu weit entfernt vorkam.

Kim nickte leicht. „Du sahst so süß aus, wie du hinter dem Bücherregal gestanden und mich beobachtet hast. Du hast anfangs gar nicht gewusst, dass ich dich schon längst entdeckt hatte."

„In echt jetzt?!" Ich spürte, wie meine Wangen zu glühen begannen. Kim quittierte es mit leisem Lachen.

„Als du damals mit mir gesprochen hast, habe ich dich für total arrogant gehalten", gestand ich.

„Ach ja?" Kim grinste großspurig. „Nun, wer sagt dir, dass ich es nicht bin?"

„Du bist nicht arrogant - nur *frech*", entgegnete ich und beobachtete seine Reaktion aus dem Augenwinkel heraus.

„Wie bitte?!" Kim warf mir einen gespielt finsteren Blick entgegen. Ohne Vorwarnung packte er mich, zog mich zu sich heran, mit einer Kraft, die ich ihm momentan nicht zugetraut hätte, und kitzelte mich an den Rippen.

Ich lachte, quietschte und versuchte, mich ihm zu entwinden. Schließlich schaffte ich es, sprang auf und brachte mich mit zwei großen Schritten außer Reichweite seiner Arme. Kim lachte ebenfalls und zum ersten Mal spürte ich wieder diese ungezwungene Leichtigkeit zwischen uns, die mir in den vergangenen Stunden so unendlich gefehlt hatte.

Mit Schwung wurde die Zimmertür aufgerissen und die Stationsschwester betrat den Raum. Zuerst schaute sie uns streng an, doch schon im nächsten Augenblick wurden ihre Züge weicher. „Was macht ihr hier?" Fragend zog sie eine Augenbraue hoch und stemmte ihre Hände in die Hüften.

Kim und ich schauten einander an. Nur mit Mühe schafften wir es, ernst zu bleiben.

Die Stationsschwester schüttelte belustigt den Kopf. Kurz meinte ich, den Anflug eines erleichterten Lächelns in ihrem

Gesicht zu sehen, als sie sagte - „Übertreibt's nicht, OK? Er braucht noch Ruhe!" Mit diesen Worten verließ sie das Zimmer und um unsere Selbstbeherrschung war es geschehen. Wir prusteten los, bis wir beide nicht mehr konnten.

Ich blieb bis abends bei Kim im Krankenhaus. Herr Petersen hatte irgendwann angerufen und angeboten, mich nach seiner Schicht abzuholen, nachdem er von Tina erfahren hatte, wo ich war.

Kim und ich lagen stundenlang gemeinsam auf seinem Bett, Arm in Arm. Redeten über alles, was uns in den Sinn kam. Über positive Dinge ebenso wie über all die Sorgen, die in unser beider Seelen brannten.

Kim wusste nicht, wie viel Zeit genau ihm noch blieb. Es konnten Wochen oder Tage sein.

„Auf keinem Fall mehr als einen Monat!" - hatte der Chefarzt bei seinem Gespräch mit Kim am Morgen betont.

Weniger als einen Monat war eine schrecklich kurze Zeitspanne und doch waren wir beide fest entschlossen, diese wenige Zeit, die uns noch blieb, gemeinsam zu genießen. Wir schlossen eine stumme Vereinbarung, keinerlei Geheimnisse mehr voreinander zu haben und uns gegenseitig Mut zu machen. Positive Gedanken und gemeinsame Momente waren das Einzige, was wir einander jetzt noch schenken konnten, und zugleich würden sie uns den Halt geben, den wir beide so dringend brauchten, und der uns davor bewahren würde im Strudel der Emotionen unterzugehen...

Als Herr Petersen mich schließlich zurück ins Hotel brachte, ging ich nur schweren Herzens fort. Obgleich ich wusste, dass ich am folgenden Morgen wiederkommen würde, ertrug ich es kaum, Kim allein zu lassen. Ich gab der Stationsschwester meine Nummer und bat sie, sich zu melden, sollte es Kim schlechter gehen. Noch nie in meinem Leben fürchtete ich mich derart davor, mein Handy klingeln zu hören, wie ab diesem Augenblick.

16. KAPITEL

„UNVERHOFFTER BESUCH"

In den folgenden Tagen ging es Kim zusehends besser. Es fiel ihm von Tag zu Tag sichtlicher schwerer, im Bett zu bleiben. Oft beschwerte er sich, dass ihm seine Freiheit fehlte.

Kims behandelnder Arzt willigte schließlich ein, dass er das Krankenhaus vorerst wieder verlassen durfte. Allerdings mit einer Einschränkung. Er sollte nach wie vor die Nächte dort verbringen, damit jede Veränderung seines Körpers weiterhin genau beobachtet werden konnte. Herr Petersen und Tina erklärten sich bereit, Kim abwechselnd im Krankenhaus abzuholen und abends wieder dorthin zurückzubringen. Auf diese Weise konnten Kim und ich so viel Zeit wie nur irgendwie möglich miteinander verbringen.

Eigentlich hätte ich erleichtert sein sollen, als Tina und ich Kim an diesem Samstagvormittag gemeinsam am Krankenhaus abholen durften. Die Stationsschwester wünschte uns einen schönen Tag und ermahnte Kim, es ja nicht zu übertreiben.

Während wir gemeinsam zum Parkplatz gingen, zwang ich mich innerlich zur Ruhe. Ich konnte es kaum erwarten, mit Kim allein zu sein, und wünschte mir sehnlichst, es könnte noch einmal so unbeschwert werden wie vor seinem Zusammenbruch. Kim machte oft Späße und wirkte in den vergangenen Tagen manches Mal richtig gelöst. Mir hingegen fiel der Umgang mit all den Ängsten und Sorgen deutlich schwerer. Aber vielleicht konnte ich mich auch einfach nur nicht so gut verstellen wie er?! Keiner von uns beiden wusste, wie viel Zeit uns noch blieb, und dieses Gefühl lastete bleischwer in meinem Herzen. Hinzu kam, dass ich mich jetzt, wo Kim tagsüber das Krankenhaus verlassen durfte, irgendwie noch mehr um ihn sorgte. Was, wenn er sich übernahm und wieder zusammenbrach? Allein der Gedanke daran löste Panik in mir aus. Ich wollte dieses Gefühl der Hilflosigkeit nie wieder spüren und doch war es eben nur eine Frage der Zeit. Da wir mit jedem verstrichenen Tag schneller auf das Unvermeidliche zusteuerten...

Weil Kim noch immer ziemlich geschwächt war, hatte er vom Krankenhaus einen Rollstuhl bekommen. Entgegen aller Vernunft bestand er allerdings darauf, sich nicht von uns schieben zu lassen. Er wollte es aus eigener Kraft bis zum Parkplatz schaffen. Als wir Tinas gelben Ford Ka erreichten, war er bereits völlig außer Atem. Besorgt half ich ihm ins Auto.

„Alles OK mit dir?"

Ich konnte sehen, wie seine Arme zitterten.

„Klar!", Kim grinste übertrieben, „Unkraut vergeht nicht!"

Zögernd ließ ich mich auf dem Sitz neben ihm nieder, während Tina vorne einstieg. Ich spürte, dass Kim mir trotz unserer Abmachung etwas verheimlichte. Hatte er wieder Schmerzen? Warum bloß konnte er nicht endlich ehrlich zu mir sein?!

Dachte er vielleicht, ich ertrüge die Wahrheit nicht?!

Ich zwang mich, aus dem Fenster zu schauen, um meine Gefühle zu ordnen. In meinem Innern kämpften Unsicherheit, Frust und Angst einen schier aussichtslosen Kampf.

Von draußen lachte uns die Sommersonne entgegen. Die Welt außerhalb dieses kleinen Autos schien mit einem Mal so unwirklich auf mich. Viel zu hell, viel zu freundlich, viel zu fröhlich.

Kim spürte offensichtlich, dass mich etwas belastete. Zärtlich legte er seine Hand auf meine und flüsterte mir leise ins Ohr. „Willst du mit mir zum Strand gehen?"

„Jetzt?" Verwirrt blickte ich ihn an. „Sollten wir nicht erst einmal ins Hotel? Du musst dich doch ausruhen!"

Kim schüttelte entschieden den Kopf, seine Augen sprühten Funken. „Ach, mir gehts doch gut! Ich will Zeit mit *dir* verbringen und ich will mit dir draußen sein. Warum soll ich mich im Hotel hinlegen? Dann hätte ich auch im Krankenhaus bleiben können!"

Besorgt schaute ich Kim in die Augen. Wohl war mir bei dieser Idee nicht, aber recht hatte er schon irgendwie.

„Also, was ist? Zum Strand?!" Kim blickte mich so erwartungsvoll an wie ein kleines Kind, das eine Tafel Schokolade gefunden hatte. Plötzlich wirkte er um Jahre jünger.

Ich musste lächeln. Mit Mühe schob ich jegliche Bedenken beiseite und nickte.

Tina zweifelte daran, ob diese Idee wirklich so sinnvoll war, doch auch sie konnte Kims Wunsch verstehen. So fuhr sie uns mit ihrem Auto bis zum unteren Parkplatz, der direkt neben dem Stand mündete, und ließ uns dort aussteigen. Ein schmaler, mit Holzbohlen gebauter Weg führte hier direkt bis ans Meer hinunter.

Anschließend fuhr Tina weiter zum Hotel, da ihre Schicht bald begann. Ich schaute ihr einen Moment lang nach und hoffte, dass wir beide den Rückweg zum Hotel nachher auch wirklich allein schaffen würden. Der salzige Wind schlug uns entgegen und ich atmete tief ein. Prägte mir jedes Detail - jedes Gefühl - ein und nahm mir fest vor, diesen Moment hier mit Kim für immer in meinem Herzen zu tragen.

Zwei Tränen stahlen sich ihren Weg in meine Augen. Ich wischte sie fort.

„Weinst du?", fragte Kim vorsichtig. Ich wusste nicht, dass er mich beobachtet hatte, und fühlte mich hilflos ertappt. Ich wollte, dass er jeden Moment außerhalb des Krankenhauses genießen konnte, so lange es ihm möglich war und ihn nicht mit meiner Trauer herunterziehen.

Entschlossen wich ich Kims Blick aus und schaute über den weiten Strand.

Sah die fröhlich spielenden Kinder und die vielen Urlauber, die in ihren gemieteten Strandkörben saßen und ihr Leben genossen. Zum ersten Mal spürte ich so etwas wie Neid in mir.

Warum konnten wir nicht an deren Stelle sein? Was hatten wir verbrochen, dass unser Schicksal uns derart quälte?

Ich blinzelte eine weitere Träne fort und verneinte Kims Frage entschieden. „Das kommt bloß vom Wind!"

Mir entging sein forschender Blick und der Kummer in seinen Augen nicht, mit denen Kim mich bedachte, und augenblicklich spürte ich, er wusste, dass ich log.

Gemeinsam gingen wir den mit Holzbohlen gebauten Weg hinunter, der einmal quer über den Strand hinunter führte. Kim hatte mich diesmal überraschend um Hilfe geben. Aufgrund seiner fehlenden Erfahrung mit dem Rollstuhl fürchtete er sich offensichtlich ein wenig, auf dem relativ steilen Pfad die Kontrolle zu verlieren. Ich hielt seinen Rollstuhl fest, während ich versuchte, möglichst langsam zu gehen. Inmitten all der fröhlichen Gesichter der anderen Urlauber spürte ich nun doch allmählich, wie sich auch meine Stimmung etwas hob.

Positiv denken und den Moment genießen! - Es war so wichtig und zugleich so verflucht schwer...

Irgendwie musste ich uns beide wieder auf andere Gedanken bringen. Eine Idee stahl sich in meinen Kopf. Ich grinste.

Inzwischen hatten wir ungefähr die Hälfte des Weges hinter uns gebracht.

„Mist!", rief ich laut und tat, als würde ich den Rollstuhl nicht länger halten können. Natürlich ließ ich nicht wirklich los. Das wagte ich dann doch nicht in Anbetracht der gegebenen Umstände. Aber ich machte mehrere große, leicht stolpernde Schritte, die den Rollstuhl unkontrolliert nach vorn schnellen ließen, ehe ich ihn wenige Sekunden später anhielt.

Kim erschrak sehr, fluchte und versuchte, mit Kraft seinerseits zu bremsen, ehe er mein Schwindeln bemerkte.

Für einen Sekundenbruchteil starrte er mich schockiert an, dann fing er sich wieder und ein drohendes Funkeln blitzte in seinen blauen Augen auf.

„Bist du verrückt? Ich dachte, ich lande da vorne im Wasser!" Kim schnaubte, als er mein breites Grinsen sah, „Dir ist klar, dass ich mich rächen werde, sobald ich aus diesem Ding raus bin, oder?!", der neckende Unterton in seiner Stimme jagte einen Schauer über meinen Rücken und in meinem Magen fühlte ich die Schmetterlinge tanzen.

Ich lachte unsicher und schob Kim weiter.

Die Holzbohlen mündeten in einem befestigten Weg, der sich parallel zwischen Sand und Meer den gesamten Strand entlangzog. Ich hatte diesen Weg bisher nur selten genutzt, da ich es vorzog, barfuß über den Sand zu laufen, wenn ich schon einmal die Gelegenheit dazu hatte. Jetzt, wo wir aber mit dem Rollstuhl unterwegs waren, bot dieser Weg eine willkommene Unterstützung an. Niemals hätte ich Kim durch den weichen Sand schieben können.

Wir suchten uns eine freie Bank und legten eine Pause ein. Jeder genoss die Nähe des jeweils anderen und gemeinsam schauten wir den näherkommenden Wellen entgegen.

Kim, der sich mit ein paar kräftezehrenden Bewegungen selbst neben mich auf die Bank gehievt hatte, beugte sich auf einmal unerwartet zu mir hinüber und küsste mich derart zärtlich, dass ich für einen Moment beinahe vergaß zu atmen.

Als wir uns wieder von einander lösten, schaute er mir tief in die Augen. Seine Hand federleicht an meinem Gesicht. Er legte seine Stirn sanft an meine und wir versuchten, diesen gemeinsamen Moment festzuhalten, solange es ging.

Neben uns hörten wir die ersten Kinder, die laut lachend und kreischend durch das kühle Nass rannten, dessen Wellen unaufhörlich immer näher Richtung Strand trieben.

Ich wandte meinen Blick ebenfalls dem Meer entgegen. Als ich die Kinder toben sah, huschte ein Lächeln über mein Gesicht. Die Erinnerung an unsere gemeinsame Zeit im Pool des Hotels kam mir augenblicklich wieder in den Sinn.

„Sollen wir auch ins Wasser?!" Kim war meinem Blick gefolgt und grinste mich jetzt so zuckersüß an, dass ich kichern musste.

„Du spinnst doch!", sagte ich. Mein Lachen erstarb jedoch schlagartig, als ich seinen auffordernden Blick bemerkte. „Das ist nicht dein Ernst! Wir haben nichts zum Umziehen dabei und Handtücher auch nicht!", gab ich schnell zu bedenken.

„Ach!" Kim machte eine wegwerfende Geste. „Unsere Sachen trocknen doch ganz schnell bei diesem Wetter."

„Aber... Dein Rollstuhl..." Noch immer zweifelte ich stark an seiner Idee.

„Ein paar Schritte kann ich schon noch gehen!"

Kim blickte mich gespielt gekränkt an, dann grinste er frech. „Los, komm endlich! Oder hast du Schiss?!"

Unsicher schaute ich zwischen dem näherkommenden Wasser und meinem offensichtlich verrückt gewordenen Freund hin und her. Meine Entschlusskraft begann zu bröckeln.

„Nein hab ich nicht! Aber hältst du das wirklich für eine so gute Idee?!"

„Die beste Idee seit Langem!", bestätigte Kim und begann sich Schuhe und Socken auszuziehen. Zweifelnd beobachtete ich, wie er seine Hosenbeine hochkrempelte. Ich seufzte und tat es ihm nach.

Langsam erhob er sich und machte ein paar vorsichtige Schritte über den rutschigen Schlick, der gleich hinter dem befestigen Weg begann.

Ich folgte ihm achtsam darauf bedacht, ihn sofort festzuhalten, falls er ausrutschen sollte. Kim lachte, als er bemerkte, wie ich jedem seiner Bewegungen mit den Augen folgte.

„Du bist furchtbar verkrampft!"

Ich starrte ihn verächtlich an. „Und, *du* bist furchtbar unvorsichtig!"

„Fast so schlimm wie die Stationsschwester!", stichelte Kim weiter und feixte.

„Wie bitte?!", am liebsten hätte ich ihn jetzt nass gespritzt oder direkt ins Wasser befördert, doch ich besann mich eines Besseren. Wenigstens einer von uns beiden sollte in dieser Situation vernünftig bleiben.

Vernunft - ein Wort, das Kim in den letzten Minuten offensichtlich aus seinem Wortschatz gestrichen hatte.

Langsam ging er ein paar Schritte weiter, hockte sich ins seichte Wasser und stützte sich mit den Händen ab. Als ich sah, wie er zu schwanken begann, war ich sofort an seiner Seite. Ich packte ihn bei den Schultern, um ihm aufzuhelfen. Bevor ich überhaupt verstand, was hier vor sich ging hatte Kim sich jedoch blitzschnell zu mir umgewandt. Aus dem Augenwinkel heraus, nahm ich etwas Grünliches in seiner rechten Hand wahr. Kim packte mich nun seinerseits am

Oberarm. In der nächsten Sekunde fühlte ich etwas furchtbar Glitschiges in meinem Nacken!

Ich kreischte erschrocken auf und machte einen Satz zur Seite. Sofort spürte ich, wie mir – was auch immer es war – nass und ekelhaft kalt, langsam den Rücken hinunterrutschte!

Kim lachte so sehr, dass er sich hinsetzen musste. Zum langen Stehen fehlte ihm noch immer die Kraft. Dass er dabei mitten im Wasser saß, war ihm offensichtlich egal.

Mit schadenfrohem Blitzen in den Augen beobachtete er meine bislang aussichtslosen Versuche, mich von diesem ekeligen Ding zu befreien.

Schließlich gab ich auf und zog mir mein klatschnasses T-Shirt kurzerhand über den Kopf. Im Stoff entdeckte ich eine dunkelgrüne, schlabbrige Alge. Angewidert starrte ich sie an.

Mein Blick wanderte zu Kim hinüber, der mich breit grinsend und mit triumphierendem Blick musterte. „Ich sagte doch, dass ich mich rächen werde!"

Ich schnitt eine Grimasse. „Du bist so kindisch!"

„Ach ja?! Soll ich dir mal zeigen, *wie* kindisch ich werden kann?", Kim rollte sich herum, packte mich an den Hüften und zog mich schwungvoll zu sich ins Wasser.

Gemeinsam rollten wir durchs knietiefe Nass, blödelten herum und kicherten dabei wie kleine Kinder. Die Blicke der anderen Urlauber ignorierend, für die wir sicherlich ein seltsames Bild abgaben, tollten wir noch einige Augenblicke durch das seichte Meer.

Es tat unheimlich gut, so befreit lachen zu können. Ein weiterer kostbarer Moment, der uns unsere Sorgen vergessen ließ. Ein paar Minuten unbeschwertes Glück. So kurz, so schnell vergangen – und doch eine Erinnerung, die mir noch in vielen Jahren ein Lächeln ins Gesicht zaubern würde.

Später saßen wir gemeinsam eng beieinander am Strand und versuchten, in der warmen Nachmittagssonne zu trocknen.

Leider reichte die bei Weitem heute nicht mehr aus. Schon nach kurzer Zeit begannen wir zu frieren.

„Lass uns ins Hotel gehen!", entschied ich mit Nachdruck, als ich bemerkte, wie Kim zu zittern begann.

Diesmal nahmen wir den direkten Weg, wenngleich das bedeutete, dass ich Kim mit seinem Rollstuhl die ganzen steilen Holzbohlen und den privaten Fußweg zum Hotel zurückschieben musste.

Als wir endlich dort ankamen, war ich völlig fertig und Kim wirkte durchgefroren. Besorgt beobachtete ich ihn aus dem Augenwinkel heraus. Hoffentlich war diese Aktion kein Fehler gewesen.

Im Foyer wurden wir von einem äußerst besorgten Herrn Petersen empfangen.

„Anna, Kim - wo habt ihr bloß so lange gesteckt? Und wieso seid ihr so nass?!"

Herr Petersen starrte uns mit einer Mischung aus Unglauben und Besorgnis an.

Abermals kam mir der Gedanke in den Sinn, dass wir mehr als leichtsinnig gehandelt hatten. Schuldbewusst straffte ich die Schultern. Was, wenn Kim sich jetzt auch noch erkältete?

Dieser schien sich im Gegensatz zu uns allerdings wenig Sorgen zu machen. Grinsend zuckte er mit den Schultern. „Gerke, reg' dich ab! Wir haben nur einen kleinen Ausflug gemacht" Seine Augen blitzten, während er mir einen vielsagenden Blick zuwarf.

Herr Petersen hingegen schüttelte tadelnd den Kopf. „Ihr solltet jetzt beide auf Annas Zimmer gehen. Kim, dir besorge ich trockene Kleidung!"

Dreißig Minuten später saßen Kim und ich trocken und umgezogen in meinem Zimmer und tranken heiße Schokolade mit Sahne. Herr Petersen hatte Kim frische Sachen und zugleich die dampfenden Tassen hochgebracht. Nicht jedoch, ohne uns noch einmal deutlich darauf hinzuweisen, wie unklug unser Verhalten gewesen war.

Jetzt saßen wir gemütlich auf meinem Bett, genossen die gemeinsame Zeit und hingen unseren Gedanken nach.

Viel zu schnell verging dieser Tag. Gegen 18.00 Uhr brachte Herr Petersen Kim zurück ins Krankenhaus. Wir verabschiedeten uns und ich blieb allein in meinem Zimmer zurück. Natürlich wusste ich, dass unsere Trennung nur für ein paar Stunden galt, doch irgendetwas tief in mir schrie lautstark dagegen an, Kim fahren zu lassen.

Ich wusste, wir hatten nicht mehr viel Zeit und am liebsten hätte ich jeden noch so kurzen Augenblick mit ihm gemeinsam verbracht.

Ohne ihn wirkte mein Zimmer mit einem Mal kalt und leer.

Ich trat an die große Fensterfront und blickte hinunter auf den Strand. Das Meer zog sich wieder zurück und die ersten Möwen suchten in den verbliebenen Pfützen nach Futter.

Eigentlich der ideale Moment für einen Strandspaziergang. Eigentlich. Aber mir stand der Sinn nicht danach. Wie gern hätte ich mich jetzt auf die Suche nach Tina gemacht. Ihre Schicht war jedoch noch nicht zu Ende.

Mein Blick wanderte hinüber zu meinem Handy und ich seufzte.

Schon seit einigen Tagen hatte meine Mutter immer wieder versucht, mich zu erreichen. Ich war entweder gar nicht erst drangegangen oder aber hatte sie auf später vertröstet und damit das Unvermeidliche nur hinausgezögert. Ich *musste* ihr von Kim erzählen. Meine Eltern mussten Bescheid wissen, denn ich war ganz sicher nicht bereit, in den kommenden Tagen nach Hause zu fahren. Aber würden sie es auch verstehen...? Ich konnte es nur hoffen, denn ohne ihre finanzielle Unterstützung hätte ich alsbald kein Dach mehr über dem Kopf.

Mit zitternden Fingern griff ich nach meinem Handy und wählte die Nummer von Zuhause.

„Cramer?", als ich die Stimme meiner Mutter hörte, konnte ich meine Tränen nur noch mit Mühe zurückhalten. Ich fühlte, wie der Kloß in meinem Hals von Sekunde zu Sekunde dicker wurde.

„Ich bins", flüsterte ich mit erstickter Stimme.

„Annastasia! Schön, dass du dich auch endlich einmal meldest", meine Mutter verstummte sofort. Sie zögerte. Schien zu spüren, dass etwas nicht stimmte. „Was ist los mit dir?!" Ich konnte den Argwohn in ihrer Stimme deutlich hören.

„Mutter... Ich..." Gegen meinen Willen bahnten sich die ersten Tränen einen Weg über meine Wangen. Ich schluchzte ins Handy.

„Was ist passiert?" Ihre Sorge war beinahe durchs Telefon greifbar und unvermittelt brach alles aus mir heraus.

Ich weinte so sehr, dass ich nicht mehr in der Lage war, ihr zu antworten. Wie sehr wünschte ich mir jetzt, meine Eltern wären hier und könnten mich in ihre Arme nehmen. Mir mit ihrem Rat zur Seite stehen oder einfach nur zuhören. Vermutlich hatte ich sie noch nie so sehr gebraucht, wie jetzt in diesem Augenblick.

Die folgenden eineinhalb Stunden redete ich pausenlos mit meiner Mutter. Ich vertraute ihr all meine Sorgen an, die mich in den vergangenen Tagen so sehr gequält hatten, und erzählte ihr auch von meinen tiefen Gefühlen Kim gegenüber. Meine Mutter hingegen hörte aufmerksam zu und stellte nur wenige Fragen. Ich wusste nicht, ob sie meine Gefühle wirklich verstehen konnte, doch ich hörte, wie schockiert sie darüber war, dass Kim so bald sterben würde.

Als ich mir alles von der Seele geredet hatte, versiegten auch meine Tränen. Meine Mutter schwieg einen Moment und fragte mich schließlich - „Was hast du denn jetzt vor?"

„Ich weiß es nicht", entgegnete ich wahrheitsgemäß und ließ meinen Blick dabei gedankenverloren über den dämmernden Abendhimmel schweifen.

„Wie viel Zeit hat der Junge noch?", fragte sie ihrerseits nachdenklich.

Ich zuckte mit den Schultern, ehe mir einfiel, dass sie es nicht sehen konnte. „Ich weiß nicht so genau. Nicht mehr lang."

Meine Mutter atmete tief aus. „Du weißt, dass dein Urlaub in weniger als einer Woche endet?"

Erschrocken starrte ich mein Handy an, ehe ich zu einer Antwort ansetzte. Warum hatte ich sie denn angerufen? Konnte sie meine Gefühle wirklich so wenig nachvollziehen? „Nein! Ich kann jetzt definitiv nicht hier weg!", rief ich und ballte meine freie Hand zur Faust.

„Annastasia... Liebes..."

„Nein! Ich werde Kim nicht allein lassen!" Unruhig begann ich in meinem Zimmer auf und ab zu tigern.

In den vergangenen Tagen hatte ich mir immer wieder selbst verboten, darüber nachzudenken, dass mein Urlaub langsam zu Ende ging. Diese Tatsache zu verdrängen hatte für mich so viel leichter gewirkt, als mich mit dem Unvermeidlichen auseinanderzusetzen. Jetzt jedoch blieb mir keine andere Wahl mehr.

Meine Mutter seufzte. „Ich kann dich ja verstehen, aber dein Zimmer ist für die kommenden Wochen sicherlich längst weitervermietet worden. Es ist Hauptsaison!"

Verdammt – damit hatte sie wahrscheinlich recht...

„Dann nehme ich einfach ein anderes Zimmer oder ein anderes Hotel oder ich ziehe in eine Ferienwohnung. Notfalls würde ich sogar in einem Zelt übernachten, wenn ich nur bei Kim bleiben kann!"

Ich redete, ohne Luft zu holen, und krallte mich dabei verzweifelt an meinem Handy fest. „Warum verstehst du nicht, wie wichtig das für mich ist? Wie wichtig es für Kim ist?!"

„Ich verstehe dich ja...", meine Mutter zögerte. Sie schien nach den richtigen Worten zu suchen. Nach den richtigen Worten, um es mir auszureden...?

Schlussendlich seufzte sie ergeben ins Telefon. „Ich werde mit deinem Vater sprechen. Sicher finden wir irgendeine Lösung. Du weißt, dass bald die Schule wieder losgeht. Das Abitur ist sehr wichtig und du solltest es ernst nehmen. Nur mit einem guten Schnitt erhältst du auch einen guten Studienplatz."

„Ich werde hierbleiben!", entschied ich mit Nachdruck, obgleich ich wusste, dass dieses Vorhaben ohne die Hilfe meiner Eltern wohl kaum umzusetzen war. Innerlich schäumte ich vor Wut, dass meiner Mutter meine schulischen Leistungen wieder einmal wichtiger zu sein schienen als meine Gefühle. Jene Gefühle, die gerade brodelnd in mir zu toben begannen und drohten, mich in die Tiefe zu reißen. Noch nie in meinem Leben hatte ich so viel für einen anderen Menschen empfunden wie für Kim. Die Gedanken an mein Abi lagen für mich dabei in weiter Ferne.

„Ich melde mich morgen wieder bei dir", erklärte meine Mutter leise. Offensichtlich war sie es leid, mit mir zu diskutieren. „Lass dich nicht unterkriegen und versuche, ein wenig zu schlafen in Ordnung?"

„OK", ich nickte resigniert und ließ mich langsam auf einen der Stühle gegenüber meines Bettes sinken.

„Schlaf gut, Liebes", sagte sie, ehe ich das Klacken in der Leitung hörte.

Achtlos legte ich mein Handy beiseite. Wieso schien bloß immer alles schiefzugehen? Ich stolperte fortwährend über Steine die mir einer nach dem anderen, in den Weg geworfen wurden. Das war einfach nicht fair.

Am folgenden Morgen wurde ich durch lautes Klopfen an meiner Zimmertür geweckt.

Verschlafen rieb ich mir die Augen und schaute auf meinen Wecker. 08.15 Uhr.

Mein erster Gedanke galt Kim. Er musste noch im Krankenhaus sein. Aber was, wenn etwas geschehen war?

Panisch sprang ich aus meinem Bett und riss schwungvoll die Zimmertür auf.

Der junge Page war vor Überraschung einen Schritt nach hinten getaumelt und starrte mich nun entgeistert an.

„Was ist los?", fragte ich ohne Umschweife und ignorierte seinen leicht verunsicherten Blick.

„Guten Morgen..." Offensichtlich hatte der Page seine Fassung wiedergefunden, wenngleich er mich noch immer skeptisch musterte. „Sie haben Besuch, Frau Cramer - unten am Empfang."

„Oh,... OK. Danke", stammelte ich und versuchte, mich wieder zu beruhigen.

Der Page warf mir einen letzten verwunderten Blick zu, drehte dann auf dem Absatz um und verschwand den Gang hinunter.

Stirnrunzelnd kehrte ich in mein Zimmer zurück und begann mich rasch umzuziehen.

Wer kam mich denn so früh schon besuchen? Kim konnte es eigentlich noch nicht sein. Er durfte das Krankenhaus erst nach der morgendlichen Visite verlassen. Aber wenn die heute womöglich schon früher stattgefunden hatte...?

Ansonsten Tina vielleicht? Ich hatte sie nicht mehr gesehen, seit sie uns gestern Vormittag am Parkplatz absetzte.

Am Ende war mir beinahe egal, wer dort auf mich wartete, solange es bloß keine schlechten Neuigkeiten mehr gab... Mit gemischten Gefühlen machte ich mich auf den Weg nach unten.

Als ich das Foyer erreichte, ließ ich meinen Blick sogleich umherschweifen, auf der Suche nach Kim oder Tina. Ich entdeckte keinen von beiden. Dafür fiel mein Blick allerdings auf zwei Personen, die sich gerade angeregt mit Herrn Petersen unterhielten. Ungläubig starrte ich sie an und mein Herz machte einen überraschten Sprung.

In jenem Moment hob meine Mutter ihren Kopf. Unsere Blicke trafen einander und wir setzten uns beinahe zeitgleich in Bewegung.

Stürmisch fiel ich ihr in die Arme und spürte, wie sie mich fest an sich drückte.

Ich atmete den schweren, süßlichen Duft ihres Parfums ein und fühlte, wie die eben verspürte Anspannung sofort von mir abfiel. Meine Eltern waren tatsächlich gekommen. Sicherlich würden sie mir dann auch helfen wollen. Warum hätten sie sonst den weiten Weg zurücklegen sollen, wo ich doch noch fünf Tage Urlaub vor mir hatte?!

„Ach, Liebes, jetzt wird alles gut", flüsterte meine Mutter sanft und hielt mich fest, bis mein Herzschlag sich wieder beruhigte.

Anschließend umarmte ich auch meinen Vater, der offensichtlich nicht mit einer derart rührseligen Begrüßung gerechnet hatte. Verlegen blickte er sich um, ehe er meine Umarmung erwiderte.

„Wieso seid ihr hier?", fragte ich schließlich mit leicht belegter Stimme. Gemeinsam steuerten wir auf die kleine Sitzgruppe im hinteren Teil des Foyers zu.

„Weil wir uns Sorgen gemacht haben", sagte mein Vater sofort und schaute mich ernst an, „Du hast abgenommen", stellte er dabei nüchtern fest.

Ich widerstand dem Wunsch, mit den Augen zu rollen, und wandte mich meiner Mutter zu, die meine Hände ergriffen hatte und diese nun sanft drückte. „Ich habe deinem Vater gestern Abend noch alles erzählt und danach haben wir direkt unsere Koffer gepackt und sind hierher gefahren."

„Einfach so?", diese Aussage überraschte mich sehr, denn in der Regel waren meine Eltern - insbesondere mein Vater - alles andere als spontan.

„Was ist denn mit deiner Arbeit?", fragte ich an meinen Vater gewandt und sah, wie er sein charmantes Lächeln aufsetzte.

„Ich habe ein paar Termine umgelegt und somit etwas Zeit gewonnen. Wir wollten mit eigenen Augen sehen, wie es dir geht", sagte er, nicht ohne einen gewissen Nachdruck in der Stimme.

Ich strahlte. „Bleibt ihr jetzt etwa hier? Im Ernst?"

Meine Mutter nickte, lächelte dabei gequält. „Allerdings nicht in *diesem* Hotel. Ein anderes hatte noch Zimmer frei. Es hat keine Sterne, aber es wird schon gehen." Sie zog eine Grimasse und ich kicherte.

Meine Mutter in einem durchschnittlichen Hotel? - Das war irgendwie schwer zu glauben.

Einen Moment lang saßen wir schweigend beisammen. Meine Gedanken begannen zu kreisen. Erschrocken starrte ich meine Eltern an.

„Ihr seid jetzt aber nicht gekommen, um mich mitzunehmen, oder?!"

Die beiden tauschten vielsagende Blicke miteinander, dann schüttelten sie langsam die Köpfe.

„Nein, Liebes. Wir werden dich nicht mitnehmen", antwortete meine Mutter ernst.

Ich zögerte. „Sicher?"

„Wir finden, du solltest bei deinem Freund bleiben. Das ist für euch beide sicher das Beste", entgegnete mein Vater und versuchte zu lächeln. „Mit der Schule wird sich im Zweifel eine Lösung finden lassen. Die offiziellen Ferien dauern ja auch noch drei Wochen an und danach sehen wir dann weiter."

„Danke! Vielen Dank!" Abermals umarmte ich meine Eltern und drückte beiden einen dicken Kuss auf die Wange.

„Aber kann ich denn hier im Hotel bleiben?"

Mein Vater schüttelte seinen Kopf. „Leider nein. Am nächsten Samstag wirst du hier auschecken müssen. Aber wir haben dir schon ein Zimmer in unserem Hotel reserviert. Es ist nicht so weit weg von hier im Nachbarort."

Ich strahlte. „Danke!", sagte ich erneut.

„Werdet ihr auch bleiben?", gespannt schaute ich von einem zum anderen. Irgendwie konnte ich mir das nicht recht vorstellen.

„Ich werde bleiben", antwortete meine Mutter, „Dein Vater muss am kommenden Wochenende wieder abreisen - vorerst zumindest. Aber keine Angst", fügte sie rasch hinzu, als sie meinen nachdenklichen Blick bemerkte, „ich werde euch nicht stören. Doch solltest du mich brauchen, bin ich immer in deiner Nähe. Du musst mich nur anrufen und ich komme sofort zu dir."

Dankbar lächelte ich meine Mutter an. Mir fiel ein Stein vom Herzen. Immerhin endlich ein Lichtblick in diesem ganzen, furchtbaren Chaos.

Die nächsten zwei Stunden verbrachte ich gemeinsam mit meinen Eltern. Wir gingen spazieren und redeten viel.

Immer wieder schweiften meine Gedanken zu einem Thema ab, das mir seit ungefähr einer Woche auf der Seele brannte. Ich wusste nur nicht so recht, ob und wie ich es ansprechen sollte. Eben hatten wir uns gemeinsam auf eine Bank oben am Deich gesetzt, von wo aus man einen wunderbaren Blick weit über das Watt werfen konnte. Ich atmete tief die frische, salzige Luft ein und versuchte, den Kloß in meinem Hals hinunter zu würgen, der mich gerade so vehement am Sprechen hinderte.

„Ich muss da noch etwas anderes mit euch besprechen", begann ich und räusperte mich energisch. Es half nichts, – der Kloß in meinem Hals blieb, wo er war.

„Was denn Liebes?", meine Mutter warf mir einen überraschten Blick zu. Mein Vater schaute von seinem Handy auf, mit dem er soeben ein paar – *sehr wichtige* – Mails beantwortet hatte, sagte aber nichts.

„Ich habe in den letzten Tagen viel nachgedacht über verschiedene Dinge", ich seufzte. In meinem Magen flatterte es nervös, aber mir blieb keine Wahl. Es gab keinerlei Möglichkeiten, meinen Eltern schonend beizubringen, was ich ihnen zu sagen hatte. Vor allem jetzt, da sie extra meinetwegen hierhergekommen waren und die Verlängerung meines Urlaubs möglich gemacht hatten, erschien mir mein Vorhaben mehr als ungerecht ihnen gegenüber. Aber ihretwegen wieder den Kopf in den Sand stecken? Das hatte ich doch schon viel zu lang getan. Ob sie es allerdings akzeptieren oder gar verstehen würden, war in meinen Augen mehr als fraglich. Dennoch musste ich es versuchen. Ich nahm all meinen Mut zusammen, atmete tief durch und wappnete mich dem, was immer da auch kommen mochte.

„Ich... ich habe in den letzten Tagen noch mal über eure Pläne mit meinem Studium und der Firma nachgedacht und..."

„*Unsere* Pläne?", hakte mein Vater nach. Ich sah, wie er eine Augenbraue hob. Sein Blick fixierte meinen. „Es sind soviel ich weiß auch *deine* Pläne. Zumindest seit ungefähr vier Jahren."

„Das ist es ja gerade!", rief ich und sprang auf, nur um mich im nächsten Augenblick erneut auf die Bank fallen zu lassen. Ich zwang mich, ruhig zu bleiben, obgleich es in meinem Innern schon wieder zu brodeln begann. Wenn ich auch nur den Hauch einer Chance in dieser Diskussion haben wollte, musste ich einen klaren Kopf bewahren.

„Damals, als das Thema mit deiner Firma das erste Mal aufkam, war ich 12 Jahre alt!" Ich starrte meinen Vater entgeistert an. „Natürlich war ich hin und weg, dass du wolltest, dass ich bei dir arbeite und eines Tages deine Nachfolge antrete. Du warst mein Vorbild!"

Als ich das Gesicht meines Vaters sah, fügte ich rasch hinzu „Du bist immer noch mein Vorbild, aber inzwischen bin ich älter geworden."

Mein Vater sagte kein Wort. Das war auch nicht nötig, denn alles, was es von seiner Seite aus zu sagen gab, konnte ich in seinen Augen lesen. Ich schluckte. Er schaffte es, ohne wirklich etwas dafür zu tun, dass ich mich wie eine Verräterin fühlte.

Meine Mutter hingegen hatte noch nie viel von nonverbaler Kommunikation gehalten. Ihr Gesicht hatte in den letzten drei Minuten ungefähr fünfmal die Farbe gewechselt, von Blass-weiß bis Dunkelrot. Jetzt war sie bereit zu explodieren.

„Junge Dame! Sag mal, für wen hältst du dich?! So also dankst du uns unsere Unterstützung?" Ihre Stimme wurde mit jedem weiteren Wort eine Oktave höher.

Ich seufzte. „So meine ich das doch überhaupt nicht..."

„Ach ja, und wie dann, wenn ich mal so fragen darf?!"

„Ich bin jetzt 16 Jahre alt, ich werde mir doch wohl selbst aussuchen können, was ich später beruflich machen möchte!" Auch ich wurde nun eine Spur lauter und funkelte meine Mutter wütend an. Das Gespräch entwickelte sich ganz und gar nicht in die von mir erhoffte Richtung. Allerdings hatte ich auch nicht wirklich damit gerechnet, erfolgreich zu sein. Wobei, was hieß hier eigentlich erfolgreich?! Musste ich mich wirklich von meinen Eltern in diese eine berufliche Richtung drängen lassen? Hatte ich denn überhaupt keine Wahl...?!

Die Blicke meines Vaters streiften mich. Ich atmete zitternd aus und zwang mich, ihn anzusehen. Meine Mutter redete unterdes unbeirrt weiter. Ich ignorierte ihre Ausschweifungen und konzentrierte mich allein auf meinen Vater. Nur mit größter Mühe konnte ich seinen strengen Blicken standhalten. Normalerweise war dies der Zeitpunkt, an dem ich nachgab, weich wurde und mich resigniert den Wünschen meiner Eltern beugte.

Diesmal nicht...! - dachte ich bei mir und straffte die Schultern. Ich zwang mich, meinem Vater weiter in die Augen zu sehen und legte all die Kraft in meinen Blick, die sich in den vergangen Tagen und in den unzähligen schweren Momenten angestaut hatte. Ich war kein unmündiges Kind mehr. Ich war inzwischen eine junge Frau geworden und wusste sehr genau, was ich machen und wie ich diesen Weg erreichen wollte, – in der Theorie zumindest.

„Dann lass mal deine Pläne hören...", knurrte mein Vater und sorgte damit nicht nur bei meiner Mutter für große Augen.

Gegen 10.30 Uhr fuhren wir zu Kim ins Krankenhaus, um ihn abzuholen. Nachdem ich ihnen meine Pläne offenbart hatte, war mein Vater erstaunlich ruhig geblieben. Meiner Mutter hatte er recht schnell das Wort abgeschnitten und mir – zu meiner Überraschung – mitgeteilt, dass ich in seinen Augen und unter Berücksichtigung der gegebenen Umstände tatsächlich reif genug für eine eigene Entscheidung sei. Wie immer diese auch ausfallen mochte. Dass sie keine Freudensprünge vollführen würden, war mir ja ohnehin klar gewesen. Ich ahnte auch, dass das letzte Wort zu diesem Thema noch nicht gesprochen worden war. Dennoch war ich nun erst einmal heilfroh, dass es raus war und meine Eltern Bescheid wussten, wie es wirklich in meinem Innern aussah. Im Augenblick spielte aber all das ohnehin eine untergeordnete Rolle. Kim und die gemeinsame Zeit mit ihm standen für mich momentan an erster Stelle.

Dass ich zudem jetzt auch auf die Unterstützung meiner Eltern zählen konnte, gab mir zusätzliche Kraft.

In den folgenden Tagen unternahmen Kim und ich so viel miteinander wie es uns möglich war. An guten Tagen gingen wir spazieren, manchmal sogar schwimmen und an nicht so guten Tagen machten wir es uns gemütlich und redeten stundenlang über alles, was uns gerade einfiel.

Am Donnerstagabend saß ich allein in meinem Zimmer. Kim musste an diesem Tag schon früher ins Krankenhaus zurück, da die Ärzte ein paar Untersuchungen bei ihm durchführen wollten.

Ich lag auf meinem Bett und schaute mir die Handybilder an, die wir in den vergangenen Tagen geschossen hatten. Ich wusste, dass diese Fotos bald alles sein würden, was mir von Kim blieb. Dieser Gedanke schmerzte so unerträglich, dass er mir kurzfristig die Luft zum Atmen raubte. Ich schluckte meine Tränen mit Mühe hinunter und scrollte weiter durch die Fotogalerie. Dabei stieß ich auf die Bilder von unserem Zooausflug und mit einem Mal kam mir eine unglaubliche Idee. Hatte ich nicht vor ein paar Tagen diesen Artikel im Internet gelesen? Wieso bloß kam er mir erst jetzt wieder in den Sinn?! Schon seit Tagen hatte ich mir fest vorgenommen, Kim eine Freude zu machen, doch bisher war mir einfach nichts Besonderes eingefallen.

Aufgeregt sprang ich von meinem Bett hinunter und wählte Tinas Nummer. Jetzt konnte ich nur noch hoffen, dass sie mir helfen würde und meine Idee auch umsetzbar war.

Ich konnte gar nicht abwarten, Kims Gesicht zu sehen, wenn er davon erfuhr! Vorausgesetzt, es war wirklich machbar, – mahnte ich mich selbst – und wartete gespannt darauf, dass Tina das Gespräch annahm.

Nachdem ich mit ihr gesprochen und sie mir ihre Hilfe zugesichert hatte, suchte ich in meinem Zimmer nach einem Telefonbuch. Als ich es fand, blätterte ich nervös darin herum. Ich brauchte eine bestimmte Nummer. Ob die um diese Uhrzeit überhaupt noch ans Telefon gingen? Inzwischen

287

war es bereits nach 18.00 Uhr. Mit etwas Glück konnte ich die Überraschung direkt für morgen organisieren.

Tatsächlich war das Glück dieses eine Mal auf meiner Seite. Alles schien perfekt.

In dieser Nacht bekam ich vor Aufregung kein Auge zu.

17. KAPITEL

„DAS LEUCHTEN DEINER AUGEN"

Nervös lief ich in meinem Zimmer auf und ab. Schon seit 07.00 Uhr war ich auf den Beinen und hatte beinahe die ganze Nacht wach gelegen. Gerade eben hatte ich mit Tina telefoniert, um mich abzusichern, dass sie jetzt tatsächlich auf dem Weg zu mir war. Sie war mir inzwischen wirklich eine richtig gute Freundin geworden. Obwohl ich sie mit meiner Nervosität doch sicherlich schon furchtbar nerven musste, ließ sie sich nichts anmerken und war die Ruhe selbst.

Rastlos lief ich durch mein Zimmer, schaute dabei gefühlt alle 10 Sekunden auf meine Armbanduhr. Jetzt müsste sie jeden Moment kommen. Als es kurz darauf an meiner Tür klopfte, fuhr ich erschrocken zusammen.

„Hi!", rief ich aufgeregt und ließ Tina herein.

Diese grinste mich schief an und meinte - „Lass mich raten, dein Frühstück bestand heute aus Traubenzucker und Energydrinks?!"

Ich kicherte bei dieser Vorstellung und zuckte unruhig mit den Schultern. „Ich bin einfach so schrecklich aufgeregt. Wenn er nun doch etwas ahnt..."

Tina schüttelte lachend den Kopf und ergriff meine Hände. Ihre ruhigen, braunen Augen trafen auf meine. „Entspann dich, du hast doch alles geklärt und genau geplant. Es wird funktionieren und er wird im Vorfeld nichts merken. Da bin ich mir absolut sicher!"

Ich nickte, atmete einmal tief durch und verließ kurz dar-auf gemeinsam mit Tina das Hotel.

Gegen halb 10 Uhr erreichten wir das Krankenhaus. Die Stationsschwester winkte uns schon von Weitem zu und grinste breit. Es war mir sicherer gewesen, sie in unseren Plan einzuweihen, und so hatte ich am Morgen bereits ganz früh hier auf der Station angerufen. Ich wollte nichts, – abso-lut nichts – dem Zufall überlassen.

„Guten Morgen!", grüßte sie fröhlich und zwinkerte uns verschwörerisch zu. „Viel Erfolg bei eurer heutigen Aktion! Ich hoffe, es klappt alles wie geplant!"

„Das hoffen wir auch!", sagte ich und spürte meinen vor Aufregung kribbelnden Magen.

„Natürlich klappt alles!", entgegnete Tina enthusiastisch, legte mir ihre Hände auf die Schultern und warf der Stati-onsschwester einen vernichtenden Blick zu, ehe sie mich an ihr vorbeidirigierte. „Es kann gar nichts schiefgehen!"

Vor Kims Zimmertür blieben wir schließlich stehen. Ich zögerte. „Vielleicht ist es besser, wenn ich allein reingehe, damit er sich nicht wundert. Du wartest hier?"

Tina nickte. „Klar. Schließlich bin ich ja nur dabei um euch abzuholen, oder etwa nicht?!" Sie grinste vielsagend und zwinkerte mir zu.

„Danke" Ich lächelte. „Ohne dich könnte ich das heute un-möglich stemmen."

„Kein Problem - dazu sind Freunde doch da oder?!"

Ich drückte Tina kurz, aber fest an mich. Noch einmal at-mete ich tief durch und zwang mich innerlich zur Ruhe.

Wenn ich mich nicht beherrschen konnte, verriet ich mich noch selbst und dann würde Kim garantiert Verdacht schöpfen. Das musste ich unter allen Umständen verhindern. Zögernd klopfte ich an seine Tür.

Kim saß aufrecht in seinem Bett und schien zu warten. Als er mich sah, huschte ein zärtliches Lächeln über sein fahles Gesicht. Ich schluckte und versuchte, mir nicht anmerken zu lassen, wie erschrocken ich über sein heutiges Aussehen war. Kim war viel blasser als in den vergangenen Tagen. Er hatte inzwischen mindestens fünf Kilo abgenommen und seine blauen Augen wirkten müde.

„Guten Morgen!" Ich ging auf ihn zu und küsste ihn sanft auf die Stirn. Die Aufregung wegen unseres geplanten Ausfluges war der Sorge um Kims Gesundheit gewichen. Eine leise Unsicherheit machte sich in meinem Innern breit. War es wirklich gut, diese Idee für heute geplant zu haben? Sollte ich nicht vielleicht lieber alles auf einen anderen Tag verschieben, wenn es ihm wieder besser ginge...?

„Guten Morgen!", antwortete Kim, zog meinen Kopf vorsichtig zu sich hinunter, küsste mich auf die Lippen und zerstreute damit kurzfristig meinen Gedankengang.

„Wie geht es dir heute?", fragte ich mit Nachdruck und setzte mich zu ihm auf die Bettkante.

„Gut", entgegnete Kim lakonisch. An der Art, wie er es sagte, ahnte ich jedoch, dass es nicht stimmte.

Ich musterte ihn skeptisch, woraufhin er schmunzeln musste. Zärtlich strich ich eine Strähne aus seinem Gesicht und berührte dabei leicht seine Stirn. Sie fühlte sich kaltschweißig an. Mir wurde schwer ums Herz, ihn gerade heute in diesem Zustand zu sehen.

Kim fing meinen Blick auf. Seine Augen leuchteten voller Wärme, als er nach meiner Hand griff, die vergessen vor seinem Gesicht schwebte. Er führte sie an seinen Mund und hauchte einen federleichten Kuss darauf. Eine Geste, die mein Herz erzittern ließ.

„Es könnte schlimmer sein. Ich habe Kopfschmerzen, sonst nichts", entgegnete er leise.

„Soll ich der Schwester Bescheid sagen, dass sie dir was gegen die Schmerzen gibt?", fragte ich besorgt, doch Kim schüttelte kurz den Kopf.

„Die war vorhin schon hier. Sie können mir nichts mehr geben."

„Was?", aufgebracht sprang ich auf, „Das kann nicht sein! Du musst doch was nehmen können, damit..."

„Beruhige dich!", sagte Kim und hob abwehrend die Hände, „Sie haben mir ja auch ein Schmerzmittel gegeben, aber ganz können sie meine Schmerzen nicht mehr verhindern. Dafür sind sie inzwischen zu stark geworden. Andernfalls müsste ich dieses richtig harte Zeugs nehmen. Dann wäre ich aber nicht mehr fit genug, das Krankenhaus mit euch zu verlassen. Da fällt mir die Entscheidung definitiv nicht schwer. Aber mach dir bitte keine Sorgen! So schlimm ist es wirklich nicht."

Ich sollte mir keine Sorgen machen? Wie stellte er sich das bloß vor?!

Unruhig spielte ich mit meinen Fingern. So hatte ich das sicher nicht geplant. Ich wollte Kim unbedingt überraschen.

Aber wenn er Schmerzen hatte? War es dann nicht sinnvoller, er würde sich heute schonen...?

„Was ist los mit dir? Woran denkst du gerade?"

Kim lächelte mich so liebevoll an, dass es mir innerlich das Herz zerriss. Dass ich ihm nicht helfen konnte, erst recht, wenn er Schmerzen hatte, trieb mich noch in den Wahnsinn.

Kims azurblaue Augen musterten mich forschend. Seine Hand wanderte langsam und zärtlich über meinen Arm und hinauf zu meinem Gesicht. Wo er mit einer meiner Haarsträhnen zu spielen begann. „Warum guckst du so traurig?", fragte er leise und zog einen Schmollmund. Das sah so lustig aus, dass ich gegen meinen Willen lächeln musste.

„So gefällst du mir schon besser", Kim grinste und seine müden Augen funkelten, „Was ist denn nun? Muss ich hier heute Wurzeln schlagen? Ich dachte, ihr holt mich ab?!"

„Aber du hast doch Schmerzen", entgegnete ich vorsichtig, „Vielleicht solltest du doch besser heute hier im Bett bleiben."

„Ich will aber nicht im Bett bleiben!", Kims Stimme klang mit einem Mal wie die eines kleinen, bockigen Jungen.

„Ich will meine Zeit nur mit *dir* verbringen! Bestimmt hören die Kopfschmerzen nachher auf. Ob ich hier liege oder nicht, macht da doch überhaupt keinen Unterschied."

Ich atmete geräuschvoll aus. In mir kämpften Unsicherheit, Angst und der Wunsch, Kim seinen größten Traum endlich erfüllen zu können, einen erbitterten Kampf. Schweren Herzens traf ich eine Entscheidung, von der ich hoffte, sie würde die richtige sein. „Also gut. Aber du versprichst mir, dass du sagst, wenn es schlimmer wird, ja? Ich will dich nicht noch einmal umfallen sehen!"

„Versprochen!", sagte Kim sofort und hob seine Hand wie zu einem feierlichen Schwur.

Ich schüttelte lächelnd den Kopf, obgleich mir im Augenblick alles andere als zum Lachen zumute war.

Tina wartete wie abgesprochen vor Kims Zimmertür auf uns. Gemeinsam gingen wir zu ihrem Auto und fuhren los. Entgegen aller Vernunft hatte Kim heute auf seinen Rollstuhl verzichten wollen. Seine Begründung, dass er das Ding in den letzten Tagen auch nicht mehr benötigt hatte, erschien mir in Anbetracht der Tatsache, dass er heute wesentlich kränklicher wirkte, völlig irrational. Dennoch ließen wir ihn gewähren. Wenn er den Rollstuhl partout verweigerte, würde es auch ohne gehen müssen.

Ich schaffte es nur, mit größter Mühe nach außen hin einigermaßen ruhig zu wirken. Die Nervosität wegen meiner geplanten Überraschung und die Sorge um Kim ergaben eine unangenehme Kombination.

Wir fuhren eine Weile, bis Kim aus dem Fenster blickte und verwirrt bemerkte - „Das ist aber nicht der Weg zum Hotel" Er warf mir einen fragenden Blick entgegen.

„Wo fahren wir hin?"

Ich biss mir auf die Unterlippe, um mir das Grinsen zu verkneifen. „Warts ab! Wir verraten es dir sowieso nicht."

„Ich wette, ich krieg's raus!" Das herausfordernde Blitzen in seinen Augen sorgte für ein heftiges Kribbeln in meinem

Bauch. Tina kam mir zu Hilfe, ehe ich etwas erwidern konnte.

„Wenn du keine Ruhe gibst, müssen wir dir leider die Augen verbinden, bis wir angekommen sind. Dann siehst du allerdings gar nichts mehr. Es liegt ganz bei dir!"

Kims verdatterter Gesichtsausdruck brachte mich nun doch zum Kichern.

Er schnaubte verächtlich. „Wie seid ihr denn heute drauf?! Dann warte ich eben. Ich finde schon noch raus, was ihr vorhabt!"

Tina und ich wechselten vielsagende Blicke über den Rückspiegel miteinander und grinsten. Soweit lief alles nach Plan.

Um es Kim nicht zu leicht zu machen und ihm unterwegs schon zu verraten, wohin die Reise ging, fuhr Tina nicht den direkten Weg über die Landstraße, sondern wählte den Umweg über die Autobahn. Aufgrund der höheren Geschwindigkeiten war diese Strecke am Ende vermutlich sogar schneller.

Auf diese Weise tappte Kim im Dunkeln, bis wir unser Ziel endlich erreichten.

Seine Augen wurden groß, als er bemerkte, wo wir waren.

„Der Zoo?! Wieso sind wir zum Zoo gefahren?"

Statt zu antworten, suchte Tina einen geeigneten Parkplatz. Ich schwieg ebenfalls. Obgleich mein Grinsen nur schwer zu übersehen war. Inzwischen hatte ich das Gefühl, ich könnte vor Aufregung platzen!

Wir stiegen aus und gingen zum Eingang hinüber.

Kim folgte uns schweigend. Ich konnte sehen, wie es in seinem Kopf arbeitete. Er schien verwirrt, warum ich gerade dieses Ziel ausgesucht haben mochte und weshalb wir ein derartiges Geheimnis daraus machten, hierher zu fahren. Ganz offensichtlich hatte er nicht die geringste Ahnung.

Ein Glück!

„Ihr wartet hier", sagte ich zu den beiden und lief schnellen Schrittes zu dem kleinen Kassenhäuschen hinüber. Der Mann dort wusste bereits über unseren Plan Bescheid und nickte, kaum dass ich meinen Namen genannt hatte.

„Ich sag' eben Arndt, dass ihr da seid!" Sogleich hob er sein Handy ans Ohr.

Fünf Minuten später konnten wir durchgehen.

„Ihr habt überhaupt keinen Eintritt bezahlt", stellte Kim skeptisch fest. „Was ist hier los?"

Tina und ich warfen uns verschwörerische Blicke zu. Sagten jedoch nichts.

Ich kicherte, als ich sah, wie verwirrt Kim schien. Es war lustig, ihn derart zappeln zu sehen.

Erneut mussten wir einige Minuten warten. Kim löcherte uns indes mit Fragen und wurde immer ungeduldiger, als er bemerkte, dass wir ihm keine Antworten gaben.

Tina feixte. „An dem Spruch - In jedem Manne steckt ein Kind - scheint etwas Wahres dran zu sein!"

„Stimmt!" Ein leicht spöttisches Grinsen huschte auch über meine Lippen. „Er ist so ungeduldig wie ein kleiner Junge!"

„Ihr seid total fies, das ist euch klar oder?!", entgegnete Kim und warf uns vernichtende Blicke entgegen, ehe er sich erneut leicht verwirrt umschaute. „Ich verstehe einfach nicht, weshalb wir hier sind. Das ist kein normaler Zoobesuch. Der Kerl dort hinten wusste doch, dass wir kommen...?!"

„Nun", Tina schaute gespielt übertrieben auf ihre Armbanduhr, „Weshalb *ich* hier bin, weiß ich genau. Ich gehe dann mal einen Kaffee trinken - oder zwei", fügte sie mit leicht amüsiertem Grinsen hinzu, „Ich hole euch später wieder ab. Ich weiß ja, wo ihr seid."

„Alles klar. Ich danke dir!", ich drückte Tina kurz an mich, ehe sie Richtung Café verschwand.

„Warum haut die jetzt ab?!", fragte Kim. Sein Blick war Gold wert.

„Du bist süß!", entgegnete ich kichernd.

Kim warf mir einen derart durchdringenden Blick zu, dass ich spürte, wie mir augenblicklich die Röte in die Wangen stieg.

„Wieso bin ich *süß*?"

Ich zuckte mit den Schultern und musste schon wieder grinsen. Ich liebte dieses Spiel zwischen uns. Auch ich wusste inzwischen ganz gut, wie ich Kim auf die Palme bringen konnte. Diese lockere, ausgelassene Neckerei tat uns beiden gut und vertrieb bisweilen die Ängste und Sorgen, die uns Tag um Tag immer wieder in den unterschiedlichsten Momenten einholten.

„Einfach, weil du so bist, wie du bist", erwiderte ich leichthin und zwinkerte ihm zuckersüß zu. „Und, weil du überhaupt keine Ahnung hast, was wir hier gleich machen."

Kim öffnete seinen Mund, um etwas zu erwidern, doch im selben Augenblick trat ein großgewachsener, junger Mann auf uns zu. „Moin, ihr zwei! Ihr wollt zu den Löwen, ja?"

„Hallo!", grüßte ich und lächelte aufgeregt, „Ja. Haben wir miteinander telefoniert?"

„Japp!", entgegnete der junge Mann und streckte erst mir und dann Kim seine Hand entgegen. An Kim gewandt, fügte er noch hinzu, „Ich heiße übrigens Arndt. Ich bin hier der Tierpfleger für die Großkatzen."

„Hi, ich bin Kim", antwortete dieser tonlos und bekam erneut große Augen. Unsere Blicke trafen einander und ich konnte seinen Unglauben förmlich spüren. Zum ersten Mal erlebte ich Kim sprachlos.

Mit der inneren Gewissheit, absolut alles richtig gemacht zu haben, folgte ich Arndt, der sich langsam mit Kim Richtung Löwengehege in Bewegung setzte.

Am Außengehege der Löwen angekommen blieben wir stehen.

„Also, die ausgewachsenen Tiere sind jetzt alle draußen. Das haben wir eben schon vorbereitet", erklärte Arndt und deutete auf das angebaute Löwenhaus, „Dort gehen wir gleich rein. In einem abgetrennten kleinen Raum sind die Jungen."

„Die Jungen?!" Kim schien nervös und doch freute er sich sichtlich. Seine Wangen waren vor Aufregung ganz rosig geworden. Ich registrierte erleichtert lächelnd, dass er längst nicht mehr so blass wirkte wie zuvor im Krankenhaus.

Gemeinsam betraten wir das Löwenhaus. Hier konnten normalerweise auch andere Besucher hinein, doch für den Moment war es nur für uns zugänglich. Hinter Glasscheiben beobachtete man für gewöhnlich die Löwen, die sich im Innengehege bewegten. Durch kleine Türen konnten diese zwischen Innen- und Außenanlage wechseln. Jetzt jedoch waren diese Türen mit Schiebern verschlossen worden.

„Kommt mit hier entlang!" Arndt öffnete eine weitere Tür und bedeutete uns, schnell hindurchzugehen. Am Rande nahm ich wahr, wie er sie hinter uns wieder verriegelte, doch meine Aufmerksamkeit galt jetzt ganz Kim. Ich war so gespannt auf seine Reaktion, dass ich beinahe vergaß, zu atmen. Der kleine Raum hier war nicht groß und es roch leicht nach Tier. Kaum hatte ich diesen Gedanken zu Ende gedacht, da schossen drei kleine Löwenjungen auf uns zu!

„Gott sind die niedlich!", rief ich begeistert, wagte jedoch noch nicht, sie zu berühren.

Kim stand da, wie vom Donner gerührt und bewegte sich nicht. Sprachlos beobachtete er, wie eines der Jungen versuchte, mit seinem Hosenbein Fangen zu spielen.

„Du kannst ihn ruhig streicheln." Arndt nickte Kim auffordernd zu. „Ihre Krallen und Zähne sind nicht schärfer als die eines kleinen Hundes. Es könnte schon mal etwas zwicken, aber sie sind ungefährlich."

„Ich habe keine Angst!", entgegnete Kim ernst und warf Arndt einen fast beleidigten Blick entgegen, ehe er sich langsam zu dem Löwenbaby hinunterbeugte, „Es ist nur... Ich hätte niemals gedacht, dass...", er verstummte, als das kleine Tier zutraulich an seinen Fingerspitzen schnupperte und seine Stirn an ihnen rieb.

Kims Blick traf meinen. Ich bemerkte die Tränen in seinen Augen, die er so vehement zu verbergen versuchte, und ich spürte die tiefe Dankbarkeit, die von ihm ausging. Auch ich fühlte Tränen in meinen Augen aufsteigen, spürte den Kloß in meinem Hals und die Freude in meinem Herzen, diesen einen ganz besonderen Moment mit Kim gemeinsam erleben zu dürfen. Die Erfüllung seines größten, längst aufgegebenen Traumes.

Langsam ließen wir uns auf dem Fußboden nieder. Sofort kamen die neugierigen Löwenjungen auf uns zu. Sie kletterten über uns hinweg oder versuchten, unter unseren Beinen hindurchzukriechen. Einer hangelte sogar nach meinen Haaren.

Kim wurde von Minute zu Minute offener und nach einiger Zeit erschien ein Lächeln in seinem Gesicht, das einfach nicht mehr verschwinden wollte. Begeistert beobachtete er die Tiere. Streichelte sie, wenn sich die Gelegenheit bot, oder spielte mit ihnen. Ich lächelte erleichtert, als ich sah, wie er immer mehr aufblühte. Mir fiel ein Stein vom Herzen.

Arndt hielt Abstand, sah sich das Geschehen schweigend an und gab uns Raum. Ein leises Lächeln umspielte auch seine Mundwinkel.

Ich hatte ihm am Abend zuvor am Telefon die ganze Situation geschildert. Hatte den Internetartikel erwähnt, indem die Löwenjungen der Öffentlichkeit zum ersten Mal vorgestellt worden waren. Außerdem hatte ich ihm von Kims schwerer Krankheit und seinem größten Traum erzählt, den ich ihm unbedingt noch erfüllen wollte. Arndt im Folgenden von meiner Idee zu überzeugen war – Gott sei Dank – ein Leichtes gewesen.

Die Zeit mit den Löwenjungen war unglaublich schön. Ganz besondere Momente, die alles andere in den Schatten stellten. Kim vergaß seine Schmerzen und wir dachten nicht länger an seine Krankheit oder an das, was passieren würde.

Als Kim eine der kleinen Raubkatzen in seinen Armen hielt und ich sah, wie seine Augen leuchteten, spielte alles andere keine Rolle mehr...

18. KAPITEL

„WEISSE ROSEN"

Knapp eine Stunde durften wir die gemeinsame Zeit mit den Löwenjungen genießen.

Tina hatte uns im Anschluss am Löwenhaus abgeholt und gemeinsam waren wir zum Hotel gefahren, wo Kim und ich den restlichen Nachmittag auf meinem Zimmer verbrachten. Kaum dass wir allein waren, hatte er mich fest in seine Arme geschlossen, mich zärtlich geküsst und geflüstert - „Das war der schönste Augenblick meines Lebens - ich danke dir!"

Wir legten uns gemütlich auf mein Bett und hörten Musik, die ich über mein Handy laufen ließ. Immer wieder schlief Kim dabei ein. Ich konnte nicht umhin, ihn zu beobachten. Noch nie hatte ich ihn schlafend gesehen. Seine Gesichtszüge wirkten so friedlich und er schien plötzlich um Jahre jünger. Nach ein paar Minuten erwachte er meist wieder. Mir fiel auf, dass er im Laufe des Nachmittags immer blasser und abgeschlagener aussah. Kim hingegen fiel mir ins Wort, wann immer ich ihm vorschlug, er könnte auch schon früher ins Krankenhaus zurück. „Sei nicht schon wieder so furchtbar verkrampft!", sagte er neckend und küsste mich. „Mir geht es doch gut und ich möchte heute jede Sekunde mit dir verbringen – so lange es geht." Dabei lächelte er derart liebevoll, dass er all meine Bedenken zerstreute.

Als Herr Petersen ihn an diesem Abend ins Krankenhaus zurückbringen wollte, fiel sogar ihm auf, dass Kim beim

Laufen schwankte. Wir sprachen ihn darauf an, doch er lachte bloß und meinte, dass es ihm schon lange nicht mehr so gut gegangen sei.

„Ich habe überhaupt keine Schmerzen mehr!", sagte er lächelnd und küsste mich zum Abschied derart leidenschaftlich, dass mir ganz schwindelig wurde. Ich kuschelte mich fest in seine Arme und atmete tief seinen vertrauten Duft ein. „Bis morgen!", sagte ich.

Ein kurzes Flackern erschien daraufhin in Kims Augen. Ein dunkler Schatten, der jedoch nur für den Bruchteil einer Sekunde sichtbar blieb.

„Ich liebe dich", flüsterte Kim an meinem Ohr, „Ich liebe dich - für immer..."

„Ich liebe dich auch", antwortete ich lächelnd und spürte wieder das vertraute Kribbeln in meinem Bauch.

Sehnsüchtig schaute ich im Anschluss dem schwarzen Volvo nach, bis dieser in der Abenddämmerung verschwunden war.

In der darauffolgenden Nacht träumte ich wieder.

Ich war erneut an diesem Ort, der in meinen Träumen stets so kalt und dunkel gewesen war. Jetzt jedoch war es hier hell und warm. Auf einmal stand der kleine Junge neben mir. Er lächelte mich offen an. Seine azurblauen Augen funkelten.

„Du bist Kim, nicht wahr?", hörte ich mich selbst fragen.

Der Junge nickte und lachte laut auf. „Sieh nur, wie schön es hier ist! Das Licht ist überall!"

„Ja", erwiderte ich, „Das Licht ist wirklich schön."

Der kleine Kim tanzte lachend und singend ein paar Mal um mich herum. Schließlich blieb er stehen und schaute mich mit leuchtenden Augen an. „Danke."

„Wofür?", fragte ich überrascht.

„Für alles!" Der Junge machte sogleich eine weitläufige Geste mit seinen ausgestreckten Armen. „Dafür, dass ich jetzt nie mehr Angst haben muss und nie wieder allein sein werde!"

Kaum hatte er dies gesagt, drehte er sich um und rannte kichernd davon. Ich sah ihm nach und musste lächeln. Auch ich fühlte mich unendlich wohl an diesem Ort.

Plötzlich änderte sich etwas. Zuerst wusste ich nicht, was es war, doch dann spürte ich, dass ich beobachtet wurde. Schnell schaute ich mich um. Niemand war zu sehen. Da begann das helle Licht, um mich herum zu verschwimmen.

Kims Stimme verstummte.

Langsam öffnete ich meine Augen. Mattes Tageslicht schien durch die großen Fenster auf mein Bett und es dauerte einige Minuten, ehe ich begriff, dass ich geträumt hatte. Noch immer spürte ich, dass mich jemand beobachtete. Ich setzte mich auf und entdeckte den Boten, der unweit meines Bettes stand und mich unverwandt ansah.

„Was ist los?", fragte ich überrascht und versuchte meine Gedanken ins Hier und Jetzt zurückzuholen.

Der Bote schaute mich lange schweigend an, ehe er schließlich antwortete. „Ich werde jetzt gehen."

Obwohl er dies in so ruhigem Ton sagte, lief mir unwillkürlich ein Schauer über den Rücken. „Warum sagst du das?!", fragte ich, und in mir keimte ein furchtbarer Verdacht.

„Es wird Zeit für mich weiterzuziehen", erklärte der Bote, „Meine Aufgabe hier ist getan."

„Was?" Hektisch befreite ich mich aus meiner Decke und setzte mich auf den Rand meines Bettes. „Was willst du damit sagen? Sag mir sofort, wie du das meinst!"

Ich hörte, wie meine Stimme zu zittern begann. Meine Hände krallten sich in das Laken, während ich das Wesen mit meinen Blicken fixierte.

Der Bote wich mir nicht aus. Seine eisblauen Augen funkelten leicht. „Ich glaube, tief in deinem Herzen kennst du die Antwort bereits."

„Nein!", rief ich und sprang aus dem Bett. Meine Augen füllten sich mit Tränen. „Nein! Nein! Das glaube ich nicht! Das darf nicht sein! Bitte sag, dass du dich irrst!", flehte ich, „Es ist zu früh!"

„Es ist nicht zu früh", entgegnete der Bote ruhig, „Es ist nur für euch Menschen zu früh." Bedauernd schüttelte er seinen Kopf, – dabei stoben Tausende kleiner Lichtfunken quer durch den Raum. „Für euch Menschen ist es immer zu früh..."

Kaum hatte er dies gesagt, begannen die Konturen des silbernen Wolfes vor meinen Augen unscharf zu werden. „Lebewohl, Annastasia. Habe Dank für deine Hilfe."

Das Wesen wurde blasser und löste sich schließlich vollkommen auf.

Ich stand noch immer fassungslos neben meinem Bett und starrte ins Nichts. Ein dumpfes Gefühl der Leere breitete

sich in meinem Magen aus und raubte mir jede Luft zum Atmen.

Rastlos lief ich in meinem Zimmer auf und ab. Mein Herz
raste und mein Mund war staubtrocken. „Ich muss es wissen!", rief ich. Rasch zog ich mich an und verließ kopflos
den Raum.

Ich hastete durchs Treppenhaus. Nahm immer zwei Stufen
auf einmal. Fühlte mich vollkommen hilflos. Ich konnte den
Gedanken daran, Kim verloren zu haben, einfach nicht ertragen. Er durfte nicht tot sein - noch nicht jetzt. Wir brauchten
mehr Zeit. Wenigstens noch ein paar Tage.

Unten im Foyer schaute ich mich hektisch um. Ich hatte
keine Ahnung, wie spät es gerade war. Ich wusste nur, dass
es bereits zu dämmern begonnen hatte. Hier im Hotel war es
überall menschenleer. Nicht ein Gast war mir bisher begegnet.

Am Empfang stand noch der Nachtportier. Mein Mut verließ mich, als ich ihn sah. Ich hatte so gehofft, auf Herrn Petersen zu treffen. Ich schluckte schwer gegen das trockene
Gefühl in meinem Hals an.

Der Nachtportier warf mir einen fragenden Blick zu. Ich
ignorierte ihn. Irgendetwas musste ich doch tun können. Ich
wollte zu Kim – jetzt, sofort!

„Anna?!"

Wie in Trance drehte ich mich um. Herr Petersen stand direkt neben mir. Ich hatte ihn gar nicht kommen hören.

„Anna! Wieso sind Sie schon auf?", fragte er besorgt und
griff nach meiner Hand. Ich entzog sie ihm. Öffnete den

Mund, um etwas zu sagen, doch stattdessen spürte ich nur, wie meine Beine nachgaben. „Sie sollten sich besser hinsetzen. Ich hole Ihnen ein Glas Wasser", hörte ich den Portier sagen, als er mich sanft zu der kleinen Tischgruppe hinüberführte, an der ich in den vergangenen Wochen schon so viele Male gesessen hatte.

„Ich will kein Wasser!", rief ich trotzig und drückte mich mit neugewonnener Kraft aus den Polstern hoch, „Ich will zu Kim!"

Herr Petersen zögerte. Offensichtlich wusste er nicht, was er darauf erwidern sollte.

„Anna... Sie können jetzt nicht zu ihm."

„Ach, und warum nicht?!", fragte ich mit zitternder Stimme und spürte, wie meine Augen zu brennen begannen. Ich starrte den Portier hilflos an. „Sie wissen es!"

Mit einer Mischung aus Wut und Verzweiflung pikste ich ihm meinen Zeigefinger in die Brust.

Herr Petersen seufzte, nahm langsam in dem Sessel neben mir Platz. Sein Gesicht wirkte blass. Unter seinen Augen zeichneten sich dunkle Ringe ab. Er sah aus, als hätte er die ganze Nacht nicht geschlafen.

„Was. Wissen. Sie?", fragte ich langsam und mit Nachdruck, ohne meine Augen dabei von seinen abzuwenden.

Herr Petersen faltete die Hände im Schoß, nur um sie im nächsten Moment wieder zu lösen und sich mit einer Hand unruhig durch seine Haare zu fahren. Erst jetzt fiel mir auf, dass er statt seines Anzugs eine Jeans und ein graues Hemd trug. Wieso hatte er sich noch nicht umgezogen?

„Was wissen Sie?", ich schluchzte mehr, als dass ich sprach.

Für eine Sekunde schloss Herr Petersen die Augen, er wirkte gequält. Als er sie wieder öffnete, schimmerten sie feucht. „Ich komme aus dem Krankenhaus. Sie hatten mich gegen Mitternacht angerufen, weil es ihm...", er räusperte sich, als seine Stimme zu brechen drohte, „Kim ist gegen 4 Uhr heute Morgen gestorben, Anna."

Ich hatte ihn gehört und doch fiel es mir unendlich schwer, die Worte zu begreifen.

„Was...? Nein!"

Kim war tot. Er war wirklich tot. Vor ein paar Stunden hatten wir doch noch zusammen gelacht und jetzt würde ich nie wieder seine Nähe spüren. Meine Augen füllten sich erneut mit Tränen.

Herr Petersen erhob sich und tat etwas, dass er noch nie getan hatte. Er nahm mich fest in seine Arme. Ich spürte die Wärme dieser Geste und dennoch war mir entsetzlich kalt.

Das alles kam mir vor wie ein furchtbarer Albtraum, aus dem ich nicht erwachen konnte. Plötzlich war es so schnell gegangen. Viel zu schnell.

Einen Moment lang ließ ich seine Umarmung zu, dann stieß ich ihn fort und sprang auf. Wütend funkelte ich Herrn Petersen an, der verwirrt dreinblickte.

Die Trauer in meinem Innern wandelte sich im Bruchteil von Sekunden in heiße Wut.

„Wie können Sie es wagen?", meine Stimme zitterte inzwischen so sehr, dass ich die Worte nur mit Mühe hervorbrachte.

„Anna...", Herr Petersen machte einen Schritt auf mich zu, griff nach meiner Hand. Ich aber wich ihm erneut aus. Mein Puls raste. Ich konnte die Gefühle nicht länger kontrollieren. Es fühlte sich an, als würde ich von innen heraus verbrennen.

„Wie können Sie es wagen, mir nicht Bescheid zu sagen?! Wir haben uns geliebt! Ich hätte bei ihm sein müssen, als... als er starb. Wie konnten Sie nur ohne mich ins Krankenhaus fahren?!"

Zudem stellte sich mir die brennende Frage, weshalb die Stationsschwester nicht auch bei mir angerufen hatte. Ich wusste zwar, dass Herr Petersen als Kims Vormund der Erste war, dem sie Bescheid geben mussten, aber sie hatte es mir doch versprochen...

Der Portier atmete schwer. Offensichtlich belastete ihn unser Gespräch ebenso sehr wie mich. „Anna... bitte hören Sie mir doch zu..."

„Nein!" Heiße Tränen liefen meine Wangen hinab. Ich starrte ins Leere, ballte meine Hände zu Fäusten und versuchte irgendwie die Emotionen in meinem Innern wieder unter Kontrolle zu bekommen. Ein sinnloses Unterfangen.

Ich wandte mich schluchzend ab.

„Es war sein letzter Wunsch." Herr Petersens Stimme kam stoßweise und es kostete ihn viel Kraft, die Worte auszusprechen. „Kim hat mich schon vor zwei Tagen darauf angesprochen. Er ahnte... Nein, er wusste, dass es jetzt schnellgehen würde. Er konnte es spüren, hat er zu mir gesagt." Der Portier kämpfte jetzt selbst mit seinen aufkommenden Tränen. Atmete ein paar Mal tief durch, ehe er weitersprach.

„Er sagte zu mir, dass er dich mehr liebt als jemals einen anderen Menschen zuvor und dass er es nicht ertragen würde, wenn er wüsste, dass du ihm beim Sterben zusehen und leiden musst. Ich musste ihm versprechen, dir nicht Bescheid zu geben, wenn es soweit sein würde."

Ich konnte Herrn Petersen nur noch durch einen dichten Schleier aus Tränen sehen. Selbst um ihm zu antworten, fehlte mir im Augenblick die Kraft.

Warum hatte Kim mir die letzte Möglichkeit genommen, mich von ihm zu verabschieden? Wie konnte das sein Wunsch gewesen sein?!

Der Portier, der sich selbst wieder gefangen zu haben schien, unternahm einen erneuten Versuch, zu mir durchzudringen. „Ich werde deine Eltern anrufen, damit sie herkommen. Du solltest jetzt nicht allein sein. Soll ich auch Tina wecken?"

Ich schluckte meine Tränen hinunter, so gut es ging, und schüttelte entschieden den Kopf. „Nein..."

Erneut kochten die Gefühle in mir hoch. Wut und Trauer ergaben ein explosives Gemisch. Ich atmete zitternd aus, dann drehte ich auf dem Absatz um und stürmte davon.

„Anna!", Herrn Petersens Stimme verstummte ungehört hinter meinem Rücken.

Ich rannte, so schnell mich meine Beine trugen, in blinder Wut davon. Ich wusste nicht einmal, wohin ich wollte.

Stürzte aus dem Hotel hinaus und den kleinen Kiesweg entlang Richtung Hauptstraße. Dort blieb ich kurz stehen, um mich zu orientieren. Durch die Tränen in meinen Augen nahm ich den Weg nur verschwommen wahr.

Wohin jetzt?

Zurück ins Hotel wollte ich nicht und den Weg ins Krankenhaus schaffte ich auch nicht. Wozu auch? Dort gab es niemanden mehr, der auf mich wartete.

Diese Erkenntnis bohrte sich wie ein Dolch tief in mein Herz und ließ es zu Eis erstarren.

Ich schrie laut auf und rannte weiter.

Irgendwann landete ich schließlich im Dorf. Die größte Wut in mir war inzwischen verraucht. Die Trauer aber lastete derart schwer auf mir, dass ich glaubte, jeden Augenblick unter ihr zusammenzubrechen.

Langsam ging ich an den kleinen Geschäften vorbei. Die ersten öffneten bereits ihre Läden. Ich sah mich um und nahm doch kaum etwas wahr.

Alles war so falsch. So sollte es nicht enden.

In der Nähe des Marktplatzes ließ ich mich müde und verzweifelt auf einer der Bänke nieder. Ich schaute in den fast wolkenlosen Himmel und ließ meinen Tränen erneut freien Lauf.

„Kim...", flüsterte ich leise, „Warum?"

Ich musste unwillkürlich daran denken, wie ich noch vor 24 Stunden aufgeregt und voller Vorfreude durch mein Zimmer gelaufen war. Kim so im Unwissen zu lassen, hatte wirklich Spaß gemacht. Dann die Löwenbabys und das fast kindliche Leuchten in seinen Augen.

Er hatte auf einmal viel gesünder gewirkt. Hatte er nicht noch zu mir gesagt, dass er keine Schmerzen mehr spürte? Wie konnte das sein? War es am Ende vielleicht normal? Hatte man keine Schmerzen mehr, kurz bevor man sterben musste?!

So viele Fragen und doch würde ich keine Antworten darauf finden.

Ich schloss meine Augen und atmete zitternd aus. Die kühle Morgenbrise strich sanft über meine Haut und ganz langsam kam ich innerlich ein wenig zur Ruhe.

„Hallo!" Auf einmal vernahm ich die Stimme eines kleinen Jungen neben mir.

Kim?!

Erschrocken riss ich die Augen auf. Der Junge, der jetzt neben mir stand, hatte allerdings nicht die geringste Ähnlichkeit mit dem kleinen Kim aus meinen Träumen.

Er war etwas pummelig und hatte kurzes, blondes Haar.

Verwundert sah er mich an. „Warum weinst du?"

Schnell wischte ich mir die Tränen fort und versuchte zu lächeln. Es gelang mir nicht. „Ich bin einfach traurig", gab ich leise zu.

„Warum?", fragte der Junge neugierig. Seine Frage versetzte mir erneut einen Stich. Nur mit größter Mühe schaffte ich es, ihm zu antworten. „Mein Freund, den ich sehr geliebt habe, ist jetzt nicht mehr da."

„Ist er tot?", fragte der Junge – direkter, als ich es im Augenblick ertragen konnte. Ich hatte ganz vergessen, wie offen Kinder waren. Ich schluckte schwer, nickte wie benommen und spürte, wie ein neuerlicher Tränenstrom in meinen Augen brannte.

„Felix. Was machst du da?" Eine Frau Mitte 30 kam auf uns zu, in ihrem Arm einen großen Strauß weißer Rosen, deren Stängel in grünem Papier eingeschlagen waren.

Felix folgte meinem Blick und grinste. „Sind die nicht schön? Die hat Mama eben auf dem Markt gekauft! Wir waren die ersten Kunden! Willst du wissen, für wen die sind?"

Ich nickte unsicher und schniefte leise.

„Die sind für meinen Opi, der wird heute 70 Jahre alt!" Felix strahlte, dann zögerte er nachdenklich. Offensichtlich war ihm soeben eine Idee gekommen. Er rannte zurück zu seiner Mutter, die nur wenige Meter vor uns stehen geblieben war. Sie beugte sich zu ihm hinab und er flüsterte ihr etwas ins Ohr. Ich beobachtete, wie sie nickte, lächelte und ihm eine der weißen Rosen gab.

Der Junge kam zurück und streckte sie mir von einem Ohr bis zum anderen grinsend entgegen. „Hier für dich! Damit du nicht mehr so traurig bist!"

Zögernd griff ich zu. Die Rose schimmerte hell im Sonnenlicht und duftete so herrlich frisch, dass ich gegen meinen Willen lächeln musste. „Danke", flüsterte ich dem kleinen Jungen zu, ehe meine Gefühle mich aufs Neue überrannten und ich bitterlich zu weinen begann.

Aus dem Augenwinkel nahm ich wahr, wie die Mutter ihren Sohn fest in die Arme schloss und mit sanfter Stimme zu ihm sagte - „Komm mit. Lassen wir das Mädchen jetzt allein"

An mich gewandt fügte sie mit leisem Lächeln hinzu - „Behalten Sie ihren Freund im Herzen, dann wird er immer bei Ihnen sein."

Die beiden wandten sich um und verschwanden.

Ich blieb noch eine ganze Weile auf der Bank sitzen, bis auch die letzte Träne getrocknet war. Ich fühlte mich unendlich traurig, aber das Gefühlschaos, welches zuvor meinen Körper beherrscht hatte, schwieg. Zumindest für den Moment.

Mein Blick wanderte langsam umher und instinktiv fragte ich mich, wie spät es wohl war. In der Eile hatte ich weder Armbanduhr noch Handy mitgenommen.

Herr Petersen hatte bestimmt meine Eltern informiert. Sicher suchten sie mich schon.

Gewissensbisse packten mich, weil ich einfach so davon gelaufen war. Mein Blick wanderte über die hübschen, zarten Blütenblätter der Rose und ich beschloss zurückzugehen.

Die letzten Meter vor dem Hotel wurde ich zusehends langsamer. Schon von Weitem erblickte ich meine Eltern und blieb stehen. Als meine Mutter mich schließlich entdeckte, rief sie meinen Namen und rannte los.

Wir fielen einander in die Arme. Ich genoss ihre Nähe und spürte, wie sich die Trauer in mir wieder ihre Bahnen brach. Auch mein Vater, Herr Petersen und Tina kamen angelaufen. Sie alle hatten nach mir gesucht und schienen erleichtert, dass mir nichts geschehen war.

Ich bin nicht allein. - Diese Erkenntnis traf mich unvermittelt und ein tröstendes Gefühl der Geborgenheit legte sich wie ein wärmender Mantel um meine Seele.

Ich hatte Freunde und Familie. Menschen, die mich liebten und für mich da waren.

Ja, Kim war fort - doch ein Teil von ihm würde für immer in meinem Herzen sein.

19. KAPITEL

„NIEMALS VERGESSEN"

Gedankenverloren stand ich vor dem großen Spiegelschrank und schaute hinein. Mein Blick wanderte an mir hinunter. Über die schwarze, kratzige Bluse, die dunkle Jeans und die mattschwarzen Stiefel. Dann wieder hinauf zu meinem Gesicht.

Das bin nicht ich. - ging es mir durch den Kopf. Meine Augen waren noch immer gerötet vom vielen Weinen und die dunklen Schatten waren Beweis für den wenigen Schlaf, den ich den vergangenen Nächten gehabt hatte.

Ich fühlte mich unendlich allein. Es war, als wäre durch Kims Tod auch ein kleiner Teil von mir gestorben. In den vergangenen Tagen hatte ich viel Zeit abwechselnd mit meinen Eltern und Tina verbracht. Gemeinsam hatten wir geredet, gelacht und geweint. Mit jedem Tag glaubte ich, dass es ganz langsam bergauf gehen würde. Der heutige Tag jedoch belehrte mich eines Besseren.

Warum bloß hatte all dies geschehen müssen. Der Bote hatte es *Schicksal* genannt.

Doch ich fragte mich nun schon zum wiederholten Male, wie das Schicksal so grausam sein konnte. Wir hatten uns geliebt und konnten doch nur so kurz zusammen sein.

War das gerecht...?

Kim war noch so jung gewesen und jetzt stand ich hier vor dem Spiegel und bereitete mich auf seine Beerdigung vor. Abermals füllten sich meine Augen mit Tränen.

Ich weinte lautlos in mich hinein und bemerkte dabei nicht, wie die Zimmertür leise geöffnet wurde. Meine Mutter trat langsam ein, kam auf mich zu und legte tröstend ihre Arme um meine Schultern. Sie sagte nichts, hielt mich nur fest und schenkte mir ein bisschen Wärme bei all der Kälte, die ich in mir spürte.

Eine Weile standen wir so da, bis meine Mutter die Stille schließlich brach.

„Ich war in meinem Leben schon auf so einigen Beerdigungen, aber eins ist merkwürdig." Als sie dies sagte, deutete sie mit ihrer Hand Richtung Fenster.

Ich folgte ihrem Blick. Draußen regnete es in Strömen. Die Tropfen rannen unaufhörlich über das Fensterglas.

„Was ist merkwürdig?", fragte ich leise, wischte mir die Tränen fort und drehte mich zu meiner Mutter um.

Auf ihrem Gesicht zeichnete sich ein trauriges Lächeln ab.

„Auf jeder Beerdigung, auf der ich war – egal, zu welcher Jahreszeit sie stattfand - hat es immer geregnet."

„Wirklich?" Überrascht starrte ich zuerst meiner Mutter ins Gesicht, die bestätigend nickte, anschließend wanderte mein Blick abermals zum Fenster hinüber. Die Bahnen, die die Regentropfen an der Scheibe hinterließen, erinnerten mich an die Spuren von Tränen auf einem Gesicht.

Vielleicht weint heute sogar der Himmel um Kim... - Eigentlich war dieser Gedanke absurd und kitschig und doch entlockte er mir ein Lächeln.

Meine Mutter drückte mich noch einmal fest an sich, ehe sie sich zum Gehen wandte.

317

„Ich bin nebenan, wenn du mich brauchst. Komm' einfach herüber, wenn du soweit bist."

Ich nickte stumm und sie verließ das Zimmer ebenso leise, wie sie gekommen war.

Ein paar Minuten blieb ich noch vor dem Spiegelschrank stehen. Versuchte mich auf das vorzubereiten, was mich gleich erwarten würde. Noch nie zuvor war ich auf einer Beerdigung gewesen. Ein letzter Blick in den Spiegel, dann wandte ich mich um, nahm die schwarze Handtasche, die meine Mutter mir gekauft hatte, und ging hinüber zu meinen Eltern.

Gemeinsam verließen wir das kleine Hotel, in dem auch ich die vergangenen drei Tage verbracht hatte. Es war merkwürdig gewesen, plötzlich nicht mehr im Strandgut-Hotel zu wohnen, doch andererseits war es so vielleicht besser. Mit diesem Hotel verband ich zu viele Erinnerungen. Erinnerungen, die ich im Moment noch nicht ertragen konnte.

Die Fahrt zur Kapelle verging schnell. Ich saß hinten im Auto und hing meinen Gedanken nach. Beobachtete dabei die kleinen Regentropfen an der Autoscheibe. Mit meinem Finger malte ich die Spuren nach, die sie hinterließen. Dabei kam mir der Satz meiner Mutter erneut in den Sinn -

„Auf jeder Beerdigung hat es immer geregnet."

Wirklich seltsam. - überlegte ich und seufzte.

Konnte das nicht einfach Zufall sein? Andererseits, wer weiß...?!

Hätte mir jemand vor wenigen Monaten erzählt, dass es ein Fabelwesen gab, das als *Bote des Lichts* die Sterbenden auf ihrer letzten Reise begleitete, so hätte ich ihn vermutlich ausgelacht. Vorbestimmtes Schicksal und Träume, in denen man mit dem Unterbewusstsein eines anderen kommunizieren konnte... All dies erschien derart surreal und doch wusste ich jetzt ganz genau, dass es möglich war.

Als mir der Bote zum ersten Mal erschienen war, tobte ein heftiges Unwetter. Warum sollte der Regen auf einer Beerdigung dann nicht auch einem tieferen Sinn folgen?!

„Wieder eine Frage, auf die es nie eine Antwort geben wird...", murmelte ich leise vor mich hin.

„Wie bitte, Liebes?" Meine Mutter wandte ihren Kopf nach hinten und schaute mich an. Ich zuckte leicht mit den Schultern und schwieg.

„Wir sind bald da", entgegnete sie und drehte sich wieder nach vorn.

Tatsächlich lenkte mein Vater unseren Audi nur wenige Minuten später auf einen geschotterten Parkplatz. Ich atmete noch einmal tief ein, ehe ich ausstieg, und straffte die Schultern für diesen letzten schweren Weg.

Ein paar Autos standen bereits auf dem weitläufigen Platz. Die meisten Trauergäste hatten sich offensichtlich schon ins Innere der Kapelle zurückgezogen.

Am Eingang wartete Tina auf uns. Wir begrüßten einander und sie nahm mich fest in ihre Arme. Dann reichte sie mir ihre Hand und gemeinsam gingen wir hinein.

Die Kapelle war nicht groß, es gab nur etwa 40 Sitzplätze. Gerke hatte uns vier Stühle in der zweiten Reihe freigehalten. Er trug einen schwarzen Anzug und wirkte damit so elegant wie eh und je. Die dünne Sorgenfalte auf seiner Stirn jedoch war mir neu.

In der ersten Reihe saßen ein paar Jugendliche und mehrere Erwachsene. Ich fragte mich, ob es sich hierbei um Leute aus dem Waisenhaus handelte und bedauerte etwas, dass Kim sie mir nie vorgestellt hatte.

Als wir die Kapelle betreten hatten, hatte ich sofort gesehen, wie sich der Portier mit einem der Männer aus dem Waisenhaus unterhielt. Natürlich kannten sie einander. Kim hatte mir vor ein paar Tagen mal erzählt, über welch dumme Zufälle Gerke und er sich vor gut zwei Jahren im Waisenhaus während einer kleinen Wohltätigkeitsveranstaltung kennengelernt und angefreundet hatten.

Zufälle. Nein, seit meinem Zusammentreffen mit dem Boten glaubte ich nicht mehr an sie.

Wir setzten uns und mein Blick wanderte sofort nach vorn zum Sarg hinüber. Er war schlichter, als ich ihn mir vorgestellt hatte. Hellbraunes, mattes Kiefernholz. Neben dem Sarg standen mehrere Blumengestecke und ein paar Kränze. Ganz nach vorn hatte der Pfarrer mein Gesteck gelegt - ein Herz aus Moos mit zwei roten Rosen, in dessen Mitte.

Auf dem Sarg stand ein hölzerner Bilderrahmen mit einem Foto von Kim, auf dem er lachte. Ich konnte das Bild nicht lange ansehen. Zu viele Erinnerungen schlugen mir entgegen und ich spürte, wie mir Tränen in die Augen stiegen.

Der Pfarrer betrat die Kapelle, die Orgel setzte ein und in mir zog sich alles schmerzlich zusammen. Ich hörte, wie der Pfarrer zu sprechen begann, doch ich verstand ihn nicht. Seine Worte drangen einfach nicht zu mir durch.

Stattdessen tauchten Bilder aus meiner Erinnerung vor mir auf.

Kim, wie er sich zu mir umwandte, nachdem ich ihn hinter dem Bücherregal beobachtet hatte. Sein freches Grinsen, mit dem er mich so oft um den Verstand brachte. Kim, wie er mich auf dem Fahrrad ärgerte. Wir beide im Pool, herumblödelnd wie kleine Kinder.

Ich sah ihn vor mir, wie er allein und traurig den Strand entlanglief - an jenem Abend, als ich ihn zum allerersten Mal sah. Ich würde nie unseren ersten Kuss vergessen und all den Spaß und die vielen schönen Momente, die wir gemeinsam erleben durften.

Während mir heiße Tränen die Wangen hinunterliefen, erinnerte ich mich an das Leuchten seiner azurblauen Augen und seinen Blick, so voller Liebe.

Die Seitentüren der Kapelle öffneten sich jetzt und die Orgel begann erneut zu spielen. Sechs Sargträger mit schwarzen Anzügen und weißen Handschuhen ergriffen den Sarg und trugen ihn langsam hinaus. Meine Mutter gab mir ein Zeichen und wir erhoben uns. Gemeinsam mit all den anderen Trauergästen verließen wir die Kapelle und gingen schweigend den Weg hinüber zum Friedhof. Vorbei an vielen mir unbekannten Gräbern.

Inzwischen hatte es aufgehört zu regnen. Der Himmel hing jedoch noch immer voller dunkler Wolken.

An Kims Grab versammelten wir uns. Der Sarg wurde ganz langsam in die Erde gelassen und der Pfarrer sprach erneut ein paar Worte. Im Anschluss daran verabschiedeten sich alle nacheinander am Grab und warfen Rosenblüten oder Asche hinunter auf den Sarg.

Als ich vor Kims Grab stand und eine Handvoll Blütenblätter auf seinen Sarg streute, riss über uns der Himmel auf und ein paar vereinzelte Sonnenstrahlen schienen auf uns hinab und direkt auf den Sarg. Keiner der anderen Trauergäste schien Notiz davon zu nehmen, doch mir kam es vor wie ein Zeichen.

Ein Abschiedsgruß von Kim?! - Ich musste unwillkürlich lächeln als mir dieser Gedanke in den Sinn kam, und ein Gefühl von unbändiger Liebe wallte in meinem Innern auf und brachte mein Herz zum Glühen.

Langsam verließen wir den Friedhof und gingen zurück zu unserem Auto. Dort angekommen drehte ich mich noch einmal um und blieb verblüfft stehen. Große Teile der Wolkendecke waren aufgerissen und ein Regenbogen zeichnete sich am Himmel direkt über dem Friedhof ab.

Er war nur schwach und ganz blass zu erkennen und doch wirkte er so greifbar und intensiv auf mich wie nie ein anderer Regenbogen zuvor.

„Kim", flüsterte ich so leise, dass mich niemand hören konnte, „Ich werde dich niemals vergessen..."

20. KAPITEL

„SPUREN IN MEINEM HERZEN"

Mein Vater lenkte das Auto über den Parkplatz und fort vom Friedhof. Auf dem Rückweg zu unserem Hotel begannen meine Gedanken zu kreisen. Auch ohne mich umzudrehen, wusste ich, dass der schwarze Volvo von Gerke direkt hinter uns fuhr. Gleich wäre es an der Zeit, mich von meinen Freunden zu verabschieden. Dreieinhalb Wochen kamen mir mit einem Mal wie eine Ewigkeit vor.

Ich atmete tief aus. Es fühlte sich seltsam an und ich war nur froh darüber, dass es diesmal kein Abschied für immer sein würde.

Wir erreichten den Parkplatz des kleinen Hotels im Nachbarort. Schweigend stiegen wir aus.

„Ich hole unsere Koffer", sagte mein Vater.

„Ich komme mit", entgegnete meine Mutter, als sie sah, wie der schwarze Volvo vorfuhr und neben unserem Audi hielt. „Du willst dich sicher in Ruhe verabschieden."

Sie winkte den anderen kurz zu und folgte meinen Vater, der bereits das Gebäude betreten hatte.

Nun war es also soweit. Ein dicker Kloß hatte sich in meinem Hals festgesetzt und ich spürte, wie mir zum – gefühlt tausendsten Mal in diesen Tagen – die Tränen in die Augen stiegen. Ich versuchte, mich zusammenzureißen, und biss mir auf die Unterlippe.

Tina öffnete die Beifahrertür und sprang aus dem Wagen. Wir drückten einander so fest, dass wir fast keine Luft mehr bekamen.

„Versprich es mir bitte, ja?!", als ich Tina schluchzen hörte, war es auch um meine Selbstbeherrschung geschehen.

„Ich verspreche es!", schwor ich, spürte die ersten Tränen auf meinem Gesicht und ließ es geschehen.

Als wir unsere Umarmung lösten, sah Tina mich mit geröteten Augen lächelnd an. Mahnend hob sie ihren Zeigefinger. „Bis es soweit ist schreibst du mir jede Woche verstanden?!"

Ich grinste unter Tränen und nickte.

Gerke nahm mich ebenfalls in seine Arme. „Du wirst uns fehlen", sagte er.

Ich nickte und lächelte erneut. „Ihr mir auch. Aber ich komme ja zurück. Es wird nur etwas dauern."

Kurz darauf verließen wir den Parkplatz des Hotels, durchquerten den Nachbarort und fuhren ein letztes Mal durch den kleinen Ort, in dem ich ganze drei Wochen lang gewohnt hatte. An der gepflasterten Hauptstraße entlang und vorbei an dem schmalen Kiesweg mit dem großen Schild und der schön geschwungenen Schrift - *Hotel Strandgut.*

Dann ließen wir auch diesen Ort hinter uns und fuhren weiter, vorbei an Feldern und Wiesen. In der Ferne konnte ich ein letztes Mal den Deich erkennen, der sich wie eine gerade grüne Linie vom Horizont abhob.

Ich atmete tief durch, wischte die verbliebenen Tränen fort und lächelte in mich hinein.

„Annastasia, Liebes - bist du dir wirklich sicher, dass du das alles so durchziehen willst?", fragte meine Mutter vorsichtig und drehte sich auf ihrem Sitz zu mir um.

„Ja", sagte ich und nickte, „Absolut sicher!"

Mein Vater schnaubte kurz und schüttelte leicht den Kopf. Doch sogar von meinem Rücksitz aus meinte ich ihn lächeln zu sehen. „Soll sie es versuchen. Irgendwann wird sie schon noch merken, wo ihr Platz ist"

Sein Blick im Rückspiegel traf meinen und ich wusste, wie es gemeint war, als er sagte, „Zurückkommen kannst du jederzeit."

„Ich weiß. Danke", erwiderte ich leise.

...Meine Gedanken glitten zurück zu Kim. Das Schicksal hatte uns beiden nur eine sehr kurze gemeinsame Zeit gegönnt. Diese Zeit jedoch war intensiver gewesen als alles, was ich bisher erleben durfte. Kim hatte Spuren in meinem Herzen hinterlassen und durch diese Spuren würde er auf ewig ein Teil von mir sein...

EPILOG

Der Herbstwind blies mir kalt entgegen. Ich zog die Haustür ins Schloss und vergrub mein Gesicht tiefer in dem weichen Schal, den mir Tina zum 21. Geburtstag geschenkt hatte.

Ich schulterte meine Handtasche und lief schnellen Schrittes über den Kiesweg, vorbei am Hotel Strandgut und weiter Richtung Hauptstraße. Einen Moment lang blieb ich stehen und ließ meinen Blick gedankenverloren über die vertraute Fassade des Hotels schweifen. Hier hatte alles angefangen. Hier war ich ihm zum allerersten Mal begegnet. Ein Lächeln huschte über mein Gesicht, als ich an Kim denken musste.

Nie hätte ich damals geglaubt, dass meine Eltern tatsächlich einwilligen würden, als ich ihnen von meinen Plänen erzählte. Am Ende hatte ich es wohl nicht zuletzt meinem Vater zu verdanken, der eingesehen hatte, wie ernst mir das Ganze war.

„Du musst deine eigenen Fehler machen", hatte er augenzwinkernd erklärt, „Die Firma kann warten."

Das Abitur absolvierte ich, wie von meinen Eltern geplant, noch in unserem Heimatort. Vor Beginn meines Studiums, vor knapp zwei Jahren, zog ich dann endlich um.

Ich musste an Gerke denken. Er hatte mir damals geholfen und ein gutes Wort beim Hotelchef eingelegt, der schließlich in den Mietvertrag für die kleine Ein-Zimmer-Wohnung einwilligte, in der zuvor Tina gelebt hatte. Diese bewohnte inzwischen eine schicke größere Wohnung im Ort. Wir besuchten einander so oft es ging.

Während sie jeden Tag im Hotel arbeitete, ging ich – so wie heute –, mehrmals die Woche, die halbe Stunde zu Fuß zur Bücherei oder fuhr mit meinem eigenen, kleinen Fiat zur Uni. Mein Studium zur Bibliothekarin war anspruchsvoll, aber es gefiel mir sehr. Nebenbei arbeitete ich stundenweise bei Herrn Clarsson in der kleinen Bücherei.

Obgleich meine Eltern noch immer hofften, dass ich irgendwann zur Besinnung kommen und doch noch in die Fußstapfen meines Vaters treten würde, wusste ich längst, dass ich mich für den richtigen Weg entschieden hatte.

Nur wenn ich manchmal allein am Deich spazieren ging, fühlte ich mich noch immer einsam.

Fünf Jahre waren seit Kims Tod inzwischen vergangen und doch verstrich kaum ein Tag, an dem ich nicht an ihn denken musste. Einzig die Trauer in meinem Herzen war im Laufe der Zeit erträglicher geworden.

Ich besuchte unseren Baum so oft es mir möglich war. Unsere eingeritzten Initialen waren längst verblasst und vernarbt. Ihre Spuren - eine Erinnerung für die Ewigkeit.

Als ich die Bücherei erreichte, öffnete ich die schwere Eingangstür. Ein Stoß warmer, abgestandener Luft und der Geruch nach alten Büchern schlug mir entgegen und hieß mich willkommen an diesem kalten Novembermorgen. Ich atmete tief ein und schloss für einen kurzen Moment die Augen. Dies war mein Leben - mein Schicksal - geworden. Ich hatte endlich meinen Weg gefunden. Einen Weg in eine noch ungewisse Zukunft.

Doch was immer auch geschehen würde, jetzt war ich bereit dazu - so bereit wie noch nie...

ENDE

DANKSAGUNG

Vermutlich werden die wenigsten von euch diese Zeilen hier lesen, dennoch ist es mir wichtig, ein paar Worte loszuwerden.

In erster Linie möchte ich mich bei **meiner Familie und meinem Mann** bedanken, die mir immer wieder den Rücken freihalten, sodass ich Zeit zum Schreiben und Korrigieren finden kann, danke!

Ein ganz großes Dankeschön geht auch an meine liebe **Testleserin Nathalie**, die mir in Rekordzeit die Kapitel „aus den Händen gerissen" hat, um mir bei der Überarbeitung zu helfen, obgleich sie selbst zu diesem Zeitpunkt so wenig Freizeit hatte. Die abendlichen Mails, die nicht nur ausführliches Feedback, sondern oftmals auch sehr lustige Kommentare enthielten, die mir zeitweilig vor Lachen die Tränen in die Augen trieben, haben mir sehr geholfen. Definitiv mein Highlight bei dem doch recht anstrengenden Korrektur-Marathon!

Des Weiteren möchte ich mich bei all den lieben **Bloggerinnen** bedanken, die mich so tatkräftig mit ihren tollen Ideen unterstützen. Ohne euer Engagement wäre vieles nicht möglich und mein Roman würde vermutlich von kaum jemandem gelesen werden.

Die vielen liebevollen Posts, die tollen Rezensionen, Interviews, Autorenvorstellungen, Flashmobs – und was ihr euch sonst noch alles einfallen lasst, helfen uns Autoren wirklich sehr – DANKE!!

Dann möchte ich mich noch bei **Katharina** bedanken, einer tollen Autoren-Kollegin, die mir BoD empfohlen hat. Ohne ihren Tipp hätte ich meinen zweiten Roman 2020 vermutlich nicht mehr herausbringen können.

Sowieso möchte ich all den lieben **Autoren und Autorinnen** einmal Danke sagen, die ich in diesem Jahr kennenlernen durfte. Es waren echt eine ganze Menge und viele von ihnen haben mir mit Ratschlägen oder Feedback zur Seite gestanden und mir Mut gemacht, wenn es gerade vielleicht nicht so gut lief. Vielen Dank für all die tolle Unterstützung!

Bei **Nina - von NH Buchdesign** - möchte ich mich für das unglaublich schöne Cover bedanken, die tolle Beratung und die Geduld mit mir und dem anfänglichen Hin und Her bei meinen Änderungswünschen...
Ihre hilfreichen Tipps haben mir sehr geholfen und waren definitiv nicht selbstverständlich!

Last but not least möchte ich mich natürlich im Folgenden bei all meinen **Leserinnen und Lesern** bedanken. Ohne euch würde das Schreiben wenig Sinn machen.
Schon vor Jahren habe ich gesagt, mein Traum ist es, meine Leser mit meinen Texten zu fesseln und zu berühren.
Was meint ihr, ist mir das mit diesem Roman gelungen?

Wenn er euch gefallen hat, würde ich mich wahnsinnig über ein Feedback freuen!

Schreibt mir doch eine Rezension – bei Amazon oder sonst wo, wo ihr gern mögt - und empfehlt meinen Roman weiter in den sozialen Medien oder im Freundeskreis. Eine Empfehlung geht schnell und kann doch so viel bewirken.

Gern könnt ihr mir auch schreiben...

Ich freue mich darauf, von euch zu lesen!

Eure Sara

https://www.facebook.com/saracschaumburg

https://www.instagram.com/sarac.schaumburg

https://saracschaumburg.blogspot.com/

Mail: saracschaumburg@web.de